新潮文庫

関ケ原

上巻

司馬遼太郎著

目次

高宮の庵……九
人と人……二三
女と女……三九
奈良……五四
軒猿たち……六八
伏見城下……八四
菓子……九八
秀吉と家康……一一三
狼藉……一二八

秀吉の死……一四四
博多の清正……一六〇
桔梗紋……一七五
霜の朝……一九一
訴訟……二〇七
藤十郎の娘……二二三
暗躍……二三八
大坂へ……二五三
問罪使……二六八
評判……二八三

暗殺……二九九
向島……三一五
黒装……三三〇
藤堂屋敷……三四六
利家の死……三六一
暮春……三七六
密約……三九〇
脱走……四〇四
変幻……四二〇
謀才・謀智・謀略・謀議……四三四

瀬田の別れ……四五〇
威望……四六五
大芝居……四八〇
大坂城へ……四九四
西ノ丸……五〇九
芳春院……五二四

関ケ原

上巻

高宮の庵《いお》

いま、憶《おも》いだしている。

筆者は少年のころ、近江国《おうみのくに》のその寺に行った記憶がある。夏のあついころで、長い石段をのぼって行った。何寺であったかは忘れた。

寺の縁側にすわって涼《りょう》を入れると、目の前に青葉が繁《しげ》っていたことが、きのうのようにおもいだせる。そのむこうにひろびろとした琵琶湖畔《びわこはん》の野がひろがっていた。

「わしがいますわっているここに」

と、私どもをここまで連れてきてくれた老人が、縁側の板をトントンとたたいた。

老人は、身ぶり手ぶりをまじえて、私ども少年たちに寺伝の説明をしてくれた。

「太閤《たいこう》さんが腰をおろしていた。鷹狩《たかが》りの装束《しょうぞく》をなされておった。その日も夏の盛りでな。きょうのように眼に汗のしみ入るような日中やった」

と、老人は汗をぬぐった。町のおとなたちはこのひとを「かいわれさん」と呼んでいたが、なんという姓のひとだったかは、その当時から知らなかった。

老人は、洋日傘《ようひがさ》と、扇子を一本もち、糊《のり》のきいたちぢみのシャツとズボン下の上に、生帷子《きびら》の道服《どうふく》じみたものを一枚身につけている。


「茶を所望じゃ」


と秀吉がいったという。寺の奥で声がし、立ちあらわれたのは、当時この寺の小僧であった石田三成《みつなり》である。

余談だが、この俗伝は、少年雑誌などの絵物語などに載っていて、老人からきくまでもなく私どもはよく知っていた。

いま、関ケ原という、とほうもない人間喜劇もしくは「悲劇」をかくにあたって、どこから手をつけてよいものか、ぼんやり苦慮していると、私の少年のころのこういう情景が、昼寝の夢のようにうかびあがった。ヘンリー・ミラーは、「いま君はなにか思っている。その思いついたところから書き出すとよい」といったそうだ。そういうぐあいに、話をすすめよう。

この老人が話してくれた三成の小僧時代の話は、「武将感状記」などにのっている。かれの在世当時から、相当世にひろまっていた挿話《そうわ》であろうとおもわれる。

当時秀吉は、信長の部将として近江長浜二十余万石に封《ほう》ぜられ、はじめて大名になったころである。

領内で、鷹狩りをした。鷹狩りというのは領内の地形偵察《ていさつ》と民情視察をかねた目的のあるもので、秀吉もそのつもりでいる。

だけではない。かれの場合、にわか大名であるだけに、二十余万石の軍役《ぐんえき》をまかなうだけの武士を抱え入れなければならなかった。鷹狩りをしながら、獲物《えもの》の鳥獣などよりも、領内でしかるべき人材はいないか、ということのほうが関心ふかかったであろう。秀吉譜代《ふだい》の大名といわれる加藤清正、福島正則《まさのり》、藤堂高虎《とうどうたかとら》らは、ほとんど秀吉のこの時に召しかかえられている。

さて、三成は。

幼名、佐吉といった。近江坂田郡石田村に住む地侍《じざむらい》石田正継《まさつぐ》の次男で、このころ寺に入れられていた。一書には学問修業のためにこの寺に通っていたともいい、一書には、寺小姓であったともいう。

十代のはじめごろであった。

きりっとした顔だちで、よく動く涼やかな眼をもっている。たれがみても眼に立つほどの少年だった。

秀吉は、このあたりまで鷹狩りにきて、のどのかわくあまり、いきなり入ってきたらしい。

「茶を点じて参れ」

と、縁側に腰をおろした。

佐吉は奥で茶の支度をした。この少年の父正継は農村にかくれているとはいえ、代々の地侍で、家計は豊かであった。身なりはわるくなかったであろう。

やがて、静かにもっていった。秀吉は蟬《せみ》しぐれのなかに腰をおろしている。

「粗茶でござりまする」

とさしだすと、秀吉はいそいで飲み、

「さらに、一ぷく」

と佐吉に命じた。その最初の茶碗《ちゃわん》は、「武将感状記」に、「大いなる茶碗に、七、八分にぬるくたてて持ち参る」とあり、秀吉これを飲み、舌を鳴らし、「気味よし、さらに一服」と命じたという。乾ききっているから、むさぼり飲んだのである。そのための湯の量といい温度といい、ちょうどよかった。

「かしこまりましてござりまする」

と佐吉ひきさがり、こんどは湯をやや熱くし、その量は最初の半分ぐらいにした。

秀吉は飲みほし、さらに一服、と命じた。このころから、この少年、使える、とおもって観察しはじめていたのであろう。

三度目に運ばれてきたものは、容器も小茶碗である。それに湯の量はほんのわずかで、舌の焼けるほど熱かった。秀吉はこの少年の頓智《とんち》に感心し、

「そちは、なんという」

とたずねた。佐吉は切れ長の眼を伏せ、

「御領内石田村に住まいまする石田正継が子にて、佐吉と申しまする」

と答えた。

（この児佳《よ》し）

と秀吉は、おもった。大人になれば使えるであろう。そのあと、二、三ものをたずねると、頭の反射がいい。いよいよ気に入り、寺の住持《じゆうじ》に頼んで城にもらいうけることにした。

この、秀吉と三成との最初の出遭いになった寺は、長浜城外の観音寺であるといい、伊香郡《いかごう》古橋村の三珠院だともいう。場所などどちらでもいい。

ほかに、こんな話がある。

実話とすれば、三成の二十歳前後のことであろう。

それまでは児小姓《こごしょう》のようなぐあいで、かれの扶持《ふち》は秀吉の直接経理からまかなわれていた。

「知行取《ちぎょうと》りにしてやろう」

と秀吉はおもった。三成とおなじく秀吉手飼いの鬼小姓であった加藤虎之助（清正）は四百七十石、福島市松《いちまつ》（正則）は五百石という知行をこの時期か、その前後に頂戴《ちょうだい》している。

「佐吉、そなたにも新恩五百石をあたえる。なお忠勤をはげめ。ついては所存があるか」

と秀吉がいった。

「古今武家盛衰記」のなかの三成は、平伏して礼を言い、「されば」と顔をあげた。

「宇治川、淀川《よどがわ》に荻《おぎ》や葭《よし》（葦《あし》）がはえておりまする」

といった。

これら自生の植物を川沿いの郷民がほしいままに刈りとり、葭簀《よしず》を作ったりさまざまなことに役立てている。三成はいう。その伐《き》りとりに運上《うんじょう》(税金)を取りたてる権利をくださるならば、五百石の知行は要らない、というのである。

ひょっとすると、三成が育った琵琶湖畔では、古来、湖の葭などを刈りとるのは領主に運上を出さねばならぬしきたりだったのであろう。

それにしても、そういうことに眼をつけるこの男は、よほど経済のわかる人物だったにちがいない。

「どれほどの運上がとれる」

と秀吉がおもしろがってきくと、三成はたちどころに計算し、

「一万石に相当いたしまする。さればその権利を頂戴しますれば、一万石の軍役をつとめまする」

といった。秀吉はこの男の頭脳に驚いた。

しかし、同僚の虎之助や市松は、まださほどの行政感覚をもちあわせず、戦場働きに専念している時期だったから、

(佐吉とはいやなやつだ。殿はなぜあのような者を可愛《かわい》がられるのか)

とおもったであろう。

とにかく秀吉は、武功者も好きだったが、三成のような才能をとくに愛した。いっ

か、かれはいったことがある、——三成はわしに最も似ている者だ、と。

「葭刈りに運上をとるなどということは古来きいたことがない。しかし、その案、なかなかおもしろくもある。しばらく様子を見るという意味でさしゆるしてやろう。ただし庶人に難儀のかからぬようにせよ」

と秀吉はいった。

三成は、さっそく、宇治川、淀川の川上から川下まで数十里のあいだ、自生している荻、葭を、

「一町につき、いくら」

という運上をきめ、在所々々の郷民に刈りとらせ、それを京大坂方面に売らせた。大きな利を博《はく》した。

ある戦場に秀吉が出役《しゅつえき》したとき、むこうから軍勢がやってくる。団扇《うちわ》九曜《くよう》に金の吹貫《ふきぬき》つけた旌旗《せいき》を真先に持たせ、武具、馬具、華やかに鎧《よろ》うた武者数百騎が、それぞれ金の吹貫を一本ずつ旗印《はたじるし》として纏《まと》い、しずしずと押してくる。

「あれは見なれぬ旗じるしよ、敵か味方か、たずねて参れ」

と秀吉が使番《つかいばん》(伝令将校)を走らせてみると、なんと河原《かわら》の雑草の運上で人数をそろえた石田佐吉の隊であったという。

真偽はべつとして、三成ならありそうなことである。秀吉は三成のこういう才を愛し、朝鮮出兵のときなども、もっとも数学的頭脳を要する渡海運輸のことを主管させた。

船は四万艘《そう》ある。兵は二十万人。さらに馬や、兵糧《ひょうろう》、馬糧、硝薬、弾丸、矢。これらを輸送するのに、まず船の割りあてをし、ついで朝鮮へ送りとどけてから空船は対馬《つしま》にさしもどし、そこからまた積んでゆく。空船が海上にいる時間をできるだけ少なくし、満船の回転をよくするには、満船、空船の速度、積みおろし時間、軍船と荷物船のかねあいなど、複雑な計算の基礎が要る。三成はそれをとどこおりなくやってのけたが、これだけの大軍を輸送するばあいの、これは世界戦史上の稀有《けう》な成功といっていい。

その才能の萌芽《ほうが》は、すでに少年のころの湯茶の温度のはなし、淀川の荻葭咄《おぎよしばなし》にある。

さて三成が、大名にとりたてられたのは、数え年二十三、四歳のときである。

これは、秀吉手飼いの小姓出身としては早すぎるほうではない。

十五歳で秀吉の小姓になった武辺者《ぶへんもの》の加藤虎之助は、二十五、六歳で、一躍、親衛隊隊士からぬきんでられて肥後《ひご》熊本二十五万石の大名になっているし、福島市松も似たような経路で伊予今治《いまばり》十万石をもらっている。この運命の変化はべつだん魔法でもなんでもない。信長が死に、秀吉がにわかに天下取りになったからである。三成の大名としての最初の石高《こくだか》は、右ふたりのかれの同僚よりも、身上《しんしょう》が、はるかに小さかった。

四万石

であった。ただしその領地は、四国や九州の遠国《おんごく》ではなく、近江水口《みなくち》であった。近国というのは当時の大名として政治的にも経済的にも不利ではない。なににしても秀吉は自分の秘書官である三成を、手近におきたかったのであろう。

ところで、大名ともなれば多数の家来を召しかかえなければならない。

秀吉は殿中でふと、

「佐吉、そなたを大名に取りたててやったがその後、いかほどの家来を召しかかえたか」

とたずねた。

この近江者は、荻、葭で一万石の人数をととのえる、と言ったことのある男である。さだめし、思いもよらぬ才覚で分限《ぶげん》以上の多数の家来を召しかかえたであろうと質問者の秀吉は期待した。

「一人でございます」

と、三成は意外なことをいった。この挿話が、「関原《せきがはら》軍記大成」に出ている。

「一人とは何ぞ」とおどろき、秀吉はその一人の名をきくと、

「筒井家の牢人《ろうにん》島左近《さこん》でござりまする」

と三成はいった。秀吉はさらに驚いた。しかし思いかえして噴《ふ》きだした。

「島左近は当代の名士だ。そちのような小身者《しょうしんもの》のところには来るまい。うそだろう」

島左近は、かつて大和の筒井順慶《じゅんけい》の侍大将として合戦《かっせん》と謀略の天才といわれた男で、秀吉も山崎合戦のとき、順慶の使者として陣中にやってきたことを記憶している。

順慶のもとで一万石を食《は》み、順慶の死後、筒井家が伊賀へ国替えになるときに、この左近は牢人した。

それが、どういうわけか近江の犬上川のほとり高宮郷というところで隠棲《いんせい》していた。高宮というのは、いまの彦根市街から南へ一里ばかりのところにある田園で、当時は森と川の美しい里であった。

——島左近が、高宮で庵《いお》を結んでいる。

ときき、大名に取りたてられたばかりの若い三成が、供を数人つれただけでその庵をたずねてみた。

かつては大和《やまと》一国を領する筒井家の侍大将だった島左近は、三成の申し出に、当然、

いい顔をしなかった。

「お手前が、それがしを、召しかかえてくださると？」

と眼を見はり、やがて、

（やれやれ、世間知らずの若者めが。——大名になったうれしさに何を血迷ってやってきたか）

と思った。茶でもませて追っぱらおうと思ったであろう。

庵のそばの犬上川では、小さな鮎《あゆ》が釣《つ》れたりする。釣りの話でもして、ほどほどに帰すつもりであったかもしれない。

左近は、体じゅうに戦場傷がある。その傷の一つ一つに、この戦国人の閲歴が埋められている。もっとも新しい傷は、天正十一年五月、伊勢亀山《かめやま》城に籠《こも》る滝川一益《かずます》攻撃に参加したときの弾傷《たまきず》で、肉がはじけたためまだ癒《なお》らないでいる。

「いや、都からわざわざ訪ねてきてくだされてありがたい。家来にしてくださるか。あっはは、しかしそれがしも、もはや世間の事は倦《う》み申したよ」

と、この永禄《えいろく》・元亀《げんき》いらい天下にひびいた古豪は、実際の齢《とし》よりもひどく老《ふ》けたことをいって、三成の分《ぶん》にすぎた申し出を、婉曲《えんきょく》にことわった。

三成は、左近の風貌《ふうぼう》を見てからは、いよいよこの人物をほしくなった。

「曲げてお願いつかまつりまする。貴殿をわが家来にするなど分にすぎた願いだとは百も承知しております。しかしそこを曲げて。——かようにお願い申しあげます」

と手をついて懇願した。

「家来になって頂くのが御無理ならば、いかがでありましょう、兄としてわがそばに居ってはくださるまいか」

「兄?」

島は、とりあわなかった。所詮《しょせん》は修辞で、主従ともなればそうはいかない。

三成は、懸命に口説《くど》いた。かれは秀吉の児小姓として仕えて以来、何度かの戦場を踏み、とくに秀吉の天下継承戦ともいうべき賤《しず》ヶ岳《たけ》の合戦では、加藤、福島など「七《しち》本槍《ほんやり》」に次ぐ武功をたてている。

しかし、なんといっても戦場の血しぶきのなかでいきいきと働く駈《か》け退《ひ》き上手、というわけにはいかない。かれは自分の欠点を、島左近によって補おうとした。自分の吏才《りさい》と左近の軍事的才能をあわせれば天下無敵とおもったのであろう。

三成はこの説得で、島左近を買おうというよりも、島に自分を認めてもらおうとした。むしろ、買われようとした。

「兄がおいやならば、よき友になってくだされ」

ともいった。こういう召し抱えかたは、古今未曾有《みぞう》であろう。

「それでどうした」

と、秀吉がいった。

「なにか、そちが手をうったな」

「はい」

と三成は落ちついていった。

「手というわけではございませぬが、島左近ほどの者、容易なことではわが家に来てくれませせぬ。そこで、上様《うえさま》から頂戴いたしましたわが知行のほぼ半分の一万五千石で召しかかえました」

「ほほう」

主従の知行にさほどの高下《こうげ》がない。秀吉は声をたてて笑った。三成の奇想が、いよいよ自分の若いころに酷似しているとおもって、この若者を愛する気持が深くなった。

三成は、これほどまでにして島左近を召しかかえたについては、ただ小成《しょうせい》にあまんずる男でないことがわかるであろう。

若年のころから、大望を持つ男であった。むろんそれほどのかれも、後年、天下を二つに割って徳川家康と雌雄を決する大芝居を打つことになろうとは、この当時、考えてもいなかったであろう。

いや、あるいは、予想していたかもしれない。秀吉は天下を取っても、その天下を継承すべき子がなかった。

当然、秀吉の死とともに争乱がおこる。明敏な三成が、この点だけを考えたこともなかった、というのはうそである。

その証拠には、かれが島左近とともに築いた居城佐和山《さわやま》城をみればいい。傲然《ごうぜん》として、近江の天にそびえている。

人と人

三成の佐和山城は、琵琶《びわ》湖畔にある。

ある、というのは資料で知っているだけのことで、筆者はその山をながく見たことがなかった。

東海道線で彦根を通過するとき、そのつど、

「このあたりに佐和山があるはずだが」

と車窓からその山をさがすのが、年来のくせになっている。ところが、視線というのは、ついあかるい方角に向いてしまうものか、東側の車窓つまり湖水を背景にしている彦根城のほうに視線がただよってしまい、いつも佐和山を逸《のが》してしまう。佐和山は、松と雑木《ぞうき》におおわれている。汽車はその山腹をかすめて走る。つまり、彦根城が映ずる車窓とは、反対側にあるのだ。

そう気づき、

(そうだった)

とおもって背をひるがえしあわてて視線を転じたころには、もう汽車はその松と雑木の山腹を通りすぎてしまっている。

この稿を書くにあたって、私は佐和山を見ねば、とおもった。そこで岐阜《ぎふ》を出発し、大垣《おおがき》を経、関ケ原で下車し、古戦場で休息したのち、その関ケ原町のふちをかすめている名神有料道路によって滋賀県境の山峡《やまかい》を越え、一望草遠い近江平野に入った。

湖がひかっている。

車を右へ右へ寄せてゆき、やがて彦根市内に入り、さらに市街地を出た。

佐和山が、ある。

いま東海道線のレールが走っている場所をふくめて、むかしは、琵琶湖がこの山の裾《すそ》まで彎入《わんにゆう》してきていた。湖水に裾をひたしつつ、悠然《ゆうぜん》と湖東の天にそびえていたのが、往年の佐和山である。

（こういう山だったのか）

と私は、しばらく仰いだまま倦《あ》かなかった。すらりとした紡錘形《ぼうすいけい》の主峰をもち、ややそれよりもひくい峰々を従えている。

「これは搦手《からめて》（城の裏）にあたります」

と、案内していただいたひとが、日《ひ》傘《がさ》をあげて説明してくれた。つまり、東海道線の車窓に、圧するがごとくして迫っているこの山容は、城でいえば裏側なのである。

おもて、つまり、大手門は、旧中山道《なかせんどう》を威圧し、鳥居《とりい》本《もと》にある。

主峰は、湖面から一五〇メートルの高さで、その頂上がすぽりと切りとられて、その造成平坦地《へいたんち》に、三成のころは五層の天守閣がかがやいていた。

古図でみると、すごいほどの巨城である。

天守閣をささえている石垣の高さが、一丈五尺あったという。

「鯱鉾《しやちほこ》など、曇り候《そうろう》時は、見へ不申候《もうさずそうろう》高さに候由《よし》」

と、古記にその驚きがつたえられている。

本丸を中心として、峰々に、二ノ丸、三ノ丸、太鼓丸《たいこまる》、鐘ノ丸、法華丸《ほっけまる》、美濃殿丸《みのどのまる》、腰曲輪《こしぐるわ》などの城壁をそびえさせ、いわゆる欧化築城法による。

大手門、搦手門のまわりには諸士の侍屋敷が押しならび、さらに城下町がある。いまは一望の田園でしかないが。——

搦手門のそばを、湖の入江がひたひたと水を満たしていた。その入江のむこうに洲《す》があり、洲までのあいだを、鉤《かぎ》の手に三折れした百間の橋がかかっていて、通称、

「百間橋」

といわれた。この橋は、実際の長さは百間以上で、すくなくとも二〇〇メートルはあったといわれる。

豊臣時代、この城は有名で、当時、

三成に
過ぎたるものが
二つある
島の左近と、佐和山の城

とうたわれた。

当時、近江の村々でうたわれた童謡ものこっている。手まりでもつきながら唄《うた》うのであろう。口ずさんでいると、拍子をとって唄っている村の童女のむこうに、壮麗な佐和山城がうかんでくるような気がする。

俺《おのれ》は都の者なれど、佐和山見物しよ〱
大手のかかりを眺《なが》むれば、金の御紋《ごもん》に八重《やえ》の堀。まずはみごとな掛かりかよ〱
御門を入りてこのまた掛かりをながむれば、八《や》ツ棟《むね》造りに七見《ななみ》角《かど》。まずはみごとなかかりかよ〱
よい城よ、みごとな城よ、堀ほりあげて関所を植えて、関所に花が咲きしならばこの堀々は花ざかり〱

とにかく、これだけの城を造ったわりには、石田三成の大名としての身上は小さい。わずかに十九万四千石である。

分不相応の城であった。なぜ、島左近ほどの者を召しかかえ、かつ天下有数の巨城をつくらねばならなかったか。

答えは、この城が、城内すべて壁は仕上げ壁をぬらず、土の色をむきだした粗壁《あらかべ》のままだったというだけでもひきだせる。壮麗を誇るために城を築いたのではなく、実戦をつねに念頭に置いていた、ということが、この粗壁から容易に想像できる。

三成は、野望のもちぬしであった。佐和山城の起工は文禄四年で、秀吉の死のほんの数年前のことである。

左近が縄張り《なわば》（設計）し、その設計図に三成が手を入れ、ふたりで相談しつくして、いわば合作でつくりあげたものであろうが、かれらはこの城をつくりながら、

「もし、太閤《たいこう》殿下がお亡《な》くなりになれば、秀頼君《ひでよりぎみ》はまだ幼い。当然、天下は乱れる。後継者をきめる戦いがおこる。そのときこそ中原《ちゆうげん》にわれらの旗を樹《た》てねばならぬ」

と話しあったことであろう。

佐和山城は、石田三成という男がいかに野心に満ちあふれた人間であったかを、あらわしている。

島左近が、近江高宮郷の庵に訪ねてきた三成をはじめて見たとき、

「豎子《じゆし》（小僧）」

という感じがした。

色が白く、眼がながく切れ、まつ毛がそろい、それがおどろくほど濃かった。背はひくい。小男である。

(秀吉の寵童《ちょうどう》あがりなのかな)

と、左近は一瞬そんなことを想像したほどだったが、しかしよく考えてみると、秀吉には衆道《しゅどう》(男色)の気はなかった。

(凛《りん》としている)

と、左近はおもった。この三成の性格をささえている一種ふしぎな緊張感に、左近は惚《ほ》れたといっていい。

「犬馬の労をつくしましょう」

と左近をして腰をあげしめたのは、三成がもっているこの魅力であった。

歳月がながれ、三成はかぞえて三十九歳になったが、その顔つきはすこしもかわらない。少年が、そのまま大人になったようであった。

やや、尊大さがくわわった。

子供っぽい顔で、尊大なのである。むしろ可愛気《かわいげ》がなく、それがために三成はひとに無用の反撥《はんぱつ》、反感を覚えさせた。左近は、かつて自分が魅力を感じた点が、それがあるがためにいまはかえって敵を作っていることをおもしろくおもった。

「よくありませんな」

と、左近は、ある事件があったとき、三成をしずかに諫《いさ》めている。

ある冬の朝、三成は、大坂城内のさる普請《ふしん》現場で、同僚の奉行《ぶぎょう》（執政官）の浅野弾《だん》正少弼《じょうしょうひつ》長政とともに、焚《た》き火《び》にあたっていた。

三成は、頭巾《ずきん》をかぶっている。

「治部少輔《じぶしょうゆう》」

と、長政は三成をその官名でよんだ。

「なにかね」

「その頭巾をとったほうがよかろう。もうほどなく、江戸内府（家康）が登城されるはずだから」

三成は、あごをつき出し、聞こえぬふりをして、平気で焚き火にあたっていた。

浅野長政は、家康とも仲がいい。が、三成は、世のなかでたれがきらいだといっても、家康ほど虫の好かぬ老人はなかった。

が、家康は、関東二百五十五万余石の大大名で、五大老の筆頭であり、豊臣家の諸侯のなかでもっとも官位が高い。三成の身分からくらべれば、雲の上の人物である。

だから、いかに家康ぎらいだといっても、頭巾ぐらいをとるのが大人というものだが、

(きらいさ。——)

とおもえばまるでこどものように露骨に態度にあらわすのが、三成という男だった。

「治部、きこえぬのか」

親切に注意してやったのに黙殺された長政は、かっと腹がたった。

そのうち、家康が多勢の供をつれて登城してきた。長政、かんしゃくをおこし、

「こいつ。——」

と手をのばして三成の頭から頭巾をむしりとり、火中に投じた。

それでも知らぬ顔で、三成は焚き火にあたっていた。

(大人ではない)

と、あとでその噂《うわさ》をきいたとき、島左近はおかしいやら何やらで、その直後は諫める気にもならなかった。

ところが、こんどまたやったのである。場所は京の方広寺《ほうこうじ》の工事現場でのことだ。秀吉から命ぜられて、家康、三成などが、現場の検分をしてまわっていたのである。

三成は、現場を指揮するための竹杖《ちくじょう》をもっていた。なにかの拍子にその杖をからりと落した。

背後からきた家康が、ひょいとひろってそれを三成にわたした。

「これは」

とも三成はいわない。そっぽをむいたまますたすたと行ってしまった。

一時はどうなるかと、その場に居あわせた人々はかたずをのんだが、家康当人が、ことさらに表情を消し、のっそりと他へ行ってしまったので、事無きを得た。

「まるで、子供でござるな」

と、島左近は、このことを諫めた。決して大丈夫の態度ではない。

「左近、子供のようだというが、それはむりというものだ。わしは子供のころからこの性分できている。いやな男に、感情を押しかくして笑顔《えがお》をみせるような芸はできぬ」

「殿は、へいくわい者（横柄者《おうへいもの》）と世間でいわれているのをご存じでござるか」

「知らん」

三成は、左近を見、ちょっとくびをかしげてみせた。そのしぐさが、左近の目からみると、ひどく可愛い。もともと三成は、左近の前でだけは、うまのあう叔父どのに接するような一種の甘えかたをするのである。

「殿は子供の頃《ころ》から、とおっしゃったが、いまは子供ではありませんな。どころか、五奉行の一人として太閤の寵を受け、大諸侯でさえ恐れられるご権勢をおもちあそばしている」

「それがどうした」

「おなじふくれっ面をなされても、殿の無邪気なご性分からきた他愛もないふくれっ面とは見ませぬ。豊臣家第一の権勢者が、権勢におごってそういう態度をとっているとしかみませぬぞ」

「ふん」

鼻を、鳴らした。三成のくせである。おそらく鼻がわるいのであろうが、この癖も、時と場合によっては、ひとの反感を買うであろう。

「ご損な性分だ」

と左近は苦笑して、三成の姿のいい鼻をみた。人の反感を買うような小道具が、これだけそろっている男もめずらしいであろう。

「まあ待て、左近、わしにも言いぶんはある」

三成は、ひらきなおった。ひらき直ると、論鋒《ろんぽう》のするどくなる男だ。——もっともそのするどすぎる議論も、結局は他人の恨みを買うもとになっているのだが。

「家康という怪人は、ちかごろなにをしていると思う。聞いたか、あの男は、ひそかに朝廷に献金をしている」

事実であった。家康は、秀吉がまだ存命中というのに、その死を見越し、朝廷に白鳥ふたつ、黄金十枚を、一町人（茶屋四郎次郎）を通じて献上した。天下をとる下準備であった。この国では、武力をもって天下をとるにしても、朝廷を擁し、それを利用しなければ天下が落ちつかぬ、という慣習がある。そういう意味での朝廷への献金は、かつては信長もしてきたし、秀吉もした。

「太閤のお体が、とみに衰弱しておわす。あの老奸《ろうかん》は」

と、三成は家康のことをそうよぶ。

「太閤の死とともに、秀頼君を蹴殺《けころ》して天下を横取りしようと窺《うかが》っている。そういう魂胆の男に、頭巾をとる必要もなければ、竹杖を落したからといって、礼をいう必要もない」

「なるほど」

左近は、肉厚い顔に微笑をうかべた。

「そのとおりです。しかし、殿は家康に対してもそうだし、家康と親しい諸大名、たとえば加藤清正、福島正則、黒田長政に対してもそうですな。無用の反感を買っている。将来成《な》すあらんとする者が、無用に敵をつくるというのは拙策もはなはだしい」

「左近、八方美人になれというのか」

「こまったおひとだ」

と、苦笑した。

「たれも、そうは申しておりませぬ。古来、英雄とは、智弁勇《ちべんゆう》の三徳そなわったる者をいうと申しまするが、殿はその意味では、当代太閤をのぞけば、家康とならぶ英傑です」

――しかし。

と、左近はいう。

「智弁勇だけでは、世を動かせませぬな。時には、世間がそっぽをむいてしまう。そっぽをむくだけでなく、激しく攻撃してくるかもしれませぬな。真に大事をなすには、もう一徳が必要です」

「つまり？」

「幼児にさえ好き慕われる、という徳でござるな」

「左近」

三成は、閉口したような表情になった。

「わしには、無理さ。ひとは生得《しょうとく》の短所はついになおせぬものだ。短所を改めんがために大苦しみするよりも、短所に大あぐらをかいて長所をのばすほうが、急務だ」

「そのとおりです」

左近は、さからわない。

「が、私はそのようにむずかしいことを申しているのではありませぬ。せめて杖を拾ってもらったときぐらいは、笑顔をみせて存分に会釈《えしやく》をなされ、と申している。相手が家康なら、なおさらのことです」

左近との問答はそれだけでおわったが、この「竹杖事件」は意外な波紋をよんだ。

家康の伏見屋敷に詰めている家臣たちが、この噂をきき、

「治部少輔を斬《き》る」

といってさわぎたてたのである。それを、家康の謀将本多《ほんだ》正信がおさえ、

「斬るには、斬るだけの舞台が要る。かつは、斬るにしてもそれが御当家の御為《おんため》になるようにして斬らねばならぬ。その日が、いつかは来る。いま斬ったところで、一時の快をむさぼるだけのことだ。軽忽《けいこつ》に騒いで、お家の不利になるようなことはするな」

そうさとした。

とはいったが、正信は竹杖事件なるものを知らなかった。

その夜、正信は家康の寝所へまかり出て、事の真偽をきいた。ちなみに、この正信は寝所の出入りをゆるされている。家康は正信と謀議するのは、どういうわけか、いつも寝所を使うのを常としていた。

「事実《まこと》であるとすれば、弥八郎（正信）、そちはどうおもうか」

と、家康は単純には答えない。家康と正信とのやりとりは、いつもこうなのである。

「まさに三成、斬るべし、でありまするな」

「いつ、斬る？」

と、家康は、かるい浮かれ調子でいった。

「されば、太閤の没後に」

「没後のいつ」

と、たがいに言葉を棋戦《きせん》のようにして楽しんでいる。

「あの者が、秀頼君、淀殿《よどどの》を擁して兵をあげるときに」

「だけでは、まだ斬れぬな。あの者とその一味に謀叛《むほん》の名目を着せ、それからでないと」

「ああこの碁、負け申した」

と、正信は下卑《げび》た笑いをうかべた。手つきで投了するまねをしている。むろん正信には、そこまでのさきは読んでいるのだが、いつも最後の一手だけは、家康にゆずることにしていた。

ふたりは、主従というより、

謀友

の仲、といっていい。家康よりも四歳上で年ごろも似合った老人同士だった。もともとは、鷹匠《たかじょう》あがりなのである。若いころは一向宗《いっこうしゅう》に凝って一揆《いっき》に加担し、家康にそむいたこともあるが、のちにゆるされ、重用された。

三河者は、単純な武辺者《ぶへんもの》が多い。家康の家来のなかではめずらしく謀士型の男で、家康は年とともに珍重し、家来というよりも賓友《ひんゆう》をもって遇している。従五位下《じゅごいのげ》佐渡守《さどのかみ》、相模甘縄《さがみあまなわ》(いまの大船付近)で二万二千石。

この人物はのちに、小田原城主大久保忠隣《ただちか》をおとし入れて改易《かいえき》せしめた、というので、忠隣の一族の大久保彦左衛門の随筆「三河物語」に、

「佐渡守正信は、大久保家の失脚後、三年を出《い》でずして、顔に梅毒が出、顔かたちが崩れ、奥歯までむき出て死んだ。正信の子上野介正純《こうずけのすけまさずみ》は改易され(俗にいう宇都宮吊天井《うつのみやつりてんじょう》事件)たが、これは忠隣をおとし入れた因果の報いか」

そういう評をしている。

なににしても、全身、謀才のかたまりといったような人物であった。

女と女

さらに、雑話をつづけたい。

秀吉の正妻

「おねね」

のことについてである。筆者は、多年、この婦人に興味をもち、ややもすれば好きになった。資性、英気潑剌《はつらつ》としている。

太閤の正妻として従一位北政所《きたのまんどころ》といわれるようになってからも、

「私どもの祝言《しゆうげん》なんて、それはひどいものでした」

と侍女を相手に、むかしの卑賤《ひせん》時代をおもしろおかしく物語るような女性だった。

秀吉は結婚当時、織田家の小人頭《こびとがしら》で、身分は足軽程度、仕事は雑役夫のようなものである。独身時代はお城の番小屋のようなところに寝ころがっていて、ろくに住むお長屋もなかったであろう。

おねねは、まだしも出がいい。織田家の足軽組頭の浅野長勝の養女である。が、その浅野家でも茅《かや》ぶきの長屋で、屋内に畳がなかった。式はこの家でおこなわれた。

「板敷の上に簀《す》掻藁《がきわら》をしき、そのうえに薄縁《うすべり》をしいて祝言をしたのです」

秀吉がかぞえて二十六、おねねが十三であった。

美人であったという。

秀吉が近江《おうみ》長浜の城主としてはじめて大名になったころ、他の女に手を出し、おねねがつむじを曲げたため秀吉も閉口し、そのさわぎが主人の織田信長の耳にも入った。この夫婦喧嘩《げんか》を仲裁するため、信長はおねねに仮名がきの手紙をあたえている。

文中、おねねの容色をほめ、

「お前の眉目《みめ》ぶり、かたち（容姿）まで、以前よりも、十《とお》のものなら二十ほども、美しゅうなっている。そのお前に、藤吉郎は不足を申すときくが、言語道断のまちがいだ。どこを尋ねてもお前ほどの女房を、かの剝《は》げねずみ（秀吉のこと）めは、見つけることはできまい」

と書いている。おねねの二十六、七のころだ。なんとなく、色白で豊満なおねねの容姿が目に浮かんでくるようである。

終生、夫婦仲がよく、夫が太閤になり、彼女が北政所になってからも、二人同座すると、ひと前かまわずに冗談を言いあったり、手をたたいて大笑いしたり、大声で議論をしたりして、下賤の亭主女房とすこしもかわらなかった。

どちらもひどい尾張《おわり》言葉である。

他国出身の家来や侍女は、なにをしゃべっているのかわからず、言葉も早口にきこえ、あたかも夫婦喧嘩のようであったという。

ある日、この太閤夫妻が、乱舞《らんぶ》を見た。その席上、例の言いあいになり、だんだん双方の言葉が迫ってきて、夫婦喧嘩のようになった。太閤はふと、能役者にむかって、

「これはなんと言うぞ」

と問いかけた。

太鼓打ちがすかさず、

「夫婦喧嘩が太鼓の撥《ばち》にあたりましたよ」

というと、隣の笛吹きが、

「どちらが理《り》ィやら非《ひ》ィやらやらやら」

といった。

この頓智《とんち》に、太閤夫妻は手をたたいて大笑いした。

とまれ、おねねは、陽気で利発で、心の広い女性だったようである。

秀吉が卑賤のころからの妻だから、公私ともに秀吉のよき相談相手で、天下をとってからも、たれそれを大名にする、あるいはどの国を与えるなどというときには、おねねは遠慮なく意見をいい、秀吉も、その意見をよく用いた。

自然、おねねは単に奥方というだけでなく豊臣家における最大の政治勢力として、諸侯からおそれられるようになった。

関ヶ原前夜、もし彼女が、

「家康を討て」

と、その影響下にある諸侯に内命したとすれば、日本史は変わっていたであろう。が、事態はその逆であった。なぜ逆であったかはこの物語ののちの進展を待ちたい。

彼女は、

「北政所党」

ともいうべき諸侯群をもっている。

ほとんどは、彼女と同郷の尾張人である。たがいに、炉端で尾張言葉で語りあえるなかまで、なまりひとつでも親近感はふかい。

なまりだけではない。加藤清正などは、彼女の手で飼いそだてたようなものであった。

彼女が、近江長浜の城主夫人であったとき——お城主様の母公のいとこにあたる者でござりまする、といって訪ねてきた薄ぎたない後家《ごけ》どのがある。問いただしてみると、親戚《しんせき》であることはうそではない。村で藤吉郎の出世をきき、わが子を家来にしてもらいたくてやってきた、というのである。

なるほど、後家は一人の幼童をつれていた。これが、のちの清正であった。

当時、虎之助、五歳であるという。

「よい子じゃ、わが台所でめしを食え」

と、秀吉はいい、城で養った。おねねが母代りになって面倒をみてやっていたにちがいない。

おねねはこの清正がすきで、終生、かれへの愛情はかわらなかった。清正がいかに軍功もあり秀吉子飼いとはいえ、二十代の若さで、三千石の身上から一挙に肥後熊本二十五万石の大大名に抜擢《ばってき》されたことについては、おねねの力添えが大きかったかとおもわれる。

清正も、

「北政所さまに可愛がられている」

というよろこびと感恩の気持を終生もちつづけ、豊臣家における北政所党の筆頭になっていたのもむりはない。

福島正則《まさのり》も、尾張の桶屋《おけや》の子である。市松といった少年のころ、武士になりたさに秀吉をたよってきたが、そのころからおねねはよく知っている。「荒小姓」といわれた悪童のころ、おねねに小袖《こそで》の一枚もつくってもらったことがあるであろう。

それに、浅野長政は、おねねの養家の子で彼女とはきょうだいの間柄《あいだがら》である。

ほかに尾張出身といえば、蜂須賀《はちすか》家政（海部《あま》郡蜂須賀村）、加藤嘉明《よしあき》（父の代に三河から尾張に流れてきた家系）などがいる。北政所とは同じ方言でしゃべり、故郷の山河を共に懐《なつか》しめる仲間である。これに秀吉創業のときからの功臣細川忠興《ただおき》、池田輝政《てるまさ》、黒田如水《じょすい》といった歴戦の武将が、北政所のいわば炉辺に集まっていた。

三成は、そうではない。

「近江衆」

である。

この国の出身者は、どういうわけか才智才覚に長《た》けた者が多く、粗《あら》けずりの武骨者のすきな北政所から、

「わたくしは尾張の田舎者ゆえ、諸事才はじけた近江者は好きませぬ」

とおそらくは思われていたにちがいない。

その証拠に、というわけでもないが近江出身者で北政所の炉辺にいたとおもわれる者は、ひとりもない。

豊臣家における近江系の代表的な大名は、

石田三成（近江坂田郡石田村）

長束《なつか》正家（近江栗太《くりもと》郡長束村）

増田《ました》長盛（近江浅井郡益田村）

である。秀吉の執政官である「五奉行」の定員のうち、三人までがかれら近江人によって占めている。いずれもそれぞれの村の郷士《ごうし》の出だが算用に長じ、とくに長束正家などは神技にちかかった。

後世、この近江は、近江商人の名をもって天下に鳴りひびくことになるが、戦国武

家社会のなかからも計算の達人が出たことをおもえば、なにか血統的なものがあるのかもしれない。

とにかく吏務の達人ぞろいで、その所轄分掌《しょかつぶんしょう》は、長束正家はおもに知行方《ちぎょうかた》、算数の事務をとって、近江水口五万石。増田長盛は庶政一般と豊臣家の財貨の出納《すいとう》と訴訟をやり、大和郡山《やまとこおりやま》二十四万石。三成は、行政一般をみたが、のちには五奉行の筆頭のようなかたちになった。

この五奉行の他の二人は、尾張人である。前田玄以《げんい》、浅野長政がそうだが、中立派の玄以をのぞいては、北政所派の浅野長政は右三人の近江人ときわめて仲がわるかった。

これら近江衆が、秀吉にとりたてられたのは、秀吉が近江長浜の城主になり、その領国の武士、農民を大量に召しかかえた時期からであるが、秀吉が天下取りになるにつれて、野戦攻城の荒大名よりも、天下の行政を切りまわせる才能を必要としてきて、かれらが、豊臣政権の中心にすわった。

尾張派、つまり北政所閥はおもしろくない。

「近江者づれが、なにを威張るか」

と、ことごとに白眼をもって見、そのことを北政所にさまざまのかたちで訴えたはずである。

近江閥も、自衛せざるをえない。

たまたま、秀吉の側室筆頭である淀殿《よどどの》は近江人である。

三成らが淀殿に昵懇《じっこん》してそこにいわばサロンをつくり、尾張派の北政所閥に対抗したのも自然の勢いであろう。

淀殿は、名家の子である。北近江六郡三十九万石を領していた戦国大名浅井氏の小《お》谷《だに》城にうまれ、父は長政、母は織田信長の妹で美人のほまれの高かったお市である。

その父長政は、信長にほろぼされ、その頭蓋骨《ずがいこつ》に漆をぬられ、金粉をまぶして、酒宴の座興に供せられた。

浅井滅亡後、当時「おちゃちゃ」とよばれていた淀殿は、母とともに織田家にもどり、ついで母の再縁さきである越前の国主柴田勝家のもとに行った。

この勝家も秀吉にほろぼされ、母は継父とともに北《きた》ノ庄《しょう》城（福井市）で自殺した。

おちゃちゃの十七歳のときである。

やがて秀吉の手もとに引きとられ、二十二歳で懐妊し、淀城で最初の子である鶴松《つるまつ》をうみ、鶴松の死後、二十七歳で秀頼をうんだ。

ここで豊臣家における淀殿の立場は不動のものになり、

「御母公」

とよばれ、北政所につぐ地位を占めた。

彼女は、北政所とはちがい、その人間的な味わいを伝えるような逸話は皆無といっていい。おそらく閨房《けいぼう》以外での彼女は、なんのおもしろみもない平凡で愚痴っぽい女であったであろう。

しかし、近江出身の大名たちからみれば、いまは無い浅井家の遺児である彼女は特別のひとであった。いわば、

「旧主の姫」

である。哀憐《あいれん》、敬慕の情は、ひとしおであったかとおもわれる。

三成だけではない。増田長盛も長束正家も江北《ごうほく》にそびえる浅井の小谷城をあおいで育った。淀殿を、単なる太閤の側室、というだけではすませられぬ感情がある。この感情は、尾張派が北政所に対する土臭い親近感よりも、もっと浪漫《ろうまん》的なものであったにちがいない。

三成は、淀殿に接近した。

この間、逸話がある。

ろくな逸話ではない。

「三成は、淀殿と密通している」

というのである。むろん、根も葉もないうわさで、おそらく反対党からの流説《るせつ》であろう。

この豊臣家の後宮《こうきゅう》というのは、徳川時代の大奥とはちがい、開放的であった。北政所にせよ、淀殿にせよ、大名をよびつけて会話をかわすことが、不可能ではなかった。大名もまた、あらそって機嫌《きげん》をとりに行っているから、そういう噂《うわさ》がたてられる可能性はあった。

「家康と北政所が密通している」

といううわさが、秀吉の病没直後にあったぐらいである。家康が、その不器用な媚態《びたい》のかぎりをつくして北政所の信頼を得ようとし、しかも成功して、彼女を味方にすることができた。これを憎んでその反対党が、密通説をながしたに相違ない。

いずれにしても、関ケ原という史上空前の大事件は、事のおこりを割ってみれば、ふたりの女性のもとで自然と出来た閨閥《けいばつ》のあらそいであったといえる。

三成は、淀殿に対し、つねづね直談《じきだん》していたわけではない。

淀殿には、女官団がある。

この近江の名家の子は、自分のうまれたときについた乳母《うば》まで豊臣家につれてきているのである。乳母は、浅井石見守《いわみのかみ》明政の娘で、饗庭《あえば》ノ局《つぼね》といった。彼女が、筆頭老女である。それに秀頼の乳母で、大野治長《はるなが》の母大蔵卿《おおくらきよう》ノ局、それに摂津《せっつ》の豪族渡辺内蔵助《くらのすけ》の母正栄尼、といったような面々で、この老女群と、三成は連絡が緊密であった。

いかに緊密で、それがいかに反対党の目ざわりであったかの一つの証拠に、

「初芽《はつめ》ノ局」

という美少女が登場する。

淀殿の侍女で、彼女の実家が藤堂高虎《とうどうたかとら》の家来筋にあたる関係上、高虎から、

「淀殿にさまざまの告げ口をし、三成とのあいだを割《さ》くように」

と命ぜられ、そのために淀殿のそばに送りこまれた。両派の対立は、そういう策謀をせねばならぬところまできていたわけだし、淀君と三成とのつながりの深さも、この一事で想像がつく。

要するに、ここまでえんえんと豊臣家のふたつの勢力について話してきたのは、ひ

とつはこの美少女について語りたかったからである。

初芽は、

(治部少輔どのとは、どのような男か)

と、興味をもっていた。

当時、淀殿は大坂城二ノ丸からひき移って、伏見《ふしみ》城西ノ丸にいた。初芽も、それに従って西ノ丸にいる。大坂のころは三成とついに会わなかったが、さいわい、この伏見へ移ってほどなく、府中の役人との連絡をつとめる役目になって、三成と接触できる可能性をえた。

ある日、三成が、女官の扶持《ふち》のことについて大蔵卿ノ局に了解をえたいことがあり、西ノ丸へのぼってきて、書院で待った。

「治部少輔さまでございます」

と、小役人が廊下を走る。

それを受けて初芽が、取りつぎのために書院へまかり出る。ながい廊下を渡ってゆくあいだ、

(はて……)

と、胸のおどるのをおさえかねた。

初芽は、そういう秘密な役目を、言いつかるだけあって、才気もあり、物事に対する好奇心もつよかった。

当然、

——三成は悪人である。

と教えこまされている。それだけに、

(どのような悪党か)

と、この目でみたい気持があふれるように胸に満ちている。

初芽は、書院に出た。

広い座敷に、たったひとり、肩衣《かたぎぬ》をつけた三成の影がすわっていた。

そのむこうに庭があり、陽《ひ》がその庭に照りつけているせいか、逆光で三成の影が、凝然《ぎょうぜん》と黒ずんでみえる。

「治部少輔どのであられまするか」

と声をかけると、その影はちょっと小首をかしげ、しばらくだまったあと、

「そうです」

といった。一瞬だまったのは、見なれぬ初芽に不審を感じたのであろう。

そのとき、陽が翳《かげ》って、初芽の目に三成の容姿がよくみえた。

（あ――）

とおどろくほどのすずやかな眼をもっていた。眉《まゆ》があがり、唇《くちびる》がひきしまって、利《き》かぬ気の少年のような容貌《ようぼう》をもっている。

「初芽と申しまする。お役をつとめまする」

「はじめてですな」

と、三成は、この男がもっている一種昂揚《こうよう》した癖のある眼を、急にほそめた。笑顔になっている。

その異様な笑顔が、初芽を動揺させた。

（わるい男なのか、どうか）

彼女は、この年になるまでこのような眼の男に出遭ったことがない。

「大蔵卿にお会いしたい」

といった三成の唇の動きを、初芽はぼう然と見つめている。

ややあって初芽は自分の面妖《おか》しさに気づき指さきまで赤くなりながら、その指を膝《ひざ》前《まえ》にそろえ、やっと、

「承りましてござりまする」

と言った。ついに初芽は廊下に出るまで、眼をあげて三成を見ることができずにおわっている。

三成も、この初芽を心にとめた。

奈良

花が散って、青葉になった。

峠道である。

ひとりの伊賀者が、赤埴《あかはに》の坂をのぼりながら深編笠《ふかあみがさ》の武士のあとを見え隠れにつけている。

名を、源蔵。

山伏《やまぶし》の姿に扮《ふん》していた。源蔵は徳川家の伊賀同心のひとりで、家康の謀臣本多正信から、

「つけて、こまかく報告せよ」

と命ぜられていた。

陽《ひ》ざしが、暑い。

深編笠のぬしは、初老をとっくに過ぎているくせに、足がはやい。ぶあつい肩と、弾機《ばね》のような腰をもっていた。石田三成の謀臣島左近である。

左近には、癖がある。

と、徳川方ではみていた。ときどき、かれの佐和山屋敷からも、京都屋敷からも、伏見屋敷からも消えることであった。

（どこへ行き、たれと会うのか）

本多正信の深刻な関心事だった。三成の動きは、左近を注視していればいい、と正信はおもい、徳川家の伊賀、甲賀同心のうちから五十人を選りぬいて江戸から上方《かみがた》によびよせ、ほとんどこのことにかかりきらせていた。

余談ながら、伊賀、甲賀者とは申せ、どろんの忍術をつかうわけではない。ほとんどを町住いさせている。

伏見、京、大坂、佐和山、といった町々にすまわせ、職業も雑多だった。町医師、雲水《うんすい》、薬屋、大工、左官、庭師、中間《ちゆうげん》、畳屋、辻茶《つじちゃ》売り、行人《ぎようにん》、山伏《やまぶし》、祈禱《きとう》師、町絵師といったたぐいである。

源蔵は、山伏が職であった。たまたま伏見の島左近屋敷のまわりをうろうろしていたところ、裏口から、ツト牢人《ろうにん》が出た。牢人である。左近ではない、と思ったが、いやいや油断はならぬ、とおもいかえした。

（左近は、微行《しのび》あるきをするときには、供もつれず、姿《なり》も牢人体《てい》につくっている。それが癖だときいた）

そうおもい、たまたま通りかかったなかまの「大工」に耳打ちして、

――おれは、あとをつける。

といい、ずっと尾行している。

左近は、伏見から淀川《よどがわ》くだりの船に乗り、大坂についた。

（はて、大坂屋敷に行くのか）

とおもったが、大坂城の南側にある自分の屋敷の門前を通りすぎてしまい、城の玉造口《たまつくりぐち》から高井田の宿《しゅく》に出、そこで一泊した。

翌早暁《そうぎょう》に宿を出立した。

とっとと東へゆく。目の前に、生駒《いこま》・葛城《かつらぎ》のなだらかな連山がみえる。それを越えれば大和《やまと》の国であることは、むろん、源蔵は知っている。

（はてな、たしかに左近なのか）

源蔵は、何度も首をかしげた。左近とすれば、大和の国まで、ひとりでなにをしにゆくのであろう。

慶長三年五月、このころ伏見城では秀吉の健康が衰えている。名医安養院や曲直瀬《まなせ》法印（二代目）などが脈をとり、薬を盛ったが、ききめがない。病名は「虚損《きょそん》のやまい」であるという。虚損とはからだのいちじるしい衰弱を意味する症状名である。

暑い。

峠の名は、暗峠《くらがりとうげ》といわれる。雑木の枝が鬱然《うつぜん》と道をおおい、緑の洞穴《ほらあな》をゆくようであった。河内枚岡《かわちひらおか》からのぼり、越えれば、大和盆地がみえるはずである。

坂は、けわしい。

尾行しながら、源蔵は相手にいささかも気づかれていない自信があった。芸もこまかく淀川くだりの客船のなかでは白衣を着て不動講の女行者になっていたし、大坂に入って河内高井田の宿でとまったときには、膏薬陀羅尼助《こうやくだらにすけ》売りになり、高井田を出てからは、山伏の姿にもどっている。

峠の頂上は、櫟林《くぬぎばやし》になっており、青葉に午後の陽が映えて、歩いてゆく源蔵の肌《はだ》があおあおと染まるようであった。

尾行は成功している。源蔵は、ふと汗をぬぐい、そのことにこころよい満足を覚え、そのせいか、のどが急にかわいた。

（どこぞ、岩清水《いわしみず》はないか）

おもわず、気が散った。登って曲り角にくると、路上に編笠が落ちている。

（おや、左近の笠ではないか）

と、拾おうとした。乾きで気さえ散っていなければ、こんなものを拾おうとするような不覚はなかったであろう。

源蔵は、かがんだ。

手をのばして、拾おうとしたとき、背後の、それもほんの耳もとで、

「手数をかけている」

と、低い声がした。

あっ、と思ったが、体が動かない。相手は背後にいる。しかも、相手は手を出しているわけではない。ただ立っているだけの様子である。

剣でいえば、位で圧《お》された、といっていい。源蔵は、これほどの目に遭ったのははじめてであった。

「御坊、よい道づれができた。大和へ参られるならば、いっしょに峠をくだろう」

「は、はい」

源蔵は、編笠を手渡した。左近、とおもわれる牢人は、ちょっと会釈《えしやく》してかぶり、あごの右側でひもを結んだ。

歩きだした。源蔵も、魅《ひ》き入られるようにつき従いながら、

「拙者は、吉野蔵王堂《ざおうどう》の修験者《しゆげんざ》にて、備前房《びぜんぼう》玄海と申します。失礼ながら、あなたさまは、どなたであられましょう」

「申しおくれた。わしは」

偽名をつかう、と源蔵は予測して緊張した。が、牢人は、さらりといった。

「石田治部少輔の内《うち》にて、島左近と申すものだ」

顔色も変えない。むしろ、堂々と本名を名乗られて、源蔵のほうが、睾丸《こうがん》が縮んだ。

あわてて下帯に手をつっこんでずりさげながら、

「ご雷名は、うけたまわっております。旅の空の下でなければ、われわれ卑賤《ひせん》の修験者がおそばにも寄れぬ方でございます。しかし島左近さまと申せば、一万五千石のご身上。ご家来衆もつれず、御槍《やり》も立てず、御馬も曳《ひ》かせずにひとり旅をなさるとは、どういうご酔狂でございましょう」

「単に、癖だ。気にするな」

左近は、苔《こけ》を踏んでゆく。歩きながら、

「御坊も妙な癖をもっている。船のなかでは女のまねをしたり、大坂の町中では陀羅《だら》尼助《にすけ》の荷を背負ったり。……」

ふふ、と編笠のなかで笑った声の表情は、この男の人柄《ひとがら》のぶあつさによるものか、意外にも悪意というものがすこしもなかった。むしろ世と人を楽しんで、源蔵をすら、いっぴきのおかしみのある生きものとして、諧謔化《かいぎゃくか》しているようであった。

（めずらしい人間もいるものだ）

そう思ったのは、源蔵のほうである。自分の正体を暴露されていながら、逃げることさえわすれている。

「し、島様」

と、身をちぢめたが、左近はゆるゆると歩いてゆく。

「遠慮をせずともよい。わしは馴《な》れている。わしの身辺には、そちのような人間が、蚊のようにたかっている。甲賀、伊賀の者たちが。――そちは、なんという」

「名前はごかんべんくださいまし」

「備前房とよぼう。どうやら傭《やと》われ者でなく江戸内大臣殿（家康）に仕官をしている者のようだ。徳川殿とは、風変りな人だな。そのほうども伊賀甲賀の者を多数扶持《ふち》されて、なにをなさろうというのか」

「…………」

源蔵は、ただぼう然とついて歩くのみである。

下り坂になって、松が多くなった。

「家康という人は、若いころから律義者《りちぎもの》で売ったひとだ。世の律義者には、ふたつの種類がある。本物の律義者、これは魅力はない。いま一つの魅力のある律義者とは、その内実は奸佞《かんねい》の心を抱き、虎狼《ころう》の心をもち、しかも仮面をかぶって律義を売り物にしている者だ。家康だな」

島左近は、刻み足でおりてゆく。

「わしは若いころ、一時筒井家を離れて諸国を歩き、甲州の武田家に客分として身を寄せていたころがある。信玄はまだ生きていた。その最後のころだな、元亀《げんき》三年、信玄が京に旗を樹《た》つべく大軍をもよおして東海道に出、沿道を席巻《せっけん》し、諸城はつぎつぎに陥《お》ちて、無人の野を征《ゆ》くがごとくであったが、それを迎え討ったのが織田・徳川の連合軍であった。信玄はこれと遠州敷智《しきち》郡三方《みかた》ケ原《はら》で戦い、大いに破った。徳川方は浜松城へむかって潰走《かいそう》し、家康殿は一騎で戦場を脱出し、馬の息のつづくかぎり逃げた。武田勢はそれを追い、わしも追撃勢のなかにあり、しかも先頭を駈《か》け、是が非でも家康殿に槍をつけようとして鞭《むち》も折れよと追ったが、わが馬、駿《しゅん》ならずして残念にもとりにがした。そのとき、家康殿は、三十であったかな、それとも一かな、ひとのうわさでは、逃げながら、恐怖のあまり糞便《ふんべん》をもらされた」

家康を追ったことがある、というのはひとも周知の左近の戦歴の一つである。が、いま伊賀者づれをつかまえて、左近は自慢にもならぬ昔ばなしを自慢しているのではない。

「その直後、信玄が陣中で没し、やがては武田家がほろぶのだが、家康殿はあのときの武田軍のつよさが忘れられず、遺臣の多くを召しかかえ、軍法もすべて信玄の法に真似《まね》た。亡《な》き信玄を師としたわけだ。信玄は、兵法《ひょうほう》でいう用間《ようかん》(間諜《かんちょう》をつかうこと)の好きなひとだ。そちどものような忍びも多数つかって、いろんな働きをさせていたらしい。徳川殿はそのことまで真似た。そのほうども草賊《そうぞく》の徒が、花の江戸に移され、足軽なみに扶持されているゆえんだ」

眼下に大和盆地がひらけている。左近は、源蔵に語っている、というふうでなく、ひとり、時勢にむかってうそぶくようにいう。

「そのことは、徳川殿の陰性な性格を、なによりもつよく物語っている。わしは太閤《たいこう》を」

といって、息を大きく吸った。

「べつに好きではない。しかしながら、天性陽気な太閤は伊賀甲賀の忍びなどは使わなかった。そのことで太閤は後世まで人々に好かれ、家康殿は、後世まで人柄の暗さを残すだろう」

源蔵は、だまってついていく。わが敵ながら、妙な男につかまった、と思うのである。

「しかし」

と、源蔵は、頭がおかしくなったようだ。

「島様」

「まあまて、備前房、わしはそちのことを誹謗《ひぼう》しているわけではない。家康という男はやりきれぬ、という話をしている。わしはいま、奈良へゆく。そこで岳父《がくふ》が病気で臥《ね》ている。妻がそれを見舞っている。わしは奈良へ行ってちょっと病床を見舞うべく、暗峠を越えているのだが、そのわしに、山伏に変装した家来を尾行させる。なんと暗い男なのか、家康とは。——」

「あのう、奈良へいらせられますので」

「岳父の病状を見にゆく」

源蔵も、仲間うちのうわさできいている。左近の妻の父というのは、奈良の大乗院門跡《もんぜき》に仕えている医者で北庵《ほくあん》法印という。それが病床にあるというのもたしかだし、左近の夫人が見舞に行っている、というのもうわさにきいていた。

「備前房、そこまで話してやった。帰って、そちを使っている者にそう報告するがよい。ここでわかれることにしよう」

と、左近は、急坂を足早でおりはじめた。

源蔵は、坂の上に残った。

しばらく立ちつくしていたが、やがて折りくずれるように、路傍に腰をおろした。緊張が解け、汗が、どっと背をぬらした。首が力なく股《また》のあいだへ垂れた。

事実、吻《ほっ》としたのである。

(左近とは、ああいう男なのか)

まだ得体は知れないが、とにかく体から圧《お》してくる力が、源蔵ほどの手だれの伊賀者を手も足も出ないほどに萎縮《いしゅく》させてしまった。

(ひそかに、殺せ)

とも言われていたが、あの男を殺せるものかどうか。

憎悪も反撥《はんぱつ》もおこらないのである。

どころか、もし徳川家に仕官さえしていなければ、あの分《ぶ》の厚い微笑をもった男の

あとをいまから追って、

「島様」

と、その足もとに平伏したかもしれない。あの男のあごで使われてみたい、という衝動を、源蔵はおさえかねた。

（とまれ、伏見にもどろう、左近は独りで奈良にいる、それだけでも収穫ではないか）


左近が、奈良の町に入ったのは、夜更《よふ》けである。

大乗院門跡のむかいにある屋敷の門をたたいた。奈良独特の築地塀《ついじべい》がつづいている。

土地の者は、

「法印殿屋敷」

といい、邸内に大樟《おおくすのき》があるので、なにかにつけ、目じるしになっていた。

あらかじめ飛脚を差し立てておいたので、舅《しゅうと》の北庵は、起きて待っていた。

北庵の医家としての名声はすでに古く、京の施薬院《せやくいん》、竹田法印などとならんで、天下で最も知られた内科医《ほんどうい》であり、この宏大《こうだい》な邸内には諸国からきた医生が寄宿して学び、いわば奈良における医科大学の観をなしている。

「して、用むきは」

と婿《むこ》を書院に招《しょう》じ入れてきくと、左近は、

「一つござる」

と、声をひそめた。

「じつは、太閤殿下のご容体がおもわしくござらぬ。ご病状のことは、伏見でくわしく聞いて参りました」

「それで？」

「いつ、お亡くなり遊ばすか、を、舅《しゅうと》殿にお診《み》たてしていただきとうございます」

北庵は、おどろいた。

が、左近はかまわず、秀吉の痩《や》せぐあい、皮膚の色、脈、食欲、胃腸の状態、おもな訴えなどをくわしく物語った。

北庵はいちいちうなずき、しかし診断はくださず、

「死期を、なぜ知りたい」

ときいた。左近は、みじかくいった。

「乱がおこります」

「ほう、死を待ちかまえて乱をおこそうとする者がいるのでござるか。たれじゃ」

「江戸内大臣」

左近の声はひくい。

「家康殿と申せば、五大老の筆頭、豊家《ほうけ》の柱石《ちゆうせき》、関八州の鎮護といわれたおひとではござらぬか、それが、乱を。信ぜられぬ」

「すでにめぼしい大名に工作をはじめている様子でござる。太閤の死は、単なる死では済まされませぬ。事変でござる。それも歴史はじまって以来の大事変になり申そう。その死によって、ふたたび、戦国の世が来るかそれとも、詐略《さりやく》をもってあざやかに豊《とよ》臣《とみ》家の社稷《しやしょく》をうばうか、いずれにしても無事ではない」

「なるほどそういわれれば」

北庵はいった。

「一人の死が、太閤の場合ほど大きい事例は古今ありませぬな」

「して、ご診断を」

「お体を診ねばたしかなことは申せぬが、いままでの経験ではその容体ならまず、死ぬ、それも八月」

「八月」

左近は、指を折った。八月ともなれば、大いそぎで準備にかからねばならぬ。

「その乱がおこれば、左近殿はどうなさる」

「いやいや、牢浪《ろうろう》の境涯《きようがい》ならばおもしろしと見物しているのでござるが、主人治部少輔が大の家康ぎらいゆえ、自然、わしも、家康が乱をおこすと同時に立ちあがって槍の鞘《さや》をはらい、鉄砲の火蓋《ひぶた》をひらいて、かの老人がつかみとろうとする天下を、その腕を断ち、命を断っても阻止する所存でござる」

「おもしろし」

北庵老人は、手を搏《う》った。

「して、第二番目の頼みとは？」

軒猿《のきざる》たち

島左近は。——

この時代の人物群のなかで異彩をはなっていたといっていい。破顔《わら》うとひどく明るい顔になるのだが、そのくせだまると、人がかわったかとおもわれるほど沈鬱《ちんうつ》な顔になる。

「奥山の沼」

と、ひとはこの男のことをいっていた。深い木蔭《こかげ》を水面におとし、しんしんと波ひとつ立てぬ奥山の沼を、この男のふんいきに、人は感ずるのであろう。

左近は武将というよりも、哲人といった風貌《ふうぼう》のおとこだった。唐代の詩人であった杜甫《とほ》を愛し、

「たかがおのれの一生など、ついに杜甫一編の詩におよばぬか」

といっていた。変わってはいる。自分の一生を、「詩」として感ずるたちの男なのである。

「島左近こそ、武士の典型だ」

とその死後、数百年の徳川時代を通じて武家社会から慕われた。徳川時代にこれほどの人気があるのはよほどのことであった。本来、島左近は、

「打倒家康」

の作戦本部長なのである。幕府にははばからねばならぬ名前ではないか。

おもしろい話がある。

秀吉が死んだ直後、ある日、石田三成は家来をつれて、大坂城の天守閣にのぼった。

いうまでもなく、日本最大の建造物である。

眼の下に大坂の町なみがひろがり、道は四通八達し、ゆきする人の姿が、蟻《あり》のように小さい。

「この町の繁昌《はんじよう》ぶりをみるがよい」

と、三成は、いった。

「故太閤殿下の偉大さがわかるではないか。むかし、この日本が百年にわたって乱れていたとき、故太閤出《い》ずるにおよんで、群雄を一手にしずめ、五畿《ごき》七道《しちどう》を平定し、この大坂に政都をもうけ、天下の民を安んじた。町をみるがよい。町民どもは、日々の暮らしをよろこび、あすの日また豊家の保護によってかくあらんとこいねがっているかのようではないか」

遺児秀頼の世が、永世であることを町民はねがっている、と三成はいうのである。

「いかにも左様で」

と、側近たちがうなずいた。

しかし島左近はだまっている。

三成は気になり、

「左近、そうではないか」

というと、左近は三成の側近をさがらせて三成を一人きりにし、

「いま申されたこと、正気でござるか」

といった。

「正気だ」

「殿、頭のよい人というのは、自信がつよい。自信がつよければ独断が多い。独断は事をあやまる。いまいわれたこと、もし正気ならばばかげている」

「なぜだ」

と、三成は、自分が主君ながら左近という男にだけはなんとなくあたまがあがらない。

「町の繁昌が豊家のおかげだと申されるのはあとかたもないうそじゃ。古来、支配者の都府というものに、人があつまるのが当然で、なにも大坂にかぎったことではござらぬ。利があるから人があつまる。恩を感じてあつまるわけではない」

さらに、いう。

「大坂が繁昌であると申されるが、それは都心だけのことでござる。郊外二、三里のそとにゆけば、百姓は多年の朝鮮ノ役で難渋《なんじゅう》し、雨露の漏る家にすみ、ぬかを食い、ぼろをまとい、道路に行きだおれて死ぬ者さえござる。豊家の恩、豊家の恩と殿はいわれるが、そのかけ声だけでは天下はうごきませぬぞ」

左近は、三成とはちがい、冷徹に時勢をみている。秀吉は晩年にいたって外征をおこし、このため物価はたかくなり、庶人はくらしにくくなっている。さらにその外征中、建築好きの秀吉は伏見城をはじめ、無用の城、豪邸をさかんに建て、民力をつかいすぎた。

「じつをいえば家康を討滅する秘謀の件は」

と、島左近はいう。

「まだ早うござる。いま民力を回復させ、さらには外征から帰陣した諸侯や、故太閤の普請《ふしん》のお手伝いをした諸侯に休息をあたえ、十分に休めおわって豊家万歳の気持をおこさせてから、家康を討つ。もっともそれが理想だが、家康のほうがそれを待ちますまい。挑発《ちょうはつ》をしかけてくる。むずかしさはそこにある。ただ申したいのは、殿のように豊家の恩だけで天下がうごくとおもわれるのはあまい、ということです」

左近は、そんな男である。

かれが奈良で、その舅北庵法印にたのんだことは、

「伏見城下に来てくれませぬか」

ということであった。北庵といえば、天下にひびいた医家である。伏見に住めば、

諸侯や諸侯の家族、重臣があらそって、かれの来診をたのむであろう。自然、諸侯の内情もわかろうというものだ。

「いま拙者が知りたいのは、太閤の死後、どの大名が家康のもとに奔《はし》り、どの大名がふみとどまるか、ということです。それを知らねば、謀《はかりごと》の立てようがない」

「それはこまる」

と、北庵は思案した。前章でもいったとおり、かれは奈良における医科大学の学長のような立場である。奈良をすてて身ひとつで、伏見城下に移れるかどうか。

しばらく、思案していた。が、婿の左近がどうやら史上かつてみぬ大芝居をもくろんでいることに興をもよおし、

「奈良のことはなんとかする。始末をつけてからできるだけ早く、伏見へ移ろう」

といった。

「安堵《あんど》つかまつった」

と、左近は深く頭をさげ、しばらく面《おもて》を伏せていた。涙こそにじませていなかったが、この成功するかどうかわからぬ大ばくちに、この古都で平和な老後を送っている医者を巻きぞえにするのが、つらかったのであろう。

左近はその夜、実家に帰っている妻の花野とひとつ衾《しとね》で寝た。

べつに、夫婦のまじわりはしない。そういうことに血を沸《わ》かすには、たがいに長すぎる歳月を送ってきた。

ただ、花野のからだを、やさしく、丹念にながい時間をかけてさすってやった。

花野は、それだけでうれしいらしい。

「また、老いたようだな」

と、左近がいたわるようにいった。花野は四十になる。

「わたくしだけではございませぬ。旦那《だんな》さまも」

「なんの、若いおなごなら御《ぎょ》せる。ただそなたには、馴染《なじ》みすぎてむりだ」

と、花野の恥所を撫《ぶ》してやる。その撫しかたにいささかの淫《いん》した風情《ふぜい》がなく、ちょうど葛城《かつらぎ》の当麻《たいま》の花の下で、古きよき小さな観音像でも撫しているような駘蕩《たいとう》としたふんいきがあった。

「若いおなごが、できましたか」

と、花野はおだやかにわらった。左近は好色というほどではないが、むかしから年おさない少女《おとめ》にふしぎとさわがれるおとこなのである。

「若いおなごは、いちいち衾の上のことを教えねばならぬのでな、根《こん》がくたびれる」

左近は、生《き》まじめにいった。

その生まじめさがおかしかったのか、花野は、声をたてて笑い、

「そのようなことをご面倒がられるようではやはりお年でございます。花野のみ年をとったと申させませぬぞ」

「いや、気にかかる大事がある」

と、左近は、花野の恥所をなでながら、身の一大事をうちあけておこうとおもった。

「妙なものでな、大事を、夜もおちおちとねむれずに思いつめていると、ついつい、おなごの肌《はだ》に触れても、塩気のない粥《かゆ》をすすっているような思いになる」

「大事とはどのような？」

「家康よ」

というなり、それ以下は花野に事情を聞かせまいとするためか、恥所にいきなり指を入れた。

「あっ、左様な。痛うございますのに」

「痛い、というような年になったか。むかしは、佐和山の下の湖にうかぶ鳰《にお》のような可憐《かれん》な声を出してくれたものだ」

「旦那さまさえそのお気なら、いまただちにでも鳰の声を出してもよろしゅうございます。かんじんの旦那さまが、江戸内大臣殿にお浮かれあそばして、……それこのよ

うな」

と、花野は、左近のそれに触れたらしい。

「このお意気地のなさでは、こちらが艶《つや》ばみませぬ。それにしても、おお、痛かったこと」

と、花野は、さも痛そうに、白い腰を浮き立たせた。

たがいに戯《ざ》れごとはいっているが、花野の肌は四十とはおもえぬほどのつややかさで、

「おばばどの」

と、左近がからかってやるのは、気の毒なほどであった。

「して、その家康殿が？」

と、花野は水をむけた。

「豊臣の天下を盗もうとしている。このことは京・伏見の町人でも察していることゆえ、そちもおおかたの想像はつくであろう。北庵《おやじ》どのの診立《みた》てでは太閤はあと数カ月の定命《じょうみょう》であるそうだ。太閤が地上から消えれば、天下はがらりとかわる」

「どのように」

「さてどのように変わるかが、わしの大事の切所《せっしょ》というところだ。盗む、盗ませぬ、

これは天下の大騒動になるな」

「それで？」

「それ以上は聞かずともよい。ただ大事はここ一、二年さきに来る。勝つか負けるかは、天と時の運だ。勝てば家康は地上から消え、負ければ治部少輔どのはむろんのこと、わしは、花野のもとから去る」

「去る、とは？」

「五蘊《ごうん》」

と、左近はあつい胸をたたいた。五蘊とは仏法でいう、物質と精神を組み立てている要素のことである。

「わしの五蘊がみじんとなって空中に四散し、もうこのかたちとなっては、花野のもとにもどって来ぬ」

「死ぬのでございますか」

「男の最大の娯楽といっていい、自分が興るかほろびるかという大ばくちをやることは。――花野、ただ覚悟だけをしておいてもらう。それを言いたくもあって、このたび奈良までできた」

「あの」

花野は、体がふるえてきた。

「そのばくちとやら、いずれが勝ちます」

といってから、「痛い」と、花野は身をよじった。左近の指が、体内にある。

「それ以上は問うな」

左近はいい、その手の動きが、ものしずかな愛撫にかわった。しばらくそれをつづけてから、

「問われても、わしにもわからぬことだ」

といった。


その左近が、翌早暁《そうぎょう》、奈良を離れ、昼さがりには、北庵法印からかりた馬に乗って例の暗峠《くらがりとうげ》を西に越えていた。

「供をつけよう」

と北庵法印がいってくれたが、かたくことわり、一騎だけで赤土の峠道をかつかつと踏んでゆく。

ちょうど峠をのぼりつめようとしているころ、その上の峰で、五人の男が、左近が

眼下の道にさしかかってくるのを待っていた。

ひとりは、徳川家の伊賀同心源蔵である。他はその仲間で、家康の天下簒奪《さんだつ》の密謀の手足になるために江戸から京・伏見に移駐している集団であった。

みな、猟師のなりをしていた。鉄砲が三挺《さんちょう》に半弓が二張《ふたはり》、それらを手に手にもって、松の下の萱《かや》のかげにかくれている。

密偵《みってい》、暗殺などの暗い政治手段は、徳川家の家風にしみついた固有のしみというべきもので、この悪癖は幕末までなおらなかった。

家康の性格といっていい。

あるいは、家康をたすけ、家康の気質をのみこんで謀《はかりごと》をたてている参謀筆頭の本多正信のこのみでもあったろう。

「来た」

と、一人がいった。

むろん、目にはまだ見えない。かすかに風に乗って、蹄《ひづめ》の音がきこえてくるのである。この連中は待ち伏せするばあい、決して殺すべき相手の風上《かざかみ》の場所をえらばない。

風上のばあい、風に送られて相手に火縄《ひなわ》のにおいを嗅《か》がれたり、物音を聞かれたりするからである。風下《かざしも》がいい。このばあい、いうまでもなく条件は逆である。

「なるほど、きこえる」

と源蔵もうなずいたが、表情はあかるくない。この男は、左近にはわずかに魅かれている。助けようとはおもわなかったが、この役目をよろこんではいなかった。

さて、左近は。

そろりと馬から降りた。峠の上の地形が、伏兵をうずめるのに絶好な場所であることを、「三成に過ぎたるもの」といわれたこの戦術家は知っている。

(まさかとおもうが、念のためだ)

とおもった。戦術家の資格の第一要件は、「まさか」という言葉をつかわないことである。ささいなことでも、念を入れることであった。

(さて、北庵どのの馬を大事にせねば)

と、手綱《たづな》をとって、路傍のかしの若木につなぎ、つなぎおわると、
ひらり
と、崖《がけ》へとりついた。初老の男とはおもえぬ身軽さである。崖の上にのぼり、手近の松のみきに両手をかけ、するするとのぼり、登って四方を見ると、すぐおりた。

左近は、伏兵の居そうな場所をあらかじめ察している上に、さらにその見当をしぼ

ることができる。

風下でなければなるまい。その上、峠道にむかって鉄砲を撃ちやすい場所、撃てばすぐ尾根道をつたわって逃げられる場所。――

そうしぼってゆくと、一カ所しかない。

その一カ所に、萱の叢《くさむら》が動いている。

(ばかめ、島左近という男のこわさがわからぬか)

左近は、相手にみえぬよう、山の斜面から斜面を横ばいにつたわって相手の背後に出、

「咄《とつ》。――」

とみじかく叫んだかとおもうと、一瞬、二瞬のうちに、相手の素っ首が、血を曳《ひ》いて飛んでいた。

「あっ」

と、源蔵らはろうばいし、三人、三方に逃げた。

左近は、その一人を追ってさらさらと走った。走りながら、いつもの沈鬱な表情を変えていない。

走った、というが、じつのところ五、六歩にすぎなかった。

相手は、立ちどまった。菅笠《すげがさ》をはねあげてふりかえった。ふりかえりざま左近にむかって跳躍した。

（飛ぶ。——）

と、そのわざに、左近もあきれた。かれらは、けものの習練をつんでいる。飛んで、おそらく松の高枝にとりつこうとしたのであろう。が、枝が枯れていた。

枝一本、にぎったまま、左近の頭上にむかって落ちてきた。

「軒猿《のきざる》。——」

と、左近は、かれら特殊な足軽を、世間でいう蔑称《べっしょう》でよんだ。

同時に、剣を目もとまらずに旋回させた。左近の佩用《はいよう》は、かれの生国《しょうごく》の古鍛冶《こかじ》である大和の転害《てがい》（手掻）一派で、初代包永《かねなが》二尺六寸八分であった。

落下してくる男は、おそらく、猟師めかした麻服の下に鎖帷子《くさりかたびら》を着こんでいるであろう。

左近はとっさに判断し、足首を、ふたつながら斬《き》りとばし、血が飛ぶとともに地上に落ちた男を、眉《まゆ》を寄せ、じっと見た。

眉を寄せるのはなにかのときのこの男の癖だが、それがひどくいたわりぶかい表情

にひとにはみえる。この表情のせいで、左近に指揮される数万の士卒は、

(この殿のためには、命もいらぬ)

とおもってきたところのものだった。

「家康殿がさしむけたか、それとも、佐渡守正信が、独断でそのほうどもを放ったか」

と、左近はつぶやくようにいう。

「いずれにしても、芸のこまかいことだ。英雄たる者が、国を奪うべき法ではない」

左近は、崖から路上にとびおりた。

その左近を、せっかく照準しながら、草のかげでむなしく鉄砲をかかえていたのは、源蔵である。

(あれは、ばけものか)

二度目にみた左近の像が、最初よりもいよいよ巨《おお》きくみえてくるのを、この家康の軒猿はどうしようもなかった。

そのうち、崖下の峠道を、馬蹄《ばてい》の駈《か》けすぎる音がきこえた。

左近であろう。

源蔵の背が、びっしょり汗でぬれている。

伏見城下

微行《しのび》の旅で、顔をみられたくない。深編笠《ふかあみがさ》をかぶって革袴《かわばかま》をはいた島左近が伏見城下にもどったのは、まだ夜のあけぬうちである。

(一番鶏《いちばんどり》は、まだじゃな)

と、左近は大手筋をとっとと城にむかって歩いてゆく。

大手筋の両側は、びっしりと大名屋敷がならんでいる。星あかりで道が白く、かつ、屋敷屋敷の塀《へい》がほのじろく両側につづいているから、夜目《よめ》には、不自由しない。左近の足は早い。右側の屋敷を列記すると、片桐東市正《かたぎりいちのかみ》、浅野但馬守《たじまのかみ》、浅野紀伊守《きいのかみ》、池田武蔵守《むさしのかみ》といった大どころの屋敷がつづき、やがて岐阜大納言《ぎふだいなごん》屋敷の西角のあたりで、ぱっとあたりがあかるくなった。

夜明けである。みるみる伏見山の緑があざやかにかがやきわたってゆく。

(きょうも、晴れか)

この日、ちょうど慶長三年五月五日の端午《たんご》の節句で、その祝賀のため午前八時には諸大名の総登城があるはずであった。城下は大名行列でにぎわう。
(さて。——)
と左近は大手門の橋をわたると、一番鶏が鳴き、門がひらいた。
番士の組頭が左近にあいさつし、
「いずれへ参られました」
と、からかった。左近がときどき伏見をぬけ出て京の妓楼《ぎろう》へあそびにゆく、という
うわさを知っているのである。
「すこし、疲れた」
「左様でございましょう。いやいやおうらやましいこと」
門内を入ると、大広場になる。いざ合戦《かっせん》のときにここに城内の軍勢をあつめるため
である。
その広場のむこうに、石田治部少輔三成の屋敷があり、通称、「石田丸」とか「治《じ》
部郭《ぶぐるわ》」とかよばれていた。つまり、屋敷というより、城内での一要塞《ようさい》をなしており、
しかもこの門内にあって大手門の固《かため》をなしている。秀吉の三成に対する信頼が、これ
によってもわかるというものであった。
左近はその石田丸の玄関に入り、廊下を通りながら、

「殿は？」

と、すれちがった三成の近習《きんじゅう》にきくと、

「お湯殿でござりまする」

という。すでに三成は登城の支度をしているのである。

「されば、お伝え申せ」

と左近は歩きながらいった。

「左近めがただいま帰り申した、と。いや、それだけでよい。わしは疲れた。しばらく眠りをとる」

「かしこまりました」

と、近習が小腰をかがめて走り去った。

けさの登城の供には、左近はゆかない。二番家老の舞兵庫《まいひょうご》が、供の指揮をする。左近は、自分の休息部屋にゆき、ふとんも敷かせずにごろりと横になった。庭の椎《しい》が、黄色い花をつけている。目をつぶると、まぶたにその黄色い残像が残った。きょうもなにごともなく暮れるであろう。左近は、夢もみずにねむった。

なるほど、この日の正午までは、何事もなかった。朝、城の太鼓丸から鼕々《とうとう》と太鼓が鳴りひびき、諸侯筆頭の家康をはじめ諸大名が、花のようなきらびやかさで登城し、型のごとく本丸大広間で秀吉に拝謁《はいえつ》した。

「いくぶん、お顔の色がすぐれぬようにお見受け申しあげた」

と、あとで三成が左近にいった程度が、変化といえば変化であった。

祝賀の拝謁はとどこおりなく済み、諸大名は退出し、順をもって下城《げじょう》して行った。

その直後である。

秀吉がにわかに高熱を発したのは。諸侯とわかれて奥へひきとろうとしたこの老人は、ほとんど倒れようとした。左右が駈《か》けよってかかえ、その姿のまま、抱かれるようにして寝所に運ばれた。

「医者を。――」

と秀吉がつぶやくまでもなく、すでに近習の連中が大さわぎして廊下を駈けちがい、侍医《じい》筆頭の曲直瀬《まなせ》道三《どうさん》法印をよびに行きつつあった。

秀吉、六十三。

若いころからほとんど病気らしい病気をしたことのないからだだったが、ここ数年、めっきりと衰えている。

「荒淫《こういん》のせいだ」

という者もある。酒も飲まぬ秀吉は、女色だけが楽しみだった。それが衰えさせたのか、それとも弱年のころからの野戦攻城の生活が老いを早めたのか。

病歴は、さきおととしの文禄《ぶんろく》四年七月十七日からはじまっている。筋が痛んだ。

この不快が七カ月つづき、慶長元年二月十四日にはまったく癒《い》えた。

が、去年の十月二十七日、伏見城下の京極高次《きょうごくたかつぐ》の屋敷にのぞみ、もてなしを受けた。

そのとき、茶をのみすぎたとかで筋が違い、激痛にたえられなくなり、宴の中途で立って帰城した。その後、食事がほとんどとれない。

それがことしの正月になってほぼおさまり春には醍醐《だいご》で大花見をしている。

それ以来五カ月ぶりの発病である。こんどは、筋よりも腹痛がはげしい。

下痢をもともなっている。

とにかく、曲直瀬法印がいそぎ登城した。

この法印は、一代の名医といわれた曲直瀬正盛の養子で、切支丹《キリシタン》の神父とも交際がふかく、その医術を多分にとり入れていた。養父もそうだったが、東西医術を取捨してその基礎に立って曲直瀬医学とでもいうべき内科学をひらいた。

当時五十八歳で、臨床家として熟しきった年齢といっていい。

その曲直瀬法印が、秀吉の脈をとって、

(はて)

とおもった。以前の発病のときとは様子がまったくちがうのである。胸中、

(これが死病か)

とおもったが、表情に出さず、別室にしりぞき、薬を調合し、それをのませてさらに様子を見たが、効《き》きめがない。脈搏《みゃくはく》がよわく、ときどきとどこおるようであった。

別室ではすでに急報をうけて、三成をはじめ、五人の奉行が詰めている。法印が退出してくると、五奉行のうちの年長者である浅野長政が、

「いかがでござった」

と、詰め寄るようにいった。法印の顔はまっ蒼《さお》であった。

「このたびの殿下のご容体については、それがし、おのれの脈証(診断)に自信がございませぬ。いそぎ京から施薬院どの、竹田法印、通仙院どのをおよびくだされまするように」

さっそく、早駕籠《はやかご》が用意され、五十人ばかりの迎えの人数が、三里さきの京に駈けた。

(それほどご重体か)

と、三成は、血が一時にさがって、おもわず柱にもたれた。悲嘆もある。しかし危機感のほうがつよい。三成は座を立って、厠《かわや》で吐いた。あぶら汗が出ていた。

(いまお亡《な》くなり遊ばせば、豊臣の天下はこれでおわる)

数時間、京の医師の到着を待った。旧暦五月だからひどく暑い。

それでも、たれも扇子をつかおうとしなかったが、ただひとり、浅野長政だけは、パチリと白扇をひらいて涼を入れはじめていた。

長政は、秀吉の正妻北政所《きたのまんどころ》の血縁である。したがって、——というと妙だが、目下の派閥系譜でいえば、そのことは同時に家康党であった。

(秀吉の死を、家康は待っている。さればこの長政めも待っているにちがいない)

白扇一つで、三成はそう思うたちのおとこである。長政はまだいい。なぜならば秀吉にひきたてられ、すでに五十一歳になり、秀吉とともにすごした歳月も三成など若僧とはくらべものにならぬほど古《ふ》りている。いかに利にさとくとも、それなりに知恩の情はふかいであろう。

が、いま朝鮮在陣中の長男幸長《よしなが》は、おやじどのよりもむしろ手腕家で、しかも家康とはとくに昵懇《じっこん》な男である。秀吉の死後は、いざとなればどちらに走るか、わかったものではない。

……と三成はおもう。他人を、一種の型にはめてきびしく思いつめてゆくのが、三成のわるいくせであった。平素、左近からも、

――まったく、ようござらんな。ひとに接するとき、その人物の来歴、交友、既往《きおう》の悪事などをきれいに忘れ去って談笑できる肚《はら》ごしらえの人物だけが、人を吸引できます。

といわれている。

が、性分《しょうぶん》である。三成のまれにみる潔癖さというべきだが、戦国社会では潔癖ということばも概念もなく、こういうのを単に、

「偏狭」

とされた。

「弾正少弼《だんじょうしょうひつ》(長政)どの」

三成は、刺すような声でいってしまっていた。

「扇子はおやめなされ」

「ホイ、なぜかな」

長政は、やや愚鈍げにみえる百姓顔を三成にむけた。この老人の直系の分家に、後年、赤穂《あこう》浪士事件の原因をなした浅野内匠頭《たくみのかみ》がでるのだが、むろん、性格的にはどんな関係もない。

「いや、ただなんとなく」

といえば角がたたぬところを、三成はこれもくせで、理屈をいった。理屈など、いかにそれで言い負かしたところで、相手の名誉をうばうほか、なんの効用もない。

「殿下が、苦しまれている。おうめき声までここまで聞こえる。少々の暑さは、我慢なさるのが、あたりまえでござろう」

「なるほどな」

長政は、首筋を赤くした。ふつうなら自分のうかつさを恥じ入るところだが、とにかく戦国の世に大名にまでのしあがるような男に、三成の思うようなしおらしさがあろうはずがない。

「三成、これでよいか」

ぱっと白扇を部屋のすみへ投げた。

三成は顔色ひとつ変えず、そういう長政をしばらく見つめたあと、やがて、

「ご念の入ったこと。——」

といった。諧謔《ユーモア》のつもりである。左近からつねづね、

「男は愛嬌《あいきょう》でござる。太閤を見習い候《そうら》え。人間、剽《ひょう》げたところと抜けたところがなければ大器になれませぬぞ。ことに、うまい冗談口をたたけるのは、男の一徳でござる」

といわれている。そのつもりで、
(長政めを怒らせた。どうすればよいか)
と時間をかけて考えたあげく、その諧謔にもならぬ諧謔を、あたまでひねりだした
つもりであった。
が、せっかくの「作品」も、ひねりすぎて毒をふくんだ皮肉になった。
「治部少《じぶしょう》」
長政は、官位でよんだ。
「時が時だから、我慢をしてやる。いずれ息子が帰陣してから、ゆっくりと返礼する
ぞ」
と、長政は愚にもつかぬ悪たれをついた。息子に言いつけてやる、というのである。
夜になって、京都から三人の医師が駈けつけてきた。
施薬院、竹田法印、通仙院である。かれらは病室に伺候《しこう》し、それぞれ脈を見、望診
をし、やがて一室にひきあげ、曲直瀬法印をふくめて四人で合議した。
診断が一致し、念のため竹田法印のさじで薬を盛り、秀吉にのませたが、よくなる
どころか、夜半になっていよいよ病状が重くなった。
この夜半、城下には、

「太閤殿下ご危篤《きとく》」

というかたちで、誇大につたわった。

伏見城下、騒擾《そうじょう》す。

と古記録にある。島左近が、今朝城下に入ったときはあれほど静かだった大名屋敷の町並のふんい気が、夜には一変している。どの屋敷も門前にかがり火を焚《た》き、士卒がしきりに出入りし、大路小路は深夜というのに手に手に松明《たいまつ》をもった武士の往来が絶えず、大名、旗本は秀吉の容体をきくためにぞくぞくと城へのぼりはじめた。

そういう深夜。——

島左近は、むしろ逆に城内の石田丸を出て城下を歩きはじめた。相変らず、平装である。

この無造作ななりが、まさか万石以上の侍大将とは、すれちがうたれもがおもわないであろう。

ぶらぶら、外堀の堀端を歩いてゆく。

西の外堀に面して池田輝政の宏大な屋敷があり、その西塀一つへだてて、徳川家康の上屋敷がある。

隣り同士、ということで家康は、家臣をいろんなかたちで輝政に接近させ、のちに岡山と因幡《いなば》の池田家の家祖になった当時三河吉田十五万二千石の輝政は、秀吉から羽《は》柴《しば》姓をうけるほどに優遇されていながら、家康とは必要以上の親交をむすんでいる。

左近はその池田家の塀づたいにぶらぶら歩き、家康の上屋敷の門前を通りすぎた。

それが、目的であった。

門前の路上は、人が群《む》れて非常な混雑ぶりなのである。

(なるほど、妙な世間だ)

と左近がおもったのは、門前にすわったり立ったりしている徒士《かち》、足軽、小者などの持ちものの定紋をみると、いずれも徳川家のものではない。

わけは、察しがつく。

要するに、殊勝らしく容体をききに駈けつけた大名たちのなかで、何人かはその足で徳川屋敷に立ち寄り、家康に忠義めかしく報告しているのである。

むろん、その表現は、

——いよいよ太閤は死にますぞ。

などという子供っぽいものではないが、底意はそれであった。

「内府はまだ参られませぬか。それがし一足おさきに参りましたが、太閤殿下のご病状はしかじかでございます」

と伝えては出てゆく。それだけしかいわないがそこは肚《はら》と肚で、

（いずれ、変がおこります。そのときは手前は、内府殿の御陣へまっさきに馳《は》せ参じまするゆえ、よろしく）

という意味が、通じあっている。

もっとも、家康は家康で、そういう大名にみずから会わない。

家来の井伊直政に会わせるのである。直政は徳川家においては陪臣《ばいしん》ながらも従五位下侍従という大名並の官位をもっている男で、関東二百五十五万余石をもつ主人家康から上野箕輪《こうずけみのわ》十二万石という知行をあたえられていた。

要するに格が大名なみなうえに、かれは戦場では非常な合戦上手のわりにひとに接する態度がものやわらかで言葉も行きとどくほうだったから、もっぱら、徳川家の家政では、渉外関係をうけもっていた。

余談だが、彦根の市長さんである旧伯爵《はくしゃく》井伊直愛氏が学習院の小学生だったころ、ある夏、お祖父《じい》さんが、旅行に連れて行ってやろうといって東海道線に乗り、関ケ原駅でおろされた。その関ケ原の夏草のなかに立ち、

「お前のご先祖がここで奮迅《ふんじん》の働きをなされたればこそ、お前はこんにち、安楽に暮らせている。ご恩をわすれてはいけない」

と言われたそうだが、直政の功績は戦場もさることながら、むしろその前夜での渉外官としての活躍が大きい。

容貌《ようぼう》も、わるくはない。遠州の古い家系で、万千代《まんちよ》といった少年のころ、さほど男色に興味のなかった家康のほとんど唯一《ゆいいつ》にちかい寵童《ちょうどう》だったというだけにどこか気品のある目鼻だちをもち、そのうえ、他家の大名が家康にものをたのみにきても、

「よろしゅうございます。その旨《むね》、手前ども主人に申し伝え、手前からも願いあげ、お申し越しの旨に添うように相努めまする」

といえば、おなじ言葉でもこの男の口から出れば、迫力と真実性がある。むろん人柄《ひとがら》によるものであろうが、それにしても家康はみごとな渉外官をもっていた。

家康によしみを通じている諸大名は、要するに、この直政に会うのである。

「それはご苦労に存じまする。手前ども主人によろしきよう伝えておきます」

と、直政は誠実にいう。その直政の誠実さに感激してますます家康党になった大名も多い。

家康が、おなじ謀臣とはいえ、奸佞《かんねい》のにおいのする本多正信老人についてはあくま

でも内にひっこめてかげの策謀のみに専念させ、いっさい表にその憎体《にくてい》なしわ面《づら》を出させなかったのは、当を得ている。

――さて。

秀吉の病状は日々に悪くなり、この月の下旬ごろにはほとんど食事ものどに通らず、翌六月のはじめごろは、頰肉《ほおにく》がげっそりと落ち、

「――弥《いよいよ》、御大事《おんだいじ》に相見え申し候」

と、「戸田左門覚書」にある。

菓子

(きょうは、嘉祥《かじょう》の日か)

と、島左近は、石田丸のながい廊下を歩きながら気づいたことである。

気づいたのは、廊下のところどころに神棚《かみだな》がある。神棚に菓子が十六個ずつ、そなえてあったからだ。

つまり、陰暦六月十六日。

この日は、菓子を神にそなえる。それも十六個である。暑中の疫病《やくびょう》をはらうために、そういう習慣が、遠く嵯峨《さが》天皇のころからつづいていた。

当時の屋敷は、神棚や祠《ほこら》が多い。庭にも台所にも、鬼門の位置にもある。そのすべてへ十六個ずつの菓子をそなえるのだから、納戸《なんど》役《やく》の武士や小者は大変だった。

(おや?)

と左近が立ちどまったのは、庭に面した濡《ぬ》れ縁《えん》に出たときである。

庭に、女がいる。

(見なれぬ娘じゃな)

と、縁さきで目をほそめ、ゆたかな微笑をもって娘のいる庭の風景をながめた。左近という男は、たれにもまして若やいだ娘をみるのが好きだった。

(あたらしく奉公にあがった奥女中か)

昇ったばかりの陽《ひ》が、娘の派手な小袖《こそで》にあたり、陽は桃色に息づいている。

娘は、せわしく動いていた。庭の祠に、菓子をそなえてまわっているのである。

色が白い。

まつげの深さが、遠目でみている左近の目にもくろぐろと翳《かげ》ってみえる。

動作がきびきびしていて無駄《むだ》がなく、いかにも利口そうな娘だった。

左近は、小書院《こしょいん》とよばれている部屋に入り、朝のあいさつをするため、三成が出てくるのを待った。

ここからも、庭がよくみえる。この庭も、領国の佐和山城の庭とおなじく、三成という男の性格をよくあらわしていた。

林泉《りんせん》というほどの造作《ぞうさく》はほどこさず、石燈籠《いしどうろう》などはなく、木も、凝《こ》った名木などはいっさい植えられていない。

左近の視野には、松、樟《くす》、もみの木などがみえ、葉の茂りをきそいあっているが、なんといっても多いのは、矢竹《やだけ》であった。伐《き》って矢にする。

――常時、戦いに備える。

というのは武将としてあるべきことだが、といって観賞用であるべき庭園まで矢竹の藪《やぶ》にしてしまうのは、どうであろう。

過剰意識といっていい。

三成は、ひとから、

「文吏」

といわれている。それをきらい、自分こそ百万の軍を叱咤《しった》しうる男だとおもい、すくなくともそうありたいと願っていた。

当節、百戦練磨《れんま》の大名が多い。細川幽斎やその子の忠興《ただおき》などもそうだが、平素は、歌道や茶事をたしなみ、いわば粋《いき》なものであった。

世間の先入観念というものはおもしろい。幽斎や忠興がいかに芸術を愛好しようと、世間では文弱の徒とはいわないのだが、三成のばあいはそうではない。

あたまから、

「文の人」

ときめている。（なにをいうか）という三成の意識が、武骨な佐和山の城を築かせ、伏見城内の石田丸の庭園に、矢竹を植えさせることになるのである。

三成が出てきた。

「おはようございます」

と左近があいさつをすると、うん、と三成はきかん気な顔をうなずかせた。

「あれに、娘がおりまするな」

「気づいたか」

三成は、赤くなった。

「初芽《はつめ》と申すのだ。淀《よど》のお人さまのおそばに召しつかわれていたものだが、なにやら三成の屋敷に奉公したいと申したそうで、淀のお人さまも面白がられ、こちらへおさげわたしになった」

「まだ、処女《むすめ》でござるな」

左近は、ずけりと言う。つまり、まだ殿は夜伽《よとぎ》などに侍《はべ》らせてはいませんな、ときいたのである。

「あたりまえだ。処女なればこそ、庭の祠に供物《くもつ》をそなえてまわっている」

といったのは、当家で神に供物をそなえるのはふつう男の役目で、女にはやらせない。しかし初芽がむすめだからやらせた、と三成はいうのである。

——やりたい。

と、初芽はたのんだらしい。

——嘉祥の朝に、お菓子を十六個ずつかぞえてはくばってまわるのが、童女《こども》のころから大好きでございました。せめてお庭のまわりなりとも、やらせてくださりませ。

そういわれて、三成は、いよいよおもしろい娘だとおもい、許可した。

(なるほど)

左近は、微笑した。微笑の内側で考えている。もし屋敷中の神棚と祠に菓子をそなえてまわれば、この複雑な石田丸の屋敷の結構《けっこう》が、ことごとくわかるのではないか。

(あの娘に、まさかとは思うが)

と、左近は、三成から娘の実家などをきいた。左近は、娘好きであった。できれば素姓など疑いたくない。

「よい娘でござるな」

とつぶやきながら娘のほうを見、その視線をゆっくり三成に移した。

三成は、心もち、上気している。こうしてみると、この三十九歳の主人は、美しい、といえるような風ぼうをもっていた。細面《ほそおもて》で、唇《くちびる》の形がいい。ただその顔は、前後に長い頭をささえている点だけが、異相といってよかった。

余談だが、東大の人類学教室の鈴木尚《ひさし》教授の著書によると、明治四十五年、三成の遺骨の調査が、京都大学解剖学教室足立文太郎博士の手でおこなわれた。

調査のきっかけは、京都大徳寺の三玄院にある三成墓の改葬によるもので、発掘すると五体の遺骨がそろっていた。

その頭《ず》蓋骨《がいこつ》をみたとき、

「女骨ではあるまいか」

と足立博士がうたがったほどだった。しかししさいにしらべると、まぎれもなく男であるし、それに三成の肖像とありありと似ていた。非常な優男《やさおとこ》といっていい。

「腺病質《せんびょうしつ》である」

と、足立博士は所見をのべている。さらに非常な才槌頭《さいづちあたま》で、めずらしいほどに前後に長かったという。こんにちでいえば、アジア型よりもヨーロッパ型に多い長頭形というものであろう。

「あの娘」

と左近はいった。

「しばらく、むすめのままでおかれたほうがよろしいかと存じまするな」

「案ずるな」

三成は、苦笑した。

「わしはあの初芽がすきだが、第一に利発すぎることが気になる。第二に、大名であるわしが好きじゃという大胆さが、気になる」

「いやいや」

左近は、三成の気のまわりの早さにむしろ閉口して、

「なんの、左様な気遣《きづか》いで申したわけではありませぬ。わしもあの娘をみて、ほんのり好きになり申した。殿にむざむざ花を散らされたくない、と思うたまででござるよ」

「左近、刻限がきている」

三成は立ちあがった。刻限、とはむろん登城のことである。かれは、豊臣家の執政官の表情にもどった。表情が、暗い。秀吉の容体は、おそらく昨夜よりも悪化しているであろう。

ところが、登城して侍医にきくと、この嘉祥の日、秀吉は朝から熱がややさがり、気分もわるくなさそうだという。

嘉祥の日には、中老と五奉行が城内の白書院《しろしょいん》に参賀して賀をのべる吉例《きつれい》になっている。

病中、取りやめになるかとおもわれたが、秀吉は、

「いやいや、吉例のことだ。寝床を書院へそろりと移せ」

と、命じた。

参賀したいわゆる側近の諸侯は、三成をはじめ、浅野長政、増田《ました》長盛、長束《なつか》正家、前田玄以《げんい》といった五奉行のほかに、大谷吉継《よしつぐ》、片桐且元《かつもと》などがくわわっている。

秀吉は、体を運ばれてきて、書院の正面重ね畳の上のふとんによこたわった。

（また瘦《や》せられた）

その、ほとんどこれが人間かと疑われるほどにまで瘦せくろずんだ顔をみると、三

成は思わずせきあげてきて、涙をこぼした。

「みな、寄ったるや」

秀吉は力のない声でいい、ふとなにを思いついたか、

「中納言《ちゆうなごん》どのをよべ」

と左右に命じた。中納言とは、かぞえて六歳の一子秀頼である。やがて秀頼は髪すがたこそ童形《どうぎよう》だが、長袴《ながばかま》をはき、乳母の大蔵卿《おおくらきよう》ノ局《つぼね》に手をひかれて、秀吉の横に着座した。

秀吉は、たすけられて起きあがり、かたわらの菓子盆をとりあげた。

この伏見城内では、嘉祥の日には、秀吉の好みで殿中の座敷ごとに菓子を置き、その間《ま》その間の番衆に頂戴《ちようだい》させるのがこの日の慣わしになっていた。

秀吉が手にもっているのは、その菓子盆である。

十六個、菓子が盛りあがっている。

秀吉は、まず箸《はし》をあげて、

「弥兵衛」

と、浅野弾正少弼《だんじようしようひつ》長政を通称でまねきよせ、長政がすすみ出ると、その掌《てのひら》に菓子をのせてやり、つぎは、

「佐吉」

と三成をよぶ。

三成は平伏して両掌《りょうて》を出す。秀吉の箸から菓子が落ちる。拝領してひきさがる。

秀吉は、ひとりひとりよんでは、その動作をくりかえしたが、

「紀之介」

これは、越前敦賀《つるが》五万石の城主大谷刑部《ぎょうぶ》少輔吉継である。小姓のときから秀吉にその才気を可愛《かわい》がられ、

――あの男に天下の大軍を指揮させて、思うぞんぶんの軍配をふるわせてみたい。

とまでその軍才を買われていた。が、いまは皮膚のくずれる病いをやみ、顔を白布でおおっている。

「徳善院」

とそういう呼称でよばれたのは、僧形《そうぎょう》の奉行前田玄以であった。子飼いではなくかつて織田家で秀吉と朋輩《ほうばい》だった老人である。丹波亀山五万石。

「助作」

とよばれたのは、片桐東市正《いちのかみ》且元。秀吉の小姓あがりで世に喧伝《けんでん》された賤《しず》ケ岳七本《たけしちほん》槍《やり》の一人だが、おなじ七本槍の名誉をえた福島正則《まさのり》や加藤清正がすでに大大名になっ

ているのに、かれはまだ一万石の身上《しんしょう》でしかない。実直なだけで才能はない、と秀吉からおもわれているのである。

「小才次《こさいじ》」

と小出播磨守《こいではりまのかみ》吉政をよぶ。ついで、「平右衛門」と、富田左近将監《とださこんしょうげん》をよんだあたりで、秀吉はなにをおもったのか、箸をおとした。

泣いている。

「この秀頼が」

と、嗚咽《おえつ》しはじめた。

「せめて十五の年になるまでわしは生きていたい。そのときになれば天下をゆずり、わしはそのそばで介添えし、秀頼がきょうのこの儀のように諸侯をよんで謁見《えっけん》するのを、この目で見たかった。……しかし」

秀吉の泣き声はやまない。

やがて箸をとりなおし、

「その望みもかなうまい。わしの命は、もう尽きようとしている。自分でわかっている」

と菓子をとりあげたが、富田左近将監は進むこともできずそのまま突っ伏して泣いてしまった。

諸将も、目を袂《たもと》でおおい、とくに頑固《がんこ》なわりに物に感動しやすい浅野長政などは大声で泣き、退出して廊下に出てからも長泣きに泣いた。この、顔じゅうくしゃくしゃにして泣き歩いてゆく長政が、二年後には家康のもとに走って西軍と戦い、大禄《たいろく》を得、さらにその子幸長が家康に従って大坂城を攻め、秀頼を自殺せしめ、のちのちの浅野家が、芸州広島四十二万六千石の太守にまで成り鎮《おさ》まるとは、泣いている当人もおもわなかったであろう。

三成は、癇性《かんしょう》な男である。廊下で長政に追いつき、

「お涙をぬぐわれよ。人が誤解する」

と、手きびしく注意した。長政はむっとして、袂のあいだから目を出し、

「なにが、誤解じゃ」

とこわい顔をした。

「誤解と申せば、それだけでわかりましょう。時が時でござる。弾正どのが、お涙を流される、人がそれをみる。ハテ何事かと思い、それがもとで思わぬ流説風評がひろがりまするぞ」

三成は、案じている。――秀吉は死んだ、とひとは早合点しまいか、というのだ。

「小僧っ」

長政は、つばを吐かんばかりに怒り、長袴を蹴《け》って立ち去った。涙には感傷の甘さがともなう。それを中断され、しかも小憎たらしく年若の男から叱《しか》られたのでは、長政も立つ瀬がないであろう。

が、三成という男は不幸な目をもっている。ものが見えすぎるのである。

「思わぬ流説風評が」

とかれがいったことが、すぐ事実、いや虚説として城内にひろまり、

「太閤殿下、ご他界あそばさる」

との虚報は、その夜のうちに城下にひろがり、町家ばかりか、大名旗本でさえそれを信じ、京の縁辺《えんぺん》に急報する者も多く、伏見・京のあいだの街道は、そういう使者で大いに騒動した。

この間《かん》のいきさつを、「戸田左門覚書」という当時の文章であじわうと、古格な味があっておもしろい。

その座の面々《めんめん》、皆涙をおさえて退出す。此《これ》によりて、御座敷の体《てい》（真相）を知ら

ざる者は、「太閤御他界にてみなみな落涙す」と心得、そのひきひき（系統・縁辺）の方《かた》へ告げしらする。伏見・京、使の往来にて、騒動はなはだし。

その夜、三成は夜ふけまで御用部屋に詰めていて、退出した。屋敷に帰り、汗にぬれた肌着《はだぎ》をぬぎ、体をぬぐい、寝所に入るまでのあいだ、奥の小座敷で息を入れた。

茶をもってきた者がある。

初芽である。

「今夜は、そなたが番か」

と、不審におもった。石田家では奥の女どもにも、宿直《とのい》というものがあり、薙刀《なぎなた》などを持たせて夜まわりなどもする。

三成は、俊敏にすぎ、将としてはこまかいことにまで気のつく男で、今夜は初芽の番ではないことを知っている。

——番を買って出た。

という意味のことを、初芽はいった。

「無用のことだ」

三成は茶わんを持ちながら、ことさらに冷たくいった。

「非番はうんと骨をやすめ、番の者は身を粉にして働く。石田家の家法だ」

「でも、殿さまが御殿にお詰めあそばしていらっしゃいますのに、身を臥《ふ》せさせている気になれませぬ」

「わしは、大将である」

だから、夜昼はない、と三成はいった。これは三成の思想であった。そのために十九万余石を与えられている。血へどを吐いても働く、というのである。

「さがって、やすめ」

と言い、ふと呼吸《いき》をのんだ。

初芽のほそい肩が、ふるえているのである。

(おれの言葉は、憎体《にくてい》だ。この娘にはひびきがつよかったのであろう)

と思うと、潮がみちるようにこの娘への愛憐《あいれん》のおもいが湧《わ》いた。

「初芽」

というと、その語気におそれたのか、娘はびくっと顔をあげた。

「いますこし優しく言うべきだった。悔いている。これに、菓子がある」

と、ふところから、太閤から拝領した菓子をとりだした。

「さがって、食べよ」

金襴《きんらん》の裂《きれ》でつつまれている。初芽はその菓子がどういう性質のものであるかを知っていた。

秀吉と家康

秀吉の病状は、いよいよ重い。
かゆ一杯ものどに通らぬ日が多く、すでに脂肪は失せ、筋《すじ》肉は枯れ、皮膚が黒ずみはじめてきた。餓死者の形相を呈してきている。このころ、とくに病室で謁見をゆるされていた宣教師ジャン・ロドリゲーは、
痩せおとろえた姿、ほとんど人間ではない。
と、法王庁に報告した。ロドリゲーは、渡日するまでに、日本学を研究し、とくに秀吉については十分な知識をもち、インド以東に出現した史上最大の英雄であると認

識していた。それが現実の秀吉に会い、「ほとんど人間でなくなっている」ことに衝撃をうけたのであろう。

驚くとともに、ロドリゲーは自分の天職をおもいだし、「死後の世界として天国と地獄がござる。殿下は、そのいずれの世界に参られたきや」と、対話法の説教をはじめた。

秀吉は、絹枕《きぬまくら》をかさねてそれに背をもたせかけ、興味なさそうにきいている。やがて侍臣をかえり見、

「南蛮人に、米をやれ」

と言い、さらに、あの説教をやめさせろ、といった。死後、どこに行くかということについては、教えられなくても秀吉はきめていた。おそらく朝廷から大明神の神位をもらい、神としてまつられるだろう。それだけでいい。かれは多くの日本人と同様、無宗教で、死後の世界などに興味をもっていなかった。そんなことよりもかれの異常な関心事は、現世に残してゆく一子秀頼のことである。

——秀頼の安全について、どういう保障の手があるか。

ということについて、もしこの西洋坊主が教えてくれるとすれば、目をかがやかせてきいたことであろう。

七月十五日。
豊臣麾下《きか》の諸侯は、城下の前田大納言利家《だいなごんとしいえ》邸に参集するように命ぜられた。秀吉が死んだあと、あくまでも遺児秀頼を守《も》り立ててゆくことについての誓紙署名のためであった。
むろん、三成もゆく。
だけでなく、浅野長政、長束正家、増田長盛、前田玄以などかれをふくめて五人の執政官（五奉行）とともに、一座の世話をした。
誓紙の会場としてことさらに前田家がえらばれたのは、利家が大老であるだけでなく、秀頼の御守役《おもりやく》を命ぜられていたからである。しかも諸大名がかく誓紙のあて名は、死んでゆく秀吉ではなく、なお今後も生きつづけているはずの、
内大臣・徳川家康
大納言・前田利家
のふたりの大老に対してであった。秀吉の死後、この二人の連立内閣によって政局を安定せしめるというのが、秀吉の構想であった。
なにしろ、朝鮮在陣者をのぞいて百数十人の大名参会の会場になった前田家では、接待でごったがえした。ひるまえ、

「ほんの虫やしないでござる」

と亭主の利家老人があいさつして、お振舞として皿《さら》に盛ったそうめんが台所から運ばれてきた。

それぞれ頂戴《ちょうだい》し、そのあと、書院にあつまって、めいめい一札《いっさつ》ずつ誓紙をかいた。

ほぼ、同文である。五箇条から成り、その最大の条項は、

「秀頼様に対し奉り、御奉公の儀、太閤様御同前《ごどうぜん》、疎略《そりゃく》に存ずべからざること」

というくだりであった。そのほか、意訳すると、
一、いままで太閤様がお定めなされた御法度《ごはっと》・御置目《ごおきめ》（禁止条令）については、違背つかまつりませぬ。
一、公儀（豊臣政権）の秩序をまもるという建前から、朋輩《ほうばい》同士のあいだで、私的な遺恨を含みあい、企てあい、気ままにあらそいあうなどは、いたしませぬ。
一、私的な徒党をたてませぬ。もし喧嘩《けんか》や口論がある場合、その一方が、肉親や友人であろうとも、そういう私的縁故で味方をしたりせず、あくまでも定められた御法度によって始末します。
一、豊臣家に御暇《おいとま》をとることはいたしませぬ。私的な理由で下国《げこく》したりは、いたし

ませぬ。

それぞれ、末尾に署名し、花押《かおう》を書き、

内大臣殿

大納言殿

と、あて名を書く。

(妙なものだ)

三成は、最後に署名しながら、ひたいごしに正面を見た。その正面に、家康がすわっている。頰《ほお》に肉がたっぷりとつき、口辺にちりめんのようなしわが寄っていた。

(このもっとも危険な男に誓紙をかくとは、どういう皮肉だ)

と、三成は筆を投げうちたいような衝動とともにおもった。

三成は進み出て、家康と利家に、誓紙をさしだした。二人の老人は答礼し、

「ごくろうでござる」

と、三成に対し、かるく一礼した。

顔をあげた家康は、三成を見ず、ゆっくりと書院のなかを見まわしている。料簡《りょうけん》のわからぬ顔相であった。下ぶくれで贅肉《ぜいにく》がたっぷりついているのは、世に福相という。

しかし普通、福相といえば、肉に押しあげられて目がほそいものだが、家康の目は、あざやかに隈取《くまど》りをしたようにまるい。調和を欠いている点、ひとに異様な感じをあたえる。それをみると三成はつい、むかむかしてきて、

「内府殿」

と、言わでものことをいった。

「われわれは内府殿に誓紙をさしだすわけでござるが、内府殿はどうなされます」

「誓紙ですか」

家康は、三成のほうをむき、急に微笑をした。微笑すると、人がわりがしたように、好人物な長者の顔になるから、ふしぎな人相であった。

「私も、書きます。私は、太閤様に対して差し出すことになっております」

「しかし、太閤様は」

「そう。そのことです。いつまでもご存生《ぞんしょう》ねがわしいことであるが、いつご天寿《てんじゅ》お尽きあそばすかもしれませぬ。そのため、大納言殿と私の誓紙は、太閤さま万一のおりは、御棺中におおさめする、ということになっています」

これで得心が行ったか、——というような念の入った表情で、家康は三成をみた。微笑はしているが、内心は小面憎《こづらにく》いであろう。

「それより、治部少輔《じぶしょうゆう》」

と横からいったのは、利家である。この歴戦の老将は、よく生きている、と思われるほどに老衰がはなはだしく、その点、ならんですわっている肥満体の江戸内大臣殿とは対蹠《たいしょ》的であった。

利家老人は、秀吉に対して律義一途《いちず》な男で、秀吉は家康の対抗勢力として官位をすすめてきた。

三成はこの老人がきらいではない。

が、老人のほうでは、

——小ざかしい小僧。

とおもっている程度で、善きにしろ悪《あ》しきにしろ、さほどの関心をもってくれていなかった。

「言葉をつつしめ」

と、不機嫌《ふきげん》にいった。

「謹んでおります」

「おりァ、せんわ」

と、利家はひどい尾張なまりでいった。

「どうもこりァ、こまった男じゃ。徳川殿なればこそ、ご勘忍なされておる。そばできいているわしのほうが、腹が立つ」

言いかたに愛嬌《あいきよう》があり、表情こそ苦虫をかみつぶしたように不機嫌そうだが、聴く者の感情にすこしもさわらない。

「もうよい。早くさがっておれ」

と、老人はあごをしゃくった。三成は好意をもった目で利家を見、

「は」

と一礼すると、ひざをにじらせて退《さが》った。

家康は、諸大名の誓紙をまとめると、すぐ登城して病床の秀吉にみせた。

その病床に、さっき別れたばかりの三成が侍《はべ》っている。ぷいっとあごをあげたまま、心持家康を無視した。

しかし当の秀吉は、家康に対し、みじめなほどの笑顔をつくり、

「ご苦労でござった」

と鄭重《ていちよう》に礼をいった。

秀吉と家康は、主従の間柄《あいだがら》ながら、それだけで割りきれない微妙な感情がある。ふたりのあいだに、逸話が多い。——秀吉がまだ元気なころ、伏見城下の宇喜多《うきた》秀家の屋敷で、能の催しがあった。

ふと秀吉が庭へおりようとしたところ、家康がなにげなく、秀吉の履物《はきもの》をなおした。さすが大気《たいき》な秀吉もおどろき、

——もったいない、徳川殿にはきものをなおさせては。

といった。この小さな逸話のなかに、家康という男が、肚《はら》の底はどうあれ、全盛期の秀吉に身を屈して仕えようとする複雑な息づかいがきこえるようだし、一方、最後まで家康に対する遠慮と畏怖《おそれ》をすてきれなかった秀吉の心境の複雑さも、そこはかとなく伝わってくるようである。

もともと、豊臣家の大名のなかで、家康だけが特殊な位置にあったのは、家康の諸侯群からずばぬけた力量にもよるが、事情もある。

秀吉は、織田《おだ》家の三番番頭ていどの身分にすぎなかったが、家康は故信長の同盟大名としていわば一格上にいた。

その秀吉が、信長の仇明智光秀《かたきあけち》を討ったという現実上の「資格」によって世間があっと驚くうちに織田家の遺産を継承してしまい、それに反対する北陸柴田《しばた》勝家を討滅

し、のこる勢力は家康だけになった。

信長の遺児の信雄《のぶかつ》が家康のもとに走り、これと同盟して、秀吉と対抗したのが、世にいう小牧長久手《こまきながくて》ノ合戦《かっせん》である。

この秀吉対家康の合戦は、秀吉が天下の大軍を擁していながら持久戦となり、しかも戦闘では家康がみごとに勝った。

戦闘に勝ちながらも、その間、さまざまの外交的曲折があって、結局、家康は秀吉に臣従している。

その臣従も、家康から望んでそういう関係になったわけではなく、逆に秀吉のほうが身を屈して、

――天下のためにわが家来になってもらいたい。

とたのみ、家康がしぶしぶ腰をあげた、というかたちをとっている。むろん、家康にすればすでに天下の大勢から考えて、これ以上の反抗はできないと見たからであろう。

「とにかく、上方へのぼってきて貰《もら》いたい」

と秀吉は家康の拠《よ》る浜松城に使いを出し、家康の不安をのぞくために、自分の実母大政所《おおまんどころ》を実質上の人質として家康に送り、家康はそれを岡崎城に入れ、家来の井伊直

政らに監視せしめ、やっと上方へのぼった。それが天正十四年十月のことで、この物語のいまの時点からいえば、十二年前になる。

家康が大坂の宿に入ったのは、十月二十六日であった。あすは大坂城内で諸侯列座のうえ、関白秀吉に対面する手はずになっている。ところがその到着の夜、家康がおどろいたことに、にわかに宿に訪ねてきた男がある。

秀吉である。平装のままわずかな供まわりをつれ、微行《しのび》の様子であった。

おどろき、とりあえず一室に案内すると、

——直《ただ》ちに神君（家康）の手をとり、
と、「改正参河後風土記《みかわごふどき》」にある。

秀吉は、ひどくていねいに大坂へ来てくれた礼を言い、

「十一年になります」

と、一別以来の年月をかぞえた。十一年前とは、信長が武田勝頼と対戦した長篠《ながしの》の戦場以来という意味で、その当時の秀吉の身分は、むろん家康よりもひくかった。

秀吉は、自分が持参してきた行厨《こうちゅう》（弁当）をとりだし、酒も出し、いずれも自分がまず毒見してから、

「いざ」

と、家康にすすめ、しばらく物語をしたのち、家康の耳に口を寄せて、ささやいた。

「この秀吉、いまは官位は人臣《じんしん》をきわめ、天下の兵馬を主宰《しゆさい》しています。しかしながらそれがしの出身は徳川殿もごぞんじのように、織田殿の奴僕《ぬぼく》より取りたてられた者でござる。いま、われに臣従する諸侯というのも、もとはといえば昔、織田家のころの同僚朋輩で、内々は自分を主君とうやまう心がござらぬ。さればあす」

と、秀吉はさらに声をひくめた。

「貴殿と、諸侯列座の前で対面いたす。そのときは、それがし、できるだけ尊大の体《てい》をなすゆえ、ゆるされよ。かつは、徳川殿、そこもといんぎんに礼をなし下されたい。そういう光景を見れば、諸侯も、徳川殿でさえかくやある、と驚き、粛然としてそれがしに服従するようになりましょう。この件、ひたすらに頼みまするぞ」

と、家康を抱くようにし、その背をたたきながらいった。

家康はうなずき、

「こうしてのぼって参りました以上は、殿下に仕え参らせる覚悟で来たわけでありますから、どういうことであれ、御為《おため》のよろしいようにはからいまする」

と小声で答えた。

そののち、秀吉は関東の支配者であった小田原の北条《ほうじよう》氏を攻囲したとき、ある日、

石垣山の本陣から小田原城を見おろし、不意に、「徳川殿、徳川殿」とよび、

「俗に連れ小便と申す。お前もなされよ」

と、がけっぷちへ歩みより、前をたくしあげて放尿した。家康もやむなく放尿した。

「あれをみなされ」

と秀吉は眼下の小田原城を指さし、

「あの城のほろぶも、時日《ほど》はござるまい。北条氏がほろべば、関東八州は貴殿に進上つかまつろう」

家康、おどろくまもなく、

「さればどこに城をきずきなさる。江戸という郷村がある。そこがよろしかろう」

といった。秀吉は、家康がその実力で切りとった三河、駿河《するが》、遠江《とおとうみ》、信州、甲州など日本の中部に蟠踞《ばんきょ》していることが豊臣家の治安上おもしろからず、五州から一躍八州の太守にする、という餌《え》をもって箱根から東へ追った、というわけである。

まったく、複雑微妙な関係であった。

豊臣の天下が安定し、秀吉がついに外征をはじめ、家康をともなって、朝鮮渡海の大本営である肥前名護屋《ひぜんなごや》城に滞陣していたころ、退屈のあまり、仮装園遊会をもよおした。

瓜畑《うりばたけ》の上に仮装の町をつくり、旅籠《はたご》、茶店なども建て、諸侯に仮装をさせた。こういう遊びをする点では、秀吉は天才的な企画者であった。

会津《あいづ》若松九十二万石の蒲生《がもう》少将氏郷《うじさと》が担《にな》い茶売り、旅の老僧が織田有楽斎《うらくさい》、五奉行のひとり前田玄以が、長身肥満のいかにも憎さげな尼姿、有馬則頼が、「有馬の池ノ坊」の宿のおやじ、丹波《たんば》中納言豊臣秀保《ひでやす》が漬《つ》けもの売り、旅籠屋のおやじが、秀吉近習の蒔田権佐《まきたごんのすけ》、その旅籠でさわがしく旅人をよびこんでいるのが、美人できこえた奥女中の藤壺《ふじつぼ》。

というかっこうだった。

——家康はどうするか。

というのが、秀吉の関心事だったろう。家康は、鷹狩《たかが》りと武芸以外は無趣味な男で、こういう企てを、どちらかといえばにがにがしく思っているはずの男だった。

しかし、秀吉自身が、怪しげな柿色《かきいろ》の帷子《かたびら》に黒い頭巾《ずきん》をかぶり、菅笠《すげがさ》を背中にかけ、藁《わら》の腰蓑《こしみの》を引きまわして、きたない瓜売りのおやじになっているのである。

(わしがこうしている以上、江戸内大臣もなにかせずばなるまい)

とおもっているうちに、仮装の町の辻《つじ》にでっぷりとふとったあじか(土運びのザルに似たもの)売りがあらわれたのである。

家康であった。いかにも不器用に荷をにない、荷をふりふり、

「あじか買わし、あじか買わし」

と呼ばってきた。内心、おそらく不機嫌であったろうが、秀吉の機嫌を損じてはなるまいと思ったのであろう、必死に売り声をはりあげてくる。

これにはどっと沸《わ》き、

――そっくりのあじか売りじゃの。

と目ひき袖《そで》引きする者が多かった。

ともあれ。――

このふたりの関係は、秀吉もつとめたが、家康も哀れなほどにつとめた。たがいに怖《おそ》れ、機嫌をとりあい、

（いつあの男が死ぬか）

とひそかに思いあってきたに違いない。もし家康がさきに死んだとすれば、秀吉はえたりかしこしと理由を設け、その諸侯としては過大すぎるほどの関東二百五十余万石の大領土を削るか、分割し去ってしまったであろう。

しかし、すでに、秀吉のほうがさきに死ぬ。

家康は内心、

（勝負は、ついには寿命じゃ）

とおもったにちがいない。

しかも諸侯に対し、

——秀頼様にそむくな。

という誓紙をとる役まわりになったのである。この男は、その皮肉な役を、神妙に、世にも律義な顔でつとめた。

（狸《たぬき》じゃ）

と、利《き》かん気の三成が憎むのも、当然なことであった。名護屋城外でのあじか売りも妙技であったが、こういう大芝居の役者としては、類のない演技力を、家康はもっていた。

狼《ろう》　藉《ぜき》

うわさほど、おそるべきものはない。

——いつ、伏見城内で太閤は死ぬか。

という一事は、さまざまのうわさをよんだ。伏見城下のひとびとは、武家だけでなく商人までも、この一事のみに、じっと耳を利《と》ぎすまし、コトリと箸《はし》がたおれた音にも、

（すわ。——）

と立ちさわぐほどにおびえていた。

なにしろ、巨大な支配者の生命がいま終わろうとしているのである。その死とともに合戦がおこり、政変がおこる、ということは、町人の頭でさえわかる図式であった。

七月十六日、といえば、前田利家邸で諸大名が「太閤さま没後、秀頼さまをお立てしてゆきまする」という誓紙をさしだした翌日である。

「すでに太閤さまはおなくなりあそばしておるぞ」

という秘めやかなうわさが城下の町々に流れ、大名のあいだでもこの事実を信ずる者が多かった。なぜならば、大名でも太閤の病室をのぞくことはゆるされず、殿中の茶坊主のささやきなどを信ずるしか、しかたがなかったのである。

余談だが、秀吉がもし伏見城で息をひきとっても、いっさい秘密にされるであろうことは、たれもが想像していた。

なにしろ外征中なのである。秀吉死去の報が敵国である明《みん》、朝鮮に洩《も》れれば、今後

の戦況や外交におよぼす影響が大きく、外征の将士はおそるべき危険に立たされる。

そのため、人々は、

「太閤は生きているのか、死んでいるのか」

という殿中の秘密を嗅《か》ぎとるのにやっきになっていた。

この十六日の風評も、そんなことでたちまちのうちに、城下の大名屋敷、旗本屋敷、町家にひろがり、それが夕刻になるとうわさが大きくなって、

「今夜中にも、合戦がはじまる」

とささやきまわる者があった。そのとき、二頭の狂い馬が、突如、城下の辻《つじ》から辻へ駈《か》けまわりはじめたのである。

「家康が放ったか」

と、島左近はとっさにそう思ったほど、この狂い馬事件は、この夜のふんい気をかきたてるのに、すさまじい効果があった。

あとでしらべてみると、城外「藤ノ森」という里に大きな神社がある。その境内でこの日、勧進相撲《かんじんずもう》がおこなわれていたが、勧進場《かんじんば》につないである馬が、日没後、どうしたことか、つなを切って町を狂い駈けまわった、というのが事の真相だった。

が、夜中の馬蹄《ばてい》のとどろき、それを捕えようと駈けまわる相撲の人数のただならぬ

うごきは、

——さてこそ合戦ぞ。

とひとに思わせるに十分だった。大名屋敷ではそれぞれ武装し、邸内にかがり火を焚《た》き物見《ものみ》の人数を四方八方に走らせ、さきばしった大名のなかでは、

——徳川殿を警固すべし。

と家康の屋敷に駈けつけて「さきもの」を買おうとした者までいた。しかも豊臣家にとって不幸なことは、伏見城に駈けつけて秀頼の身辺を護衛しようとした大名はひとりも居なかったことである。

「人情の底が、見えたな」

と、翌朝、さわぎがおさまってから島左近は長嘆した。

その日、三成に、

「あの二頭の馬、はしなくも豊家《ほうけ》の将来を占うようなかたちになり申したな」

といった。左近のいうところは、秀吉の恩、などというあまい感傷主義では、人心は動かぬ、秀吉の死後天下に風雲がおこらば、豊臣家の諸大名はさっさと自家の保存本能でのみ動くであろう、というのである。

「そうはさせぬぞ」

と、三成ははげしい口調で言いきった。かれは、不正を憎むこと、はなはだしい性格がある。異常といってよかった。

余談だが、徳川時代になってから、三成とあれほど仲のわるかった浅野長政の子幸長でさえ、「三成がいなくなってから、世の不正をさほどに思わなくなった」と洩らしたことがある。この意味は、三成がその官にあるとき、諸大名の不正を憎み、つねに弾劾者《だんがいしゃ》としてのぞみ、このため政敵でさえ慄《ふる》えあがり、三成にあげ足をとられぬようにびくびくした、ということである。

「わしは、かつて」

と、このときも三成は左近にいった。

「利害で動いたことはない。つねに、これは正義か不正義かと判断して動いてきた」

そのとおりであった。秀吉は乱世を一手におさめて秩序づけをしたが、秩序づけをする手だてがいかにも荒ごなしで、奥州の伊達《だて》氏、中国の毛利《もうり》氏、四国の長曾我部《ちょうそかべ》氏、九州の島津《しまづ》氏を降伏させるにしても、「反抗するのは損である。降伏すれば相応に優遇してやる」という式で利害をもって説き、道徳をもって説かなかった。そういうやりかたでなければ乱世はおさまらなかった。要するに、豊臣政権の成立のエネルギーは「利害」であり、正邪ではない。

その秀吉が関白になって天下に号令していらい、十三年になる。なるほど世に秩序ができたが、なお「利害」で固まった秩序であり、ここに道徳ができあがるには、二代も三代もの歳月が必要であろう。

三成のばあい、天性らしい。

利害の世に、異常な正義感をもってひとり立っている。俗な大名からみれば、ときに、

「狂人」

としかみえないであろう。

「殿は」

と、左近は、三成のそのきらびやかな欠点について、こう指摘した。

「人間に期待しすぎるようですな。武家はこうあるべし、大名はこうあるべし、恩を受けた者はこうあるべし、などと期待するところが手きびしい。人間かくあるべしとの理想の像が、殿のあたまにくっきりと出来あがっている。殿はそれをご自分にあてはめてゆかれるところ、尋常人《ただびと》とは思えぬほどにみごとでござるが、さらにその網を他人にまでかぶせようとなされ、その網をいやがったり、抜け出ようとしたりする者を、犬が吠えるようにはげしく攻撃あそばす」

「それがどうした」

と、三成は、左近にだけは温和に微笑する。

「ようござらんな」

左近は、三成のそういうけんらんたる欠点と長所が好きでたまらないのだが、人心を収攬《しゅうらん》してゆくばあい、どうであろう。

「左近、これがわしの欠点かもしれないが、こういう弾劾者がおらねば、豊臣の天下はどうなるか。太閤殿下の死とともに、ごっそりと家康に盗まれるだけではないか」

ところが、その家康。——

かれもまた、豊臣の諸侯のなかでは、三成をのぞいては、唯一《ゆいいつ》の、「正義の護持者」であろうとしていた。むろん、かれの場合は、徹頭徹尾、演技であった。本音《ほんね》ではないだけに、その「正義」の演技は、すさまじいものだった。

馬騒ぎのあった翌日、病中の秀吉がそれを知り、

「昨夜、城下でなにかあったのか」

と侍医の曲直瀬《まなせ》法印にきいた。法印はさりげなく、

「喧嘩《けんか》でござりましょう」

と答えたが、秀吉は、否々《いないな》と首をふって、ごまかされぬぞ、とくどくどと追及した。この男の卓抜した直感力は、肉体がおとろえているだけに、かえってするどくなっていた。

「奉行をよべ」

と命じ、たまたま当番にあたっていた増田《ました》長盛がよばれた。

病人からはげしく追及されると、長盛は小心で正直なだけが取り柄《え》な男だけにしどろもどろになり、やっと、

「諸侯の喧嘩沙汰《ざた》でござりまする」

というところでごまかした。

「喧嘩？」

秀吉にはわかる。豊臣家の諸侯団は、互いに戦国の風雲を切りぬけてきただけに気風が荒っぽく、気に入らぬことがあると殿中でも組打ちしかねまじいところがあるのを秀吉は知っている。しかしそれだけならばよかった。互いに党を組み、いがみあっていることを、秀吉は知っている。

「こまったものだ。おれが死んだあと、秀頼のことを忘れて、徒党を組んで争い、ついには天下の騒乱をまねくかもしれぬ」

秀吉は、ちょっと考え、

「酒がよいな」

といった。殿中で酒宴させ、たがいに融和させようとおもったのである。

「仁右衛門（増田長盛）、あすだぞ。あす、伏見に在番している大名を残らず殿中にあつめて馳走《ちそう》せい。席上、わしの心配を伝えよ。仲よくゆく方法を、たがいに話しあうように申し伝えよ」

といった。

さっそく、酒宴の係として、中村式部少輔一氏《しきぶしょうゆうかずうじ》、生駒讃岐守親正《いこまさぬきのかみちかまさ》、山内対馬守一豊《やまうちつしまのかみかずとよ》の三大名のほかに、秀吉のお伽衆《とぎしゅう》である三人の僧侶《そうりょ》がえらばれた。

石田家にもその旨《むね》が伝えられたが、三成はあいにく風邪で臥《ふ》せており、当日は島左近が代人として、縁側に侍《はべ》ることになった。

（おもしろい見物ができる）

と、左近はこの陪席《ばいせき》をよろこんだ。

当日、左近は真新しい肩衣《かたぎぬ》をつけ、大和鍛冶当麻有俊《かじたいまありとし》の脇差《わきざし》を帯び、備前長船兼光《おさふね》の刀を小姓にもたせ、その特徴であるゆっくりとした足どりで石田丸の玄関を出た。

左近は、大和の出身だけに、大和鍛冶は切れる、と信じていた。きょうは万一の事態を考え、わざわざ長目の当麻有俊の脇差を帯びて出たのは、

(人を斬《き》らねばならぬかもしれぬ)

とおもったからである。人、というのは、むろん家康のことであった。家康が居るがためにすべての騒乱がおこる。時と場合によっては、席の混乱につけ入り、進み出て家康を真二つにし、その場で自分さえ切腹すれば事はおさまると、左近はおもっていた。

いつも悠然《ゆうぜん》としているくせに、左近とはそんな覚悟を無造作に秘めている男である。

酒宴の席に入ると、左近はこの席の接待の責任者である駿府《すんぷ》(静岡市)十七万五千石の城主中村式部少輔一氏にちょっとあいさつし、陪席の身であるため北側の濡《ぬ》れ縁にひっそりとすわった。

やがて、がやがやと諸侯が入ってきて、さっそく席次のあらそいがおこった。

「なんの、無礼講よ、めいめい好き勝手なところにすわって好きなだけ飲めやい」

とひどい尾張なまりでいったのは、はじめから酒気を帯びている尾張清洲《きよす》二十四万石の福島正則である。この無法者じみた大名の一言で、酒宴は最初からみだれてしま

った。

（かんじんの家康は、来ぬな）

と、左近は失望した。家康が来ぬのは、おなじ大老の前田利家が病中で不参なため、わざと遠慮したのであろう。

（律義者の看板を売りたいのだ）

と左近はあくまでも好意的な見方をしない。

宴が酣《たけなわ》となり、一座に酔いがまわると、どの男も戦場そだちの地金が出てきて、わめく者、怒号する者、罵《ののし》る者、果ては座をとびこえて口論の相手に肉薄し、胸ぐらをつかまえようとして世話役にだきとめられる者、……大変なさわぎになった。

（なるほど、聞きしにまさるものだな）

左近は障子ごしに座敷をながめていて、豊臣政権の実態を皮膚で感じたようなおもいがした。

中村一氏以下六人の世話役は、声を枯らして、

「おのおの、お静まりあれ、おねがい申す、お静かに。本日は、喧嘩口論のための席ではござらぬ。殿下の思召《おぼしめ》しにより、われわれ一同仲よく、とのための酒席でござる。聞きわけられよ、聞きわけられよ」

と叫んでまわるが、たれも耳をかたむけず、ついに福島正則が、世話役の安国寺恵《あんこくじえ》瓊《けい》のどこが気に入らなかったのか、

「坊主っ、成敗《せいばい》してやる」

と立ちあがったあたりで、さわぎは最高潮に達した。恵瓊は、僧侶ながらも伊予で六万石の領地をもつ大名だが、根が武人でないだけに逃げだそうとした。

それを、福島が追う。

「無体《むたい》あるな」

と、世話役が抱きつく。その世話役と福島が組打ちになる。

ついに世話役団は、自分たちの手でとうてい統制しかねると見、こっそり使いを家康のもとに走らせた。

(さて、どうなるか)

左近は、無表情に座をながめている。左近の肩に西陽《にしび》があたっていた。その濡れ縁のむこうに、門がある。

その門が、ほどなく八の字にひらいて、家康がひとりで入ってきた。

左近の目からみれば、この六十近い関東の大大名は悪党ながらもほれぼれするほどの演技力をもっていた。

家康は、座敷にとびこむなり、

「おのおの、よくも拙者をあざむかれたな」

と、血相を変えて怒りだした。この演技は左近にも意外であった。

「先日、誓紙をそれがしまで差しだされたとき、喧嘩口論致すまじきこと、との一条があったはずでござる。にもかかわらず、本日は何事であるか。拙者としては、もうどの顔をさげて、再び上様にお目通りができよう。もはや、こうとなっては各々《おのおの》はみな、拙者の敵でござる」

と家康は杯盤狼藉《はいばんろうぜき》のなかに仁王立ちになって叱《しか》りつけ、さらに人をよび、

「門々を閉めよ。一人たりといえどもお還《かえ》しすることはできぬ。門外には拙者の人数が詰めている」

といった。

家康は、怒号しながらも、涙をいっぱい溜《た》めている。どこからみても豊臣家の将来を案じる赤誠があふれていた。この「赤誠」と、度肝をぬく言動によって、一座はすっかり慄《ふる》えあがってしまい、当の福島正則などは蒼白《そうはく》になって、

「内府、拙者がわるうござった」

と、くたくたと折り崩れて平伏してしまい、他の者も這《は》いながら席にもどって、小さくなった。

(内府、おそるべし)

と、縁側の島左近は舌をまいた。これほど迫真の演技力を出せる男は、いま天下に家康のほか、いるか。

なるほど誠実な者はいる。主人三成である。しかし心には虎狼《ころう》の野望をひめ、うわべだけで老農夫のような篤実《とくじつ》さをここまで出せる役者は、徳川内大臣家康しかいまい。

(あるいは、本気か)

と左近でさえ、信じかけたほどであった。そのため、あわよくば家康を討とうとする気持がくじけてしまった。当然であろう。いま、豊臣家の大忠臣として演技している内大臣家康を討てば、島左近は大悪人になり、ひいてはその主君石田三成も悪人の役まわりになってしまう。

(おどろきはてたことよ)

左近は、名人の能舞台を観たあとのように、びっしょり脇の下に汗をかいてしまっていた。

数日のち、三成が登城して秀吉の病床を見まったとき、

「佐吉、きいたか」

と、秀吉はかぼそい声でいった。

「内府のことよ」

秀吉の声は、うるんでいた。

「内府が、あそこまで律義であろうとは思わなんだ。あの一件の報告をうけたとき、うれし涙が出て、思わずせきあげたわ」

「左様で。――」

三成は、みじかく答え、退出した。太閤もも
う
ろ
く
したか、と唾《つば》でも吐きつけたい思いだった。

夜、初芽に茶を点《た》てさせた。

亭主役の初芽が、茶筅《ちゃせん》をつかいながらふと眼をあげて、

「先日、殿様がお風邪で臥せておられまする日に、殿中では、諸侯のお歴々が、内大臣さまに大そうお叱られあそばしましたそうな」

と、さりげなくいった。

「なぜ、存じておる」

「……城下では、大そうな」

「評判か」

三成は、いやな顔をした。諸侯のだらしなさは、家康の威圧にひれ伏したことである。

反対に、諸侯をふるえあがらせたことによって、家康の威望はそれ以前よりも飛躍的にあがったことであろう。

（愚かなのは、豊臣家の諸侯どもよ。愚行をすればするほど、家康をして天下取りへのしあがらせてゆく）

三成は自分の同僚を、歯ぎしりするほどに憎んだ。豊臣家の敵はたれでもない、その諸侯群のおろかさこそ、そうではないか。

「気に入らぬ」

三成は、眉《まゆ》をひそめ、裂くような口調でいった。世への憤《いきどお》りの多い男であった。

初芽は、自分が叱られているのではない、と思った。三成のそういう性格にちかごろはよほど慣れ、しかも、はげしく魅《ひ》かれるものを感じはじめていた。

秀吉の死

夏を越した秀吉の生命は、秋の闌《た》けるとともに、以前にまして衰えはじめた。

三成は、毎夜、本丸に詰めている。

「佐吉はあるか」

と、秀吉がうわごとのようによんだのは、慶長三年旧暦八月四日の未明であった。

「三成これに」

と、秀吉の耳のそばに平伏すると、

「いまは、夜か、朝か」

「夜ではございますが、ほどなく鶏が鳴く刻限でございます」

「遺言をしたい」

秀吉は閉じたまぶたから、涙をあふれさせた。「祐筆《ゆうひつ》（書記）をよべ、家康、利家はそれにあるか」と閉じた目を、三成にむけた。

「ただいま、使者を走らせまする。大老、奉行、それだけを呼べばよろしゅうございますか」

と、三成は、冷徹な事務官の容貌《ようぼう》にもどっていた。感傷どころのさわぎではない。武将の遺言は、常人のそれではなかった。次代への憲法にもなるべき重大な布告なのである。

「おお、それだけをよべ」

「只今《ただいま》。――」

と、三成は袴《はかま》の音もたてずに退出し、御用部屋から八方に使者を飛ばし、万端をととのえおわったあとで、この感傷の深い男は、背をまるめてひそやかに泣いた。

やがて鶏が鳴き、夜が明けはなれたころ、人々が登城してきた。

秀吉はそれらを枕頭《ちんとう》によび、ひとりひとりを名差しして、遺言した。

まず家康に対しては、

「かほどの律義な人はない」

と、その物固いこと、実のあること、約束をまもる徳人であること、などとその美徳をほめあげた。事実、家康は、ひと足さきに天下をとってしまった秀吉に対し、猫《ねこ》のような柔和さをよそおってきた。

が、秀吉の不安はただ一点、この家康であった。はたしてかれが死後もなお従順であるかどうか。

（わからぬ）

と思ったればこそ、律義々とその美徳をほめたたえて、家康を徳人の座にすわらせてしまおうと思ったのであろう。

そばで聞いていて、三成には、

「徳川殿、そこもとは虎《とら》ではない。狼《おおかみ》でもない。猫でござる。それも毛並の美しい、しとやかな猫でござる」

と、秀吉が言いつのっているように聞こえ、そう連呼せざるをえぬ秀吉があさましくもあり、あわれでもあった。

「それゆえ、お孫に千姫と申す女《むすめ》があるやにきくが、成人の上は、それを秀頼にめあわせ、夫婦になしくだされたい。されば秀頼は家康殿にとって孫婿《まごむこ》である。秀頼をあたかも子と思い、孫と思うて、取りたてくだされ」

といった。

ついで、加賀大納言《だいなごん》前田利家である。

「利家とわしとは、かれが犬千代といったころからの幼友達であった」

と、秀吉は自分より二つ年下の老人をそのようにいった。幼友達というのは秀吉一流の言い過ぎで、秀吉がまだ織田家の足軽程度の身分だったころ、利家は上士の家の次男坊であり、身分は上であった。「前田家」とか「犬千代様」とかいって、秀吉のほうが腰巾着《こしぎんちゃく》のようについて歩いた時期があったはずである。

利家は将器であり、織田時代の末期にすでに越前府中の城主として一城のあるじであったが、秀吉は天下をとるとともにこの篤実な武将をあつく遇し、家康の勢力に対抗させるために、家康が内大臣になれば大納言といったぐあいに家康との吊《つ》りあいがとれるように官位を昇進させてきた。

利家老人は、旧誼《きゆうぎ》を重んじ、物よろこびするたちで、そういう秀吉の恩遇に対し、一徹な気持でこたえようとしていた。

「秀頼の傅人《もり》（保護者）になってもらいたい」

と秀吉はいった。

秀吉が「遺言」という形で命じたかれの死後の豊臣政権は、徳川家康と前田利家の二大老による連立内閣、という構想であった。

（それしかあるまい）

と、かたわらにいる三成もおもった。

（ただし、利家老人のいのちさえ長ければ、ということだが。——）

秀吉の構想では、伏見に家康を置いて、秀頼の代官として天下の政治を代行し、大坂城には利家を置いて、秀頼の養育をさせようというのである。

「わしが死んで五十日経《た》てば、秀頼を大坂城に移せ。秀頼が十五歳になるまで、城外へ出してはならぬ」

と秀吉はいった。

すでに秀吉は、秀頼の安全を期するために大坂城の大々的改修をさせつつある。もし伏見の家康が叛旗《はんき》をひるがえしても海内《かいだい》第一の大坂城に秀頼の住むかぎり、身に怪《け》我《が》はあるまい、とみたのである。

「利家は大坂に住むように。もし天守閣に利家がのぼりたいと望むならば、利家はわしの代官ゆえ、かまわずにのぼらせよ」

と、城内における行動の自由をゆるした。

…………

この日、秀吉の病室から退出した大老、奉行たちは、大老は奉行に、奉行は大老にといったぐあいに、たがいに「秀頼公を疎略《そりゃく》にせぬ」「法度《はっと》はかならずまもる」などといった数箇条にわたる誓紙を取りかわした。互いに何度誓紙を書いたことであろう。

秀吉は、疲れたらしい。

遺言を申しのべたあと、あらい息をしたが、やがて死んだようにねむった。

が、眠りがみじかい。一刻《にじかん》もたたぬ間に、

「治部はあるか」

と、ひきしぼるような声を出した。

三成は、仰天した。秀吉は身をよじらせ、起きあがろうとしている。

「三成、これに控えております。御用はなんでございますか」

「硯《すずり》はあるか」

「ございます。手前が筆をとりまするゆえ、お楽になされて、ゆるゆるお聞かせくださりませ」

「いや、口ではいかぬ。わしが書く。遺言を」

「遺言？　それは朝がた、申されたではありませぬか」

「申した。が、心もとない。わしが自筆でかきたい。筆紙を」

やむなく、筆に墨をふくませ、三成は介添えしてまず秀吉を寝床の上にすわらせ、その左手に紙、その右手に筆をもたせた。秀吉はうなずき、やがてふるえる手でほそぼそと書きはじめた。

秀より（頼）の事、

なり立ち候《そうろう》やうに、
此《この》かきつけ（書付）しゆへ（五人の衆）
しんにたのみ申候。
なに事も、此ほかは、
おもひのこす事、なく候。かしく。
太閤
いへやす（徳川家康）
ちくせん（前田利家）
てるもと（毛利輝元）
かけかつ（上杉景勝）
秀いへ（宇喜多秀家）

と、五人の大老の名前を書き、しばらく目をつぶっていたが、やがて追記のようなかたちで、

返々《かえすがえす》、秀より事、たのみ申候。五人のしゆ（衆）、たのみ申候。いさい（委細）五人の物《もの》（五奉行）に申しわたし候

と書き、にわかに、悲しみがこみあげてきたのであろう、涙をとめどなく流しなが

ら、

　なごりをしく候

と末尾に書き、書きおわるところりと筆を落した。三成があわてていざり寄り、紙を秀吉の顔からとりのけた。秀吉の死相を帯びた顔は、すでにねむっていた。

（上様っ）

と、三成は叫びたかった。三成のみるところ、誓紙こそ書いたが大老以下二百余の諸侯は、自己の利害でのみ動く男どもであった。この老人の期待に応《こた》えてやるのは、この石田治部少輔《じぶしょうゆう》三成のほかに居ないのではないか。

（上様。――）

と、三成は泣いていた。

（この三成あるかぎり、ゆめゆめ家康めに大権をぬすまれるようなことは致しませぬ。ご安堵《あんど》召されますように）

意中の言葉が通じたかどうか、秀吉は身じろぎもせずに、横たわっている。三成はその半ば死骸《しがい》と化した主人に誓い、誓うことによって甘美な感動が全身に奔《はし》った。

その秀吉が、最後の呼吸《いき》をひきとったのは、慶長三年八月十八日の夜であった。正確には何どきであったろう、この賑《にぎ》やかずきの英雄は、皮肉なことにたれにも気づかれることなく、いつのまにか死んでいた。

「あっ、おなくなりあそばされておりまする」

と医官の曲直瀬《まなせ》法印が不覚の声をあげたのは、丑《うし》ノ刻《こく》(午前二時)すぎであった。法印があわてて秀吉の手をとると、血は冷えきっていた。

病室に詰めていた者は、この夜も十数人はいたろう。三成ほか、五奉行はそろって詰めていたが、たれも気づかなかった。

「末期《まつご》のお水を」

と三成はしずかにいった。冷酷といいたいほどの能吏の声であった。三成の活動はこの瞬間からはじまったといっていい。

「お静まりあれ。おのおのに申しあげる」

と、三成は部屋のすみからいった。かれのそばに百目蠟燭《ひゃくめろうそく》の炎が、かれの暗い情熱を象徴するようにゆれている。

「かねて五奉行のもとで申しあわせたることであるが、太閤殿下ご逝去《せいきょ》のことは、いっさい口外してはなりませぬ。ここだけの人数、一人々々の胸だけに秘めておく。むろん、諸侯の耳にも入れてはなりませぬ」

といったのは、外征軍への配慮からであった。秀吉の死が、もし敵国の明国《みん》、朝鮮に伝われれば、和睦《わぼく》・引きあげも困難となり、加藤清正、小西行長《ゆきなが》を司令官とする前線の将士は窮地に立つであろう。事実この秘密令のおかげで、敵側にはまるで聞こえず、島津軍、小西軍が撤退した直後、敵陣営にそれが伝わり、明の将は歯がみしてくやしがった。

「しかし治部少、ご遺骸《いがい》はどうする」

と、五奉行の年頭《としがしら》浅野長政がいった。秘密々々といっても、遺骸だけは始末せねばならぬであろう。

「もうお忘れか。それもかねて申しあわせたとおりでござる。ただいまから、われわれの手でご密葬し奉る」

「われわれの手で?」

「いかにも」

と、三成は同僚の前田玄以《げんい》をよび、支度は出来てあるか、と訊《き》いた。支度とは、遺骸をはこぶ駕籠《かご》である。

「ふむ、本丸下に待たせている」

と、僧侶《そうりよ》あがりのこの五奉行の一人は答えた。

「されば、かねての打合せどおり、おぬしと高野《こうや》の興山上人《こうざんしょうにん》が背負い参らせよ」

「承知した」

と、前田玄以はひくい声でいった。

遺骸をはこぶ仲間の高野の興山上人も、この部屋にいる。秀吉が生前、その才を愛してきた老僧で、珍奇な食習慣をもっており、主食として木実《このみ》や果物ばかりを食ってきたため、世間では「木食上人《もくじき》」とよばれていた。

「承知つかまつった」

と、この遺骸運搬人もうなずいた。

遺骸は、京の阿弥陀《あみだ》ケ峰《みね》まで運ぶ。阿弥陀ケ峰は、いわゆる東山三十六峰の一つである。すでに山頂は秀吉の生前、廟所《びょうしょ》になるべきことがひそかに決められており、病中、すでに工事が進行していた。むろん世間の聞こえをはばかって墓所であるとはいわない。その山麓《さんろく》に秀吉が建てた大仏殿があり、

——その寺域を拡張する。

という触れ出しで、進められていた。

枕経《まくらぎょう》など、臨終の宗教行事がすべておわったあと、

「お供つかまつりまする」

と、前田玄以が遺骸に平伏し、にじり寄って抱きおこし、わが肩に背負い、いかにも生ける秀吉が都合によって病室を他へ移す、というかっこうで廊下をいくつも渡り、本丸の玄関へ出た。

式台の上に駕籠がおかれている。それへ遺骸をおさめ、前田玄以の家来が舁《か》いた。

行列は、ない。

駕籠わきには、蓑笠《みのかさ》で身をかためた前田玄以と木食上人のふたりのみが付きそい、陰雨にぬれそぼちながらながい石段をほたほたとくだってゆく。

秀吉。行年《ぎょうねん》六十三。

この奇妙な密葬の法は、かれが五奉行に言いのこした遺言によるものだが、城下の町人でさえこういう悲惨な野辺《のべ》の送りをしないであろう。

三成は、雨の中で凝然と立っている。遠ざかってゆく一本の松明《たいまつ》の火を見ながら、

(これが、二百余の諸侯をひきい、六十余州の支配者である天下人《てんかびと》の葬儀か)

とおもった。滑稽《こっけい》でもあり、悲痛でもある。しかし三成の立場からは滑稽さが感じ

られない。松明の火がついに樹間に消えたとき、三成の頬《ほお》にとめどもなく涙が流れた。

（不幸なお人だ）

と思った。秀吉は乱世を一手におさめて史上かつてない統一国家を作った。しかしその遺児の将来はかぎりなく不安であり、その葬礼は匹夫《ひっぷ》のそれよりも淋《さび》しい。

（すべて、家康がいるがためだ）

と、葬儀のことは外征軍への配慮であるとしても、三成の感情ではそう思わざるをえない。

……………………

その三成が、夜が明けるとともに家康に対して意外な手を打っている。

秀吉の死を、家康にひそかに報《し》らせたのである。

「口外せぬ」

というのは、秀吉の死の直後、五奉行が別室に集まり、互いに誓紙までとりかわした秘密事項であった。

その誓紙の席上、浅野長政は白く光る目をあげて、

「治部少、徳川殿にもか」

といった。さらに「徳川殿は大老筆頭であるぞ。秀頼様の御代官になられる方であ

るぞ。それに報らさねばあとあと、故障がおこることぞ」と言いかさねた。

「すべて、ご遺命に従う」

と三成は言っただけである。

ご遺命、という権威で浅野長政は口をつぐみ、目だけはずるそうに光らせて、他の三人の奉行の顔をすばやく盗みみた。

(たれか、抜け駈《が》けに報らせはせぬか)

と、読みとろうとしたのである。他の奉行たちは、気弱そうに目を伏せていた。あとで家康の心証をわるくすることを恐れたのであろう。

(臆病狐《おくびょうぎつね》どもめ)

と、三成は冷然と同僚の顔をみていた。ただ一人、浅野長政の口辺に微笑がうかんでいるのを、目ざとく見てとった。

(この男、内通するな)

と思った。かねて家康の屋敷に出入りし、ひそかに家康の利益を代表し、公儀に事あればすぐ家康のもとに通報する、というのが、長政の游泳法《ゆうえいほう》であった。

(よし。——)

と、三成は思い、秀吉の「駕籠」を石段下まで送ったあと、引きかえしてきて、家

来の八十島道与《やそじまどうよ》（助左衛門）という者をよび、

「徳川殿の屋敷へゆき、太閤殿下は今暁《こんぎょう》みまかられた、と告げよ」

と命じた。すでに夜が明けている。道与は、雨装をし、笠《かさ》をかたむけて本丸をおりて行った。

（わが智恵をみよ）

と、三成は誇りたかった。家康はおそらく三成から報らされたことに意外を感ずるであろう。同時に、自分の閥内にいるかんじんの浅野長政が沈黙していたことを不快におもい、かつ、猜疑《さいぎ》ぶかい家康は長政の心情を疑いはじめるであろう（事実三成の計略どおりになり、長政は一時的ではあったが家康から手ひどく迫害されるようになる）。

本丸から、幾筋もの石段を駈けおりた八十島道与は、大手門を出たあたりで、むこうから登城してくる家康の行列を目撃した。

家康は、むろんそういう変事があったとはつゆ知らず、いつものように病気見舞をすべく登城してきたのである。

八十島道与は、家康の供頭《ともがしら》の者に自分の身分をあかし、その許しを得て乗物に近づき、たまたま引戸をあけた家康にひそひそと耳打ちした。家康はうなずき、礼を言って八十島を帰し、そのあと行列をとめたまましばらく考えている風情であったが、や

がて、

「登城はせぬ。屋敷へもどせ」

と、命じた。

行列は雨中で反転し、城を背にして屋敷にむかいはじめた。乗物の中の家康は、身のうちの慄《ふる》えるような感動をおさえかねていた。秀吉の死によって、この男は隷属者《れいぞくしゃ》である立場から解放された。

(この朝から、時代が変わるわ)

と、家康は狭い乗物のなかで、爪《つめ》を噛《か》みながら何度もおもい、かつ、今日はまず何をすべきかを思案した。

行列が屋敷につくまでにその思案はまとまった。

屋敷に入ると、すぐ嫡子の中納言秀忠をよび、今日の変事をあかし、

「今日中に伏見を発《た》って、江戸へ帰り、軍備を備え、いつなりとも当方から飛報があれば五万の兵を上方へ送れるようにしておけ」

と命じた。

世間はともかく、家康の戦闘はこの日からはじまったといっていい。

博多の清正

秀吉が死んで四日目、伏見城から二人の急使が朝鮮をめざして発向《はっこう》した。

「朝鮮にある部隊はいそぎ講和して撤退せよ」

という使者であった。

いずれも秀吉の病床につききっていた直臣《じきしん》で、一人は美濃高松三万石の徳永式部卿《きょう》法印という僧体の老武士。いまひとりはおなじく秀吉の旗本で五千石の宮木丹波守である。

出発にあたって、

「太閤の死を味方にも洩《も》らすな」

と、ふたりは言いふくめられていた。

急使が発《た》ってから五日後、三成らもまた伏見城を出発し、博多《はかた》にむかった。用務は、撤退してくる将士を博多港でむかえ、その復員事務をとりおこなうためである。

「治部めが出かけましたな。博多ではおもしろいことになりましょう」

と、伏見の徳川屋敷で家康にいったのは、その謀臣本多正信老人である。

「なぜじゃ」

家康は、聞き上手である。聞き上手とは、琴でいえばよき弾奏家のようなものだ。老臣正信は、琴である。家康のたくみな爪にかいなでられてこそ、よき音を出す。

「在陣の諸将は、加藤清正をはじめとして治部めに腹をたてておりまする。清正などは、治部めの肉を啖《くら》いたい、と言っているほどに腹をたてておりまする。しかも戦場帰りで気も荒立っている。あっはははは」

「なぜ、笑う」

「これがおかしゅうはござらんか。博多では、あのふたり、犬と猿《さる》の大喧嘩《おおげんか》を演じましょうぞ」

「であろうな」

家康は、苦笑している。

「殿もお人がわるい。知らぬ顔でなかなか味なことをなさる。あの才子めを九州博多へ下向《げこう》させたのは、殿でありましょう」

事実である。家康は、秀頼の代官であり大老筆頭という職分から、同僚の前田利家との連名で、奉行の三成に命じたのである。

「それだけのことだ。別に底意はない。撤収という複雑な業務を総指揮させるには、いま天下に三成をおいては、人はない。それだけの意味で、博多へやった」

「はて、どうでありますかのう」

と正信は、家康の腹芸を見ぬいている自分を、舌なめずりして楽しんでいる。

「とにかく、博多での狂言は観物《みもの》じゃ」

正信がいうように、秀吉の秘書官長であった三成と、秀吉の野戦用の諸将とはまったく仲がわるい。

例をあげると、こうである。

秀吉の存命当時、三成は、

――朝鮮在陣の諸将の作戦を監督せよ。

という命をうけて、朝鮮へ渡った。

その在陣中でのこと、内地から黒田如水が軍監としてやってきた。

如水、名は官兵衛孝高《よしたか》。のちに筑前福岡藩の家祖になった人物である。播州《ばんしゅう》の小寺《おでら》家という小大名の家老の家にうまれ、やがて秀吉につかえてその名参謀長として創業をたすけてきた歴戦の老人である。

あるとき秀吉が、近臣との閑話《ひまばなし》に天下の英雄豪傑を論じ、ふと、

――おれがもし死んだあと、天下をとる者はたれだと思う。いやこれは座興だ、座興だから遠慮なく言え。

みな面白がり、徳川殿でありましょう、とか、いや蒲生氏郷《がもううじさと》殿がすぐれている、いやいや戦さ上手という点では前田利家殿じゃ、といってさまざまな名前を言いあったが、秀吉はかぶりをふり、

「黒田の足萎《あしな》えめよ」

といった。如水は、若いころ梅毒をわずらって頭髪がところどころ禿《は》げちぎれており、足も、むかし敵城の牢《ろう》にぶちこまれたために満足ではない。足萎えよ、といったのは、秀吉が、如水の天才に対してつねづねもっている、嫉妬《しっと》と愛情をこめた愛称である。

これをまた聞きした如水は、

（太閤に怖《おそ》れられている）

ということに身の危険を感じ、保身のために世を息子の長政にゆずってさっさと隠退を宣言した。如水とはその隠居名前である。

さて在朝鮮の三成が、おなじく秀吉の官僚である大谷吉継、増田《ました》長盛とともに、

——軍監の如水どのと軍議せねば。

ということで、東萊《とうらい》という町の宿舎にいる黒田如水をたずねた。

如水の家来が、

——石田治部少輔さまがお見えになりました。

と取りつぐと、如水はちょうど、陣中のひまつぶしに碁を打っているところであった。

「なに、石田が？」

と、如水は、盤面から顔をあげない。

「なんの用があってきた」

「軍議でご相談したきことあり、と申されておりまする」

「なに、軍議を？」

と、如水はパチリと打つ。如水は、戦国の風雲を切りぬけてきた老人で、しかもいまは不遇とはいえ内心は（おれが、太閤に天下を取らしめたのだ）という肚《はら》がある。そういう肚があるため、秀吉の天下が定まってから抜擢《ばってき》されて諸侯に怖れられている三成という官僚をよろこばず、

(なんの小僧めが)

という頭があった。

わるいことに、碁の相手が、三成と仲のわるい浅野長政であった。

「弾正(浅野長政)よ、治部が軍議に参ったとよ」

「ふん、小僧になにがわかるか」

と、長政も、碁をやめない。

「別室に待たせておけ」

如水はそう命じて、碁を打ちつづけた。

勝負はいまはじまったばかりで、容易におわらない。やっとおわってから、

「そうそう、治部を待たせてあったな」

と二人で別室にゆくと、三成の姿はない。とっくに席を蹴《け》立てて帰ってしまっていた。

三成は、如水の無礼を許さなかった。権高《けんだか》で恥辱に傷つきやすい心をもち、不正や怠慢に対しては、病的なほどに追及し、いささかも許せない心をもっている。

(わしは太閤の命で、軍議をしに行った。それを如水は年若であるというので軽んじた。軽んじたのは、とりもなおさず、太閤を軽んじたことである)

という論法で、秀吉に報告した。そのほか如水は英雄肌《えいゆうはだ》の男だから、在陣中、独断専行が多く、秀吉の言いつけ以外のこともずいぶんにやっている。

「職務怠慢のうえ、ご命令違反のことが多うございます」

と、三成は報告した。三成の報告は、その性格から「事実」を重んじ、いささかも私情を加えない報告の仕方だが、如水のほうから見れば、

「讒言《ざんげん》」

ととれた。如水は日本に帰り、秀吉に拝謁《はいえつ》をねがったが、秀吉は、

——足萎えの顔など、みたくない。

と許さなかった。このため如水は、居城の豊前《ぶぜん》（大分県）中津にもどり、謹慎したまま関ケ原ノ役《えき》をむかえている。

「三成めは、太閤の寵《ちょう》をたのんで、しきりと讒言しおる」

といううわさは、清正をはじめ反三成派の諸将のあいだで定説になり、この黒田如水の悲劇も、

——さてこそは三成の讒言なり。

と清正は、わがことのように怒った。かれらは三成憎しの感情で、しだいに団結して行った。

清正という人物は、百戦練磨《れんま》の将だけに、ひどく「功名上手」なところがある。第一次朝鮮ノ役《えき》のとき、小西行長が第一軍司令官、清正が第二軍司令官としてそれぞれ別路を北上し、「たがいに揉《も》み進みながら、どちらが京城に一番乗りするか」ということで、はげしい競争になった。

この競争は、清正が一日負け、かれが大軍をひきいて京城にちかづいたときには、城壁の上に小西の旗がひるがえっていた。

——おのれ、やりおったか。

と清正は歯噛《はが》みしたが、すぐ一計をめぐらし、その場から急使をさし立てて肥前名護屋の大本営にいる秀吉のもとに走らせ、

——何月何日、京城に入りました。

と報告した。「真っさきに」とか「一番乗りにて」とかいううそをついていないが、かといって行長が何日に入城したという事実には一切触れていない。清正にとって幸いにも当の行長からの使者がまだ名護屋についていなかったため、秀吉はてっきり清正が一番乗りしたとおもい、

「虎之助め、やりおったわ」

と、感状をあたえた。

「それは間違いでございます」

と、三成がいちいち事実について調べ、秀吉に報告した。三成の異常な正義心と弾《だん》劾癖《がいへき》が、ここでもしつこくあらわれている。

このほか軍状を調査し、

「作戦の失敗や食いちがいは、ことごとく清正の行長に対する非協力にありまする。このままでは統一作戦など絵にかいた餅《もち》で、敵側は日本軍の仲間割れをあざけり、よろこんでいます」

と、捕虜の証言までならべて、秀吉の判断材料として提供した。秘書官としては当然なことであったろう。

が、前線にいる実戦部隊の感情を害することははなはだしかった。

三成が糾弾《きゅうだん》した清正の非曲は、

一、清正は、協同部隊長である小西行長と年来仲がわるいため、「おれの作戦企図や行動を薬屋づれ（行長）に話す必要がどこにある」としていっさい秘密にしているため、作戦がばらばらになってしまっている。

二、清正の家来三宅角左衛門と申す者の足軽が、明《みん》の正使として釜山府《ふさんふ》にやってきた、李宗城の荷物をかっぱらって逃亡した。部下の監督不行届きである。

三、清正は明への公式書類に、許されもせぬ豊臣姓を用い、豊臣清正と署名した。

などで、いずれも三成にすれば、能吏として報告すべき「事実」であったが、清正にすればたまったものではなかった。

秀吉は、三成の報告をきいて激怒し、

——虎之助め。おのれの武辺立《ぶへんだ》てにのみ熱心で全体の建前《たてまえ》をこわすやつ。

と、その罪を糾明するために、朝鮮に使者を走らせてよびかえさせた。

清正こそ悲痛である。たまたま晋州《しんしゅう》城の城普請《しろぶしん》にとりかかっていたが、それを鍋島《なべしま》信濃守《しなののかみ》にまかせ、わずかな供まわりをつれて海路大坂に入り、ただちに伏見へゆき、五奉行の一人増田長盛をたずねた。

「殿中の模様を教えていただきたい」

と、長盛にいった。長盛がなにごとかを答えようとすると、清正は昂奮《こうふん》して、

「讒言者がいる。石田治部少輔である。あの者と拙者とは、年来仲がわるいゆえ、さまざまな悪口を御前で喋《しゃべ》るのじゃ」

「——いや」

悪口ではなく事実ではないか、と言うほどに、長盛は気がつよくない。清正は、
「拙者は数年のあいだ朝鮮で辛酸をなめ、他人《ひと》に立ちまさった忠義を尽してきたこと
は貴殿もごぞんじであろう。御賞美《ごしょうび》こそ頂戴《ちょうだい》すべきに、こんにちの体《てい》、言葉もない。
貴殿は何と思われるか」
と言葉はげしくいった。長盛はうなずき、
「清正どのの数年の忠戦、天下にかくれなきことである。いずれ上様にもわかること
がありますが、その前に、石田治部少輔と仲なおりなされ。それが世巧者《よごうしゃ》というもの、
分別と申すべきものでござる。およばずながら拙者が、仲立ちいたします」
「なにっ、治部少めと？」
と、清正は、あごひげをふるわせた。長盛は分別者らしく手で制し、
「なんという言葉遣《づか》いをなさる。いまの天下に治部少めなどという言いかたをする者
が、たとえ大諸侯でもおりませぬぞ」
それだけの実権者である、ということを長盛はいった。三成が秀吉が信任している
秘書官である以上、「まずそれと仲なおりすることが大人っぽい分別だ」と長盛はい
うのだが清正は単純勁烈《けいれつ》な実戦技術者だけに、
「八幡大菩薩《はちまんだいぼさつ》も御照覧あれ」

と、大喚《おおわめ》きにわめいてしまった。

「この清正、あの治部少めと一生のあいだ仲直りなどは仕《つかまつ》りませんぞ。このまま切腹を命ぜられるとも、あんなやつと口もきかぬ」

清正が怒号したのは、三成に対してだけではない。対座している長盛に対しても、(こやつも、側近の官僚じゃ、よくよく考えてみれば治部少めとおなじ穴のむじなではないか)

とだんだん腹が立ってきて、

「だいたい、貴殿も気に食わぬ。われらは戦場で苦労をかさね、伏見城下に帰ってはわが屋敷にも寄らず、旅装も解かずに貴殿の屋敷にうかがった。ところが貴殿の態度はどうじゃ。わしが訪ねてきた、とあれば、あたり前の人間ならば玄関まで出迎えて、主計頭《かずえのかみ》(清正)ぶじで帰ったか、戦さはどうじゃ、怪我はなかったか、陣中達者であったか、という言葉の一つも掛けてしかるべきであるのに、貴殿の態度はどうじゃ、それが戦場から帰った者を遇する法か。座敷にすわったままで拙者を通し、首ばかりひねりまわして何のねぎらい言葉も出さぬ。所詮《しょせん》は」

と、清正は立った。六尺二寸ある。

「貴殿のごとき礼儀を知らぬ人と相談したのがわがあやまり、もはや絶交ぞ」

といった。長盛は大口をあき、あきれかえって清正を見るうち、清正は席を蹴って出てしまった。

右のように、黒田如水、浅野長政、加藤清正は、三成を憎むあまりその共通の「憎《ぞう》悪《お》」で徒党をつくり、増田長盛は、臆病《おくびょう》で小心な文吏ながら、

（清正め）

と、このとき以来、いよいよ三成に親しむようになり、両派のみぞは深くなった。行きつくところ、血を見なければ済まなくなるであろう。

それを、

（小気味よし）

と見ているのは、家康とその謀臣本多正信であった。

「漁夫の利ということがござる」

と、あるとき、正信が低い声でわらったことがある。正信は若いころ僧侶《そうりょ》だっただけに中国の策謀の書「戦国策」などを読んでいる。あるとき浜辺でシギという鳥とハマグリが争っていると、漁師がやってきて二つともとらえてしまった、双方が争うすきにつけこんで第三者がその利を横取りしてしまう、ということわざである。

「御当家の方針としては両派の争いに、ひそかに油をそそぎつつ観望する、当分はそ

れ一途で参りませぬと、なりませぬな」

と、正信老人は、いった。

この男は、

(さて博多で三成めと清正がどうなる事やら)とたのしみにして情報を待っていた。

三成は、博多へ下向する途中、堺《さかい》に立ち寄り、かねてかれがつくらせていた復員用の新造船百艘《そう》を朝鮮の釜山《ふさん》へ出帆させるとともに、浦々《うらうら》から船を三百艘かきあつめ、それらをつぎつぎと釜山にむかわせた。どの船にも十分な復員用糧食を積みこませた。また、釜山―博多間を何往復すれば何人が運べるかという正確きわまる計算を三成は立て、船団ごとに稼働量《かどうりよう》をきめた。こういうことをやらせると、三成は超人的な腕があり、

(その規模の大きさ、仕事のこまかさ、三成は大作戦の司令官がつとまる)

と、死んだ秀吉も洩らしていた。ただかれは、戦国の末期に成人し、秀吉の側近としてほとんどの歳月を送ったために、秀吉のいう「大作戦」をやる機会がなかった。

九月上旬、三成は博多に到着し、浜辺に宿舎をとり、連日、迎えの船団を繰り出し繰り出して輸送事務をとり、やがて博多湾に寒風が吹きはじめたころ、朝鮮在陣の将士がぞくぞくと入港してきた。

それらを一堂にあつめ、三成と同僚の奉行浅野長政が、秀吉の死を公式に発表した。諸将はすでに朝鮮の陣中できいていたが、あらためて落涙した。長政は、五奉行を代表して在陣諸将の労苦をねぎらい、

「これは太閤殿下ご遺命によるおのおのへのお形見でござる」

と、それぞれに、秀吉遺愛の太刀《たち》、茶道具などを分け、

「さればおのおの、これより伏見にのぼり、秀頼公へ帰国のごあいさつを申しあげたあとそれぞれの分国にもどり、積年の戦塵《せんじん》をあらい落され、一年休養ののち来年の秋にまたまた伏見にのぼられよ」

といった。

そのあと、三成も諸将に慰労のあいさつをし、

「一年ご休息なされて御上洛《じょうらく》のせつは、ひさびさにて城内で茶ノ湯などを催し、おのおののご苦労をお慰めいたすつもりでおります」

といった。その言葉がおわるか終わらぬうちに清正が、

「よう申した」

大声でどなった。

「いまの治部少の言葉こそ面白いわ。われらは七年のあいだ高麗《こうらい》に在陣し、手を砕い

て働きに働き、いまは一粒の持ち兵糧《ぴょうろう》もなく、一滴の酒もなく、ましてや治部少のいう茶などは持ちあわせぬ。ぬくぬくと日本におった治部少は茶ノ湯で馳走《ちそう》などとぜいたくなことじゃ。われらは返礼すべきものがない。せめて稗《ひえ》がゆでも焚《た》いてもてなそうか」

わっと独りで笑い、

「のう、おのおの」

と諸将を見渡したが、みなにがい顔をして聞こえぬふりをしている。清正は、

(太閤殿下がなくなられた以上、もはやご遠慮申しあげる相手はない。されば伏見で朋友《ほうゆう》を語らい、治部少めと一合戦《かっせん》におよび、かならず復讐《ふくしゅう》してやるぞ)

と、すさまじい勢いで伏見をさしてのぼった。

それを待ちかまえていたのは、家康とその謀臣本多正信である。

桔《き》梗《きょう》紋《もん》

「清正が、伏見にもどったそうな」

と家康は、火箸《ひばし》で炭火をなぶりながら、謀臣本多正信にいった。

庭の夕闇《ゆうやみ》に、白椿《しろつばき》が五つばかりうかんでいる。寒い。家康は着ぶくれながらこの宵《よい》はひどく血色がよかった。

「伏見に入るなりわが屋敷にも立ち寄らず、増田長盛の屋敷に駈《か》けこんだという。だいぶ治部少のことを怒っているらしい」

「清正という男は、使えますすな」

と、正信はかすかに微笑した。

「しかし」

と、家康は灰をまぜている。

「なかなか、うるさい男だ」

「うるさい、と申しても、豊臣家の功臣のなかでは可愛気《かわいげ》のある男でございます。黒田如水のように煮ても焼いても食えぬ男ではなく、こちらがそのつもりで取りかかれば縄《なわ》一筋でからめとれる性質《たち》のようでございます」

「武辺者だ」

家康はうなずいた。このばあい武辺者という意味は、戦場で勇猛である、というほかに性格が単純で政治感覚がない、という意味もこめている。

「左様、武辺者でござる。日本の武勇を唐《から》にまでひびかせてきた男でござるによってな」

「しかしせいぜい侍大将の武辺であるな。将の上の将、という器《うつわ》ではない。なかなかうるさい男ではあるが」

と、家康はくりかえしてつぶやいた。

「いかがつかまつりましょう」

と本多正信がいったのは、清正対策をどうするかということである。

「そちならどうする」

「しばらくは動くにまかせまする。泳がせておけば早晩、治部少と大喧嘩をいたしましょう。そのときこそ調停の労をとり、清正に利あるごとくさばき、恩を売ってその心を攬《と》りまする」

「あの者はまだ独身《やもめ》であったな」

「あ、姫さまを。しかしあの者は唐瘡《とうがさ》（梅毒）、といううわさがござりまするぞ」

「唐瘡か」

家康は笑いだした。

「唐瘡でもなんでもよい。ほしいのはあの男の心だ」

その清正は、奉行増田長盛の屋敷をとびだすと、肥馬にまたがった。なにしろ六尺二寸の巨漢だから、鞍《くら》からのびている脚が、そのまま地につきそうであった。

「屋敷にもどられますので」

と、老臣の飯田《いいだ》覚兵衛がたずねた。清正の家はこれほどの大大名になっても家老というものは置かず、すべて清正個人が直接指揮している。飯田覚兵衛は他家ならば当然家老にあたる人物であったが、そういう職名は与えられておらず、ときには大部隊の長になり、ときには行列の供頭《ともがしら》のようにして使われている。いまは供頭として訊《き》いた。

「京へゆく」

ついて来い、と長い顔をふった。京のどこへゆくということは言わない。だまってわが馬に従え、というのが清正のいつものやり方であった。

びしっ

と清正は馬に鞭《むち》をあてた。

トットと駈けさせる。百人ばかりの隊列がそのあとをえいえいと掛け声をかけながら小走りに駈けた。長柄《ながえ》、長槍《ながやり》が天日にかがやき、百人が一ツ呼吸をしているように

足並がそろい、沿道の町家の者がおもわず、

「ああ、さすがは唐《から》で鬼上官《きじようかん》といわれた主計頭《かずえのかみ》さまじゃ」

とため息をつくほどみごとだった。

京まで三里。

阿弥陀《あみだ》ケ峰《みね》のふもとについたのは、ちょうど家康が本多正信とうわさしていた刻限である。夕暮が、秀吉の墓域の殿舎にたれこめていた。

清正は馬から降り、口取りに鞭をあずけると、ただ一人、ながい石段をのぼって行った。

何度か門をくぐり、おたまやについた。おたまやは堂々たる伽藍《がらん》のようである。奉行の三成が、秀吉の意思により秀吉がすでに病床にあるころから、

——山麓《さんろく》の大仏殿の寺域をひろげる。

と世間にそういつわって建造していた廟所《びようしよ》である。建造物のすみずみまで三成の配慮がきざみこまれている。

清正はそれらを見まわし、ひざまずこうとして片膝《かたひざ》をついたとき、ふと三成のことを思いだし、

(治部少め、わしの殿下を横取りしおって)

と、少年のような怒りがこみあげてきた。

そのとき、社僧がほたほたと砂利を踏んでやってきて、

「どなたでござる」

と、やや権高《けんだか》にいった。すくなくとも清正の心境ではそう聞こえた。ぎょろりとにらんで、

「わしがわからぬか」

といった。

社僧は、位階からいえば従五位にすぎぬ清正より高い僧官の男らしい。清正の傲然《ごうぜん》とした態度にむっとしたのであろう。

「どなたかと伺っておる」

と冷やかにいった。清正は供もつれていない。様子からみれば、どこぞ旅の田舎武士程度が勝手に霊域に侵入している、としか社僧にはみえなかった。

「………」

と清正は社僧をにらみつけている。

社僧のごうまんさが、清正にはたまらなかった。むしろ物悲しくさえあった。虎之助といったむかしから秀吉の台所めしを食って育てられてきた清正には、秀吉が父の

ようにおもえる。秀吉もまた長浜城主時代から、この父無《てて》し子を「於虎《おとら》、於虎」といって可愛がり、その妻の北政所《きたのまんどころ》も、虎之助の少年時代には母がわりになって面倒をみてくれた。

しかも秀吉にはまたいとこにあたり、家臣ながらも亡《な》き人の数すくない血縁のひとりなのである。

虎之助清正は役に立つ男であった。戦場に出せばたれにもひけをとらなかった。どの戦場でも秀吉に賞《ほ》めてもらいたさに死にものぐるいになって働いた。

——ところが。

豊臣政権が安定し、この政権が戦争を必要としなくなってから、清正の存在がめだって薄くなった。当然なことながら、秀吉は、合戦専門の武辺者よりも、行政手腕のある者を重用した。石田三成、浅野長政、長束《なつか》正家、増田長盛、前田玄以ら五人の奉行がそれである。かれらは日夜秀吉の身辺に寄りそうようにして仕え、まめまめしく秀吉の身のまわりを給仕し、かつ秀吉の意思をうけてその代官として天下の諸侯に指図した。

清正は、辺境にやられた。

当時まだ二十五、六歳で三千石の旗本からいきなり肥後熊本二十五万石の大大名にひきあげられたとはいえ、秀吉の身辺からはるかにひきはなされてしまったことにかわりはない。

そのあとの秀吉を、三成が独占した。独占しただけでなく、この秘書官長はことごとに、

「上様のお言葉である」

として清正ら辺境の諸侯を強圧し、ときに君臨しようとした。

「治部少め」

と血を吐くような怒りを覚えたことが何度あるか。秀吉に天下をとらせたのは自分である、とまでは清正は思いあがっていないが、秀吉が天下をとるまでに戦った大小幾十の合戦で清正は手をくだいて働いた。

(治部少めにどれほどの武功があったか)

あの才槌頭《さいづちあたま》をこなごなにしてやりたい。その憎悪《ぞうお》には、一つには嫉妬《しっと》もある。情が、深すぎるほどに生まれついている。清正ほど、秀吉の憐《あわ》れみと愛を得たがっている男はいなかった。この年になり、天下の武辺者といわれるようになっても、この男は秀吉に対してだけはむかしの甘ったれ小僧でいたかった。その位置を三成に奪われた。だけでなく秀吉の生前、あの近江者《おうみもの》はどれだけ自分を疎略《そりゃく》にし、迫害し、秀

吉そのひとに讒言《ざんげん》してきたか。

とにかく。――

ここに社僧がいる。この僧もまた秀吉の霊を独占し、自分を疎外しようとしている。これもまた三成同然の徒輩ではないか。

「わしの紋所をみよ」

と、清正はいった。桔梗の紋である。世間ありふれた紋章で、美濃や清正の出生地の尾張にゆけば掃いてすてたくなるほどに多い紋だ。

「ははあ、桔梗と申すと美濃源氏の流れでござるな。美濃から参られたか」

「朝鮮から参ったわい」

と、清正は真赤な口をあけてどなった。

社僧はとびあがるほどおどろき、

「これは存ぜぬとは申せ、ご無礼つかまつった。加藤主計頭どのであられまするか」

ぷいっ、と清正はそっぽをむき、そのあと何を話しかけられようが黙殺し、この廟前で自分のしたいことだけをした。

清正は平伏し、大音をあげて帰国の報告をのべ、死に目に会わなかった口惜しさをのべ、なぜこの虎之助の凱陣《がいじん》をひとめでもみてからのことにしてくださらなんだかと

掻《か》き口説き、

「それにしても」

と声をはげましていった。

「無念なるは治部少めが申しあげたかずかずの讒言のことでござりまする。上様はお信じあそばすや」

樹林の上で、鴉《からす》が鳴いている。すでに廟域のすみずみに闇溜《やみだま》りが出来、暮色が濃くなりはじめていた。

「かの地で敵の軍使と会うとき、豊臣清正と僭称《せんしょう》つかまつりましたことにつきましても申しひらきたき儀がござりまする。それがし、殿下もご存じのごとく、五歳のみぎりに親に死にわかれ、殿下の御膝元《ひざもと》にて成長つかまつり、恐れながら殿下御一人を君とも親とも存じ奉りてこんにちまで来たり、あまつさえわが家の氏《うじ》は何と申すやら」

と、言葉をとぎらせた、清正は泣いている。

「存じませぬ」

氏とは、源平藤橘《げんぺいとうきつ》、および豊臣のことである。清正の家は、源氏なのか藤原氏なのか、孤児のそだちであるがために聞いておらぬ、というのだ。

「されば、殿下を親とも仰ぐ気持から、つい豊臣朝臣《あそん》と認《したた》めましたまでにて、深い所存はございませぬ。それを三成めは」

声をはりあげた。

「おのれの朋友《ほうゆう》の小西摂津守行長のありもせぬ武功をきわ立たそうとし、それがしを蹴落《けおと》そうとし、針を棒ほどに言いふくらましたことにすぎませぬ。帰陣のうえ上様に拝謁《はいえつ》つかまつり、とくと言上したく存じておりましたところ、はしなくも神におなりあそばし、虎之助の無念このことに存じまする。この上は治部少めを打ち殺し……」

という一言で社僧は仰天してしまった。朝鮮派遣軍司令官が、帰国そうそう、容易ならぬ内乱をおこすことを墓前に誓っているのである。

やがて清正は墓前をしりぞき、門を出、ながい参道を歩き、やがて石段のそばまできて霊廟の峰をふりかえった。峰はすでに闇につつまれており、はるかなむこうに数点の燈明がまたたいているだけであった。

(御燈《みあかし》が、動いている)

それが秀吉の霊であるかのごとく清正には思われ、そこでもう一度拝跪《はいき》し、立ちあがると長い石段をおりはじめた。

足もとに京の町の灯《ひ》がみえる。が、石段は暗い。中ほどまでくると、物思いにふけっていたせいか、つい石段をふみはずし、どかどかと十段ばかりころげ落ちた。

あっと立ちあがりながら、

（お聴きとどけくだされたシルシか）

とおもい、この熱心な日蓮宗の信者は、おもわず南無妙法蓮華経《なむみようほうれんげきよう》の題目が口をついて出た。唱えてゆくうちに雑念が薄れてゆき、題目がもつ歩武堂々としたリズムだけが心を占めた。心が次第に単純になってゆき、前へ前へと歩調をとるようなこのリズムに鼓舞され、からだ中の筋々がおどるような闘争心がわいてきて、

（やるか。――）

と、暗い虚空《こくう》にわめいた。

そのあと、山麓の大仏殿で服喪している北政所を訪《おとな》い、帰国のあいさつをした。おねねとよばれるこの婦人は、若いころからよく笑うほがらかな性格で、清正がむかし、

――おそれながら母上のようにおもいます。

と言うと、

「なぜ姉上と言いませぬ」

とその豊満な体をゆすって笑ったりした。笑顔がうつくしく、言葉の一つ一つにき

らきらと智恵《ちえ》のひかるようなところのある女《ひと》で、幼いころからこのひとにあこがれてきた清正などは、

(淀《よど》の御人などよりも、いくらお美しいかわからぬ)

とひそかにおもっていた。

その北政所が書院の正面に出てきたときは尼の姿になっている。

貴人が死ねばその妻は尼になる。当然なことながら清正は、一瞬呼吸をわすれるような衝撃をうけ、北政所を傷《いた》ましく思うよりも、秀吉の死をはじめてそこに見たような思いがした。

清正が帰国のあいさつをしようとすると、この従一位の尼は、

「虎之助」

と微笑し、あいさつなどは要らぬ、といった。

「かたくるしく挨拶《あいさつ》などをされると、そなたが遠いところの人になってしまったように思います。朝鮮では達者でしたか」

「辛苦が多うございました」

「蔚山籠城《うるさんろうじょう》のことなど、聞いております。伏見でうわさをきき、日本に武士は多くともそなたたならではできぬことだとおもいました」

北政所は、清正をわが子のように愛している。秀吉がこの虎之助を二十五歳の若さで肥後半国の大名にしたのも、彼女の口添えによるものだということを、清正は知っている。

「ながい朝鮮在陣で、国許《くにもと》の用事がたまっていることでありましょう。すぐ肥後へ下るのですか」

「いやいや、しばらく伏見におります。多少の存念がござれば」

「ぞんねんと申しますると？」

「遺恨でござる」

と言い、清正は顔をなかばあげた。

「石田治部少輔めのことでござりまする。それがし朝鮮にあるとき治部少めは勝手放題のことを上様に告げ口し、それを上様に言い晴らさんと思うまに、上様は阿弥陀ケ峰の大神となられました。もはや晴らすすべは、治部少めの素っ首をぬくほか、ござりませぬ」

「虎之助」

北政所は、微笑《わら》った。この三十七歳の大男が、彼女の目からみればいつまでたっても少年にみえるらしい。

「そなたは大名でしょう」

「は、御蔭《おかげ》をもちまして」

と、清正も少年のように頰《ほお》を赤らめた。

「それならば、上様御他界の前、諸侯にさしくだされた御遺戒をまもることです。大名はたがいに私議を立てて争わざること、という御一条があるはずです。そなたは朝鮮在陣中でありましたが、その旨《むね》、奉行衆からそなたの留守屋敷まで参っているはずです。その書きものを見ましたか」

「いや」

清正は閉口した。

「まだ伏見の屋敷に帰っておりませぬゆえ、披見《ひけん》しておりませぬ」

「虎之助らしいことです」

北政所は、声をたてて笑った。帰国して自分の屋敷にももどらず、旅装のまま豊国廟に詣《まい》り、その足で自分の庵《いおり》をたずねてくれるとはなんと可愛い男であろう。

「では虎之助は」

北政所は、微笑をひそめた。

「内府にもまだですね、ごあいさつは」

「せねばなりませぬか」

清正は、帰国早々で政情がどのようになっているかわからないらしい。秀吉在世当時のつもりなのである。その在世当時なら、家康とても石高《こくだか》官位にこそ差はあれ、大名である点では同格だった。帰陣したからといってその屋敷へ奔《はし》ってあいさつせねばならぬという法はない。

「明日は、あいさつに出むいておいたほうがいいでしょう」

と、北政所は、妙なことをいった。

「あの方は、御遺命によって秀頼どのの代官におなりあそばしたのですから」

そうは理由づけたが、その奥になにか別な思案がある、という匂《にお》いは清正のような武骨者にも嗅《か》ぎとられた。

その夜おそく京へもどったが、戻《もど》ってみると、夕刻家康の使者として井伊直政がやってきて、

「主計頭どのに申し伝えられたい」

といって家康の口上をのべて行ったという。

別段、これという用事ではない。朝鮮ではいろいろ御苦労でござったろう、というねぎらいの言葉である。

(言われる筋がおかしい)

とは思ったが、うれしくもあった。奉行の増田長盛などは、ああしてこちらから訪問して行ったのに、その席で一度も戦陣のねぎらいなどをいってくれなかったのである。だから清正は、即座に絶交を宣言してとびだした。

(さすが、内府はちがう)

と、清正は感動した。こちらから出むかぬさきにむこうから来るなどは、生涯《しょうがい》に幾十とない戦場を往来した武将なればこそのあたたかい思いやりであろう。

(内府は、武士を知っている)

と、清正はおもった。

霜の朝

その朝、霜《しも》が白く降り敷いた。

三成は、伏見城内石田郭《いしだぐるわ》の一室で初芽《はつめ》に点前《てまえ》させつつ茶を喫している。

「初芽、そこの障子を明けてみぬか」

と、はずんだ声で命じた。

初芽は座を立ち、さわさわと絹擦《きぬず》れの音を立てつつ障子のそばに移ってから、ツト障子に手をかけ、しかしあけずに、

「けさは、格別に寒うございますよ」

と、微笑した。そのしぐさ、主君に対する態度ではなく、自分の恋人にでもいうような匂《にお》やかさがある。微妙な狎《な》れといってもよい。

「かまわぬ。わしは子供のころから、冬の晴れた空をみるのがすきだった」

「お寒うございますのに」

「好きずきだな」

三成は自分の言葉に魅《ひ》き入られるように、少年のころの冬景色を想《おも》った。近江《おうみ》の野にいちめんの刈り田がつづき、そのむこうに琵琶《びわ》湖の碧《あお》みが、空のあおさにつらなっている。

音を立てずに、初芽は明り障子をひらいた。

凍えたような陽光が射しこみ、三成は瞳孔《どうこう》をひらいた。庭の霜が、眼に映った。

「なるほど、霜というのは雪とはちがい、茶の馳走《ちそう》にはならぬものだな」

自分の趣向に苦笑したとき、その霜の庭の柴折戸《しおりど》を押して、人影が入ってくるのを

見た。

「叔父貴がくる」

三成はめずらしく冗談をいった。家老島左近のことなのである。左近は家臣とはいえ、いついかなる場所でも三成に謁する待遇をあたえられていた。

「島さまは、殿さまの叔父上にあたられるのでございますか」

「あたりはせぬが、わしにとっては父よりもうるさい男だ」

初芽は、左近がにが手らしい。

「あの、これにて退《しりぞ》かせて頂きまする」

「かまわぬ」

三成が言ったとき、すでに左近が縁まで来ていた。三成は、あがるように声をかけ、左近は一応の礼譲《れいじょう》をつくしつつ、しかし友人の茶亭をでも訪ねるような物腰であがってきた。

「これは寒いことをなされておる」

と自分でぴしぴしと障子を締め、朝のあいさつをし、やおら初芽を見た。

「初芽、そちはさがっていよ」

と、左近は底ひびきする声でいう。初芽はおそろしくなり、部屋のすみですくんでしまった。

三成は、見かねたらしい。

「左近、わしからの頼みだが、きょうからは初芽を、初芽殿と申してやってくれぬか」

左近は、妙な顔をした。

やがてその意味がわかったらしい。

（きょうから、と申すと、昨夜、殿とこの小娘のあいだに密《みそ》かなる事があったのか）

左近は、懸命に顔色を変えまいと努めた。もしそばに初芽さえいなければ、

「ばかな。――」

と、障子にひびくような声で三成をどなりつけたかったのである。

左近はちらりと初芽を見、

「殿《との》は、ああ申されるが、わしはそちには殿《どの》を付けぬ。左様心得られよ」

「は、はい。……」

初芽は、左近の目からみても痛々しいばかりに肩をちぢめ、まるで村雨《むらさめ》に打たれた小雀《こすずめ》のように儚《はかな》げであった。

「退出しなさい」

左近は言った。初芽は三成にふかぶかと頭をさげ、顔をあげずに体をにじらせてゆき、やがて襖《ふすま》をひらき、廊下に出、身をひるがえしてもう一度手をつき、襖を閉めた。顔は伏せているが、必死に涙をこらえようとしている様子が三成にはみえた。

「左近、小娘を泣かせてどうなる」

「これしきのことで泣くような娘と、殿はなぜ寝られた」

「そちはゆらい、婦人に優しい男よという評判があるが、なぜあのようにむごいことをいう」

「なにを申される」

左近はいった。

「あの小娘は藤堂高虎《とうどうたかとら》の家臣に縁のつながる娘でござりまするぞ。めったなゆだんはできぬ。ばかりか、淀殿の侍女を相勤めまするとき、侍女の分際にして大名である殿に想《おも》いを懸《か》け、その心を得、淀殿がその恋情の可憐《かれん》さを思い召されて、殿のおそば近くに仕えるように取りはからわれたという。その出生《でしょう》と言い、殿への事々しい接近の仕ぶりといい、ただの娘とは思えませぬ。詰まるところは、御家の機密を嗅《か》ごうとする間者《かんじゃ》でござろう」

「間者ではない。わしが知っている」

「痴《し》れたことを」

左近は、この苛《か》烈《れつ》なほどに鋭敏な頭脳をもつ三成が、この一種のおよそ三成らしからぬ甘さを持っていることを知っている。

「間者であるにせよないにせよ、いささかでもそういう疑わしさのある女性《にょしょう》は近づけぬ、というのが武将の心得でござる」

「左近、わしの目を信ぜよ」

と三成は、昨夜のことを脳裏に浮かべた。

　昨夜のことである。

三成は御用部屋で遅くまで執務し、石田郭にひきとったのは夜十時すぎであった。三成は多少、不眠症の気があった。夜おそくまで執務をしたときにかぎって、神経の高ぶりが容易におさまらぬのか、ときには暁《あ》け方《がた》まで寝付けぬことがあった。

　これが軽い恐怖になっている。玄関へあがるなり、

「酒を支度せよ」

　と小姓に命じ、台所にちかい粗末な部屋に入った。役の者たちが酒器を温めて持ちはこんでくるのに便利だろうと思ったのである。だからいつも酒はここで飲む。

小姓に注がれるままに三成は杯をかさね、飲むほどに妙に酔った。もともとこの男は酒量のある体質ではなかった。

(酔った。――)

と立ちあがろうとすると、天井《てんじょう》がゆっくりとまわった。過ごしたようである。三成は小姓の照らす手燭《てしょく》で足もとをさだめながら、そのくせ急ぎ足で歩いた。

(ひとには、酔いを見られたくない)

そういう理由であった。三成は家臣に対してさえそういうことを気にし、気を配った姿勢をとる男であった。理由はべつになく、要するにちょっとした気質的な様子ぶりというものであろう。

やがて廊下をまがり、そこからさきは小姓に入れかわって女中が先導した。この石田郭というのは伏見城内における三成の私邸とはいえ、伏見城の一郭《いっかく》をなすという意味で公的性格ももっていた。だから国許《くにもと》の居城のように、妻子のいる「奥」というものがない。

しかし屋敷を運営する必要上、邸内には最小限の数の女どもはいる。表の武士たちとそれらとが間違いをおこさぬように、一応の居住区はきまっていた。

女は、その居住区からやってきて、小姓と交代し、三成を寝所まで導くのである。

「なんだ、初芽だったのか」

と、三成は廊下の途中でいった。ふだんはこういう無駄《むだ》な言葉をいう習慣のない男だが、この夜はよほど酔っていたにちがいない。

——はい。

というように歩きながら頭をさげた。

「気づかなんだ」

と三成は言い、どういうわけか、手燭をもつ者が初芽だと知ると、からだじゅうの緊張がにわかに溶けるような思いがし、足までがもつれた。

——あぶのうございます。

と、初芽は表情でいった。

初芽はさらさらと先導してゆく。初芽の小さな足が進むたびに廊下の闇《やみ》が払われてゆき、やがて寝所のそとまで来ると初芽は膝《ひざ》をつき、左手の指を板敷の上にそろえ、右手にもつ手燭だけをわずかに高くかかげた。

三成は部屋に入ろうとして、ふとふりかえった。

「初芽、今夜は咄《はなし》の相手をせよ」

胸に、動悸《どうき》が打った。咽喉《のど》奥がかわき、三成はつばをのんだ。わが家来ではないか、と言えばそれまでだが、この行儀のよい男は自分の家の婦人にこういうあて声をかけたことはかつてなかった。佐和山城ではなにがしという児小姓を寵童にしたことはあるが。――

初芽の肩が、低くなった。主人から「咄の相手をせよ」と声をかけられることがどういうことかはこの娘は知っている。顔があがらなかった。

その間、どこでどう動作したかさだかな記憶がないほどに初芽はうわずり、気がついてみれば臥床《ふしど》のなかで三成の、男としてはやわらかい腕に抱かれていた。

臥床のなかの三成は、優しい男であった。ときどき、

――初芽、苦しくはないか。

とたずねてくれた。苦痛がともない、なるほど快感というにほど遠かったが、初芽は十分に酔い、いままでとまったくちがう自分が、そこでさまざまの所作をしていた。

――苦しくはないか。

と、三成はまたしても尋ねる。そのつど初芽は現実にひきもどされ、おそれ多いながらもそういう三成の気くばりがわずらわしかった。

最後に三成が、主人としてでなく単なる男としてのうめきと生理的な物質を初芽のからだのなかに溢《あふ》れさせたとき、初芽は、死んでもよいと思った。快楽に対してでは

ない。この男に対してである。

酔いは、三成が初芽の体を離したあともつづいた。むしろ高まってゆくようであった。

「さがって、寝《やす》むか」

と三成がいったが、初芽は三成の胸のなかでかぶりを振った。もっとこうしていたい、という自分の意思を、主人に対しそんなあらっぽい方法で表現してしまった自分に気がつかなかった。

「初芽、武士としてははずかしいことだが」

と、三成は物静かにいった。

「そなたを、淀殿の御殿でひと目見たときから心を離れぬようになった。わしは自分こそ真の武士とおもっていたのに、どういうことかわからぬ」

三成のいう意味が、初芽には理解できた。武士もむろん女を好む。しかしその好み方、求め方にはそれらしい法があるというのに、こういう、腰元と児小姓の恋のような気味になったことがはずかしい、という意味であろう。

その意味を知ったときに、初芽は声を呑《の》み、呼吸《いき》を詰め、全身の血が泡立《あわだ》つような感動をおぼえた。三成という男が、いよいよ意外であった。二十万石近い大領主で豊臣家の執政官であり、官は治部少輔というこの色白な男が、まるで無官の若侍のような恋を打ちあけてくれたのである。

いや、三成のような心情をもつ大名の存在そのものが、この地上で奇蹟《きせき》なのではないか。

初芽は、濡《ぬ》れたからだのままで、しばらく放心のなかにあった。が、すぐ放心は崩れ、

「きっ」

と、異様な声を出して泣いた。くるりと寝がえると、三成に背をむけて哭《な》いた。

「どうした」

と、三成がその肩に手をかけ、ひきよせようとしたが、初芽はかたくなに拒《こば》んだ。

初芽はそのまま、小半刻《こはんとき》も哭き、三成がことばをかけまたどう介抱しようと、頑《かたくな》に体を解かなかった。やがて、

「わたくしは、間者ではございませぬ」

と、いった。

「しかしそれによく似たことを言いつけられていたのでございます」

また、哭いた。すぐ哭きやむと、「でも嘉祥《かじょう》の日にお屋敷のお間《ま》取《ど》りをそっとしら

べたほか、なにもしておりませぬ。なにもしておりませぬことを、殿様は信じてくださいますか」

「わしは人を憎む心もはげしいが、人を信じる心もつよい。左近にいわせれば、このような男は詩人であっても武将ではないという」

「あの、わたくしに」

初芽は、はじめて向きを変え、三成の襟《えり》に取りすがるようにしていった。

「なんだ」

「申しあげまする。わたくしにそのような事をせよとお命じなされたお方様は」

「それは申すな」

三成は、むらむらとこみあげてきた初芽の背景への憎悪で、堪《た》えられぬばかりになっている。憎しみというよりも、この娘をそういう機能として使ってきた勢力への嫉《しっ》妬《と》というほうが、いまの三成の感情にとって正確かもしれない。

「申せば、わしは憎しみで悩乱しそうになるだろう。その者の名をきいたところでどうなることでもない」

左近が、庭の霜をふんで早朝にやってきたのは、容易ならぬ情報《しらせ》をきいたからである。

しらせをもってきてくれたのは、左近の舅北庵法印《しゅうとほくあん》であった。この当代五指に入るという医の名流は、左近の懇請により、奈良に半分、伏見に半分、というぐあいに住み分けて暮らしている。

昨夜、加藤主計頭清正の屋敷によばれたという。北庵は、清正がいままで面識もない間柄《あいだがら》である上に、左近の仕える石田三成と仇敵《きゅうてき》同然の仲であることを知っていたから、正直なところ、

（なにか、感づかれたか）

とおもった。北庵は、みずから求めては接近していないが、いままで招かれるままに二、三の大名の家に脈を診《み》に行き、その屋敷で耳にしたことなどを左近に教えてやっていた。

それが、清正である。

北庵が度胸をきめてゆくと、屋敷では、法印という医家最高の官位をもつ北庵をひどく鄭重《ていちょう》にもてなしてくれた。

清正の病状を診た。皮膚病であった。胸に点々と薔薇疹《ばらしん》のようなものがある。

「唐瘡《とうがさ》でございますな」

北庵は、小さな声でいった。このアメリカ大陸を発生地といわれる病気が、文明社会にあらわれたのはコロンブスの船員がアメリカからヨーロッパに帰航してからのことだという。またたくまにひろがり、ヨーロッパで最初に発生してからわずか十五、六年目に日本に来た。

北庵らこの時代の医家は、むろん細菌によるものとは知らなかったが、接触による伝染病であることは知っていた。多く売春婦が伝播《でんぱ》させるものだとも知っている。ただ、こう考えていた。婦人がいる。男子との接触が多い。前にむかえた枕客《ちんきゃく》の精水が婦人のなかに残り、腐敗し、その腐敗によって有毒物に変化し、次の枕客に伝染《うつ》る、という。運よく自然治癒《ちゆ》すればよし、でなければ特効薬も治療法もないことを、北庵は知っている。

「韓《かん》で、歌妓《かぎ》に接した」

と、清正は大声でいった。「それが祟《たた》ったらしい。諸方の医者をよびさまざまの薬をのんだり、膏薬《こうやく》を用いたりしたが、いっこうにはかばかしくない。法印殿ならなんぞ秘法の匙《さじ》があろうときいたので、来て頂いた」

北庵法印にも方法がない。しかし首をかしげ神妙に聴き入り、やがてうなずき、自分の家来を自邸に走らせて薬を取りにやらせ、それを適当に調合して清正にすすめた。

清正は大声で礼を言い、

「馬上で命を落すのは武門の名誉だが、かような病いで死にたくはない」

と、笑いもせずにいった。

そうした診察、投薬中に、にわかに屋敷うちが騒ぎだし、やがておおぜいの訪客があることがわかった。清正自身、

「ほう」

といっていたところを見ると、北庵が察するに不意の訪問であるらしかった。福島正則《まさのり》、黒田長政、浅野幸長《よしなが》、池田輝政の四人である。いずれも清正の親友というべき連中であった。

「そうか、書院に通してありあわせの酒肴《しゅこう》を出しておけ。どうせ、石田三成退治の下相談であろう」

清正はおそるべきことを、平然と、それも大声でいった。北庵は、ぎくりとした。容易ならぬことではないか。しかしそれにしても自分が三成の家老島左近の舅《しゅうと》であることが、存外、伏見の諸侯のあいだで知られていない様子に吻《ほっ》とした。

薬箱を片づけ、それを加藤家の児小姓にあずけて退出しようとすると、小袖《こそで》に腕を

通していた清正が、突如、

「法印殿は、島左近の舅御にあたられるそうな」

といった。底意地のわるい言い方ではなくどちらかといえば、島左近という諸侯の間にひびいた武辺の名士にひどく親しみをもった言い方で、

「よい婿殿《むこどの》をおもちである」

といった。

北庵は、脇《わき》に汗をながして退出し、その翌朝はやく使いに手紙をもたせて左近の門をたたかせたのである。

「清正という人物も、あれはあれなりに手をつかう男のようでござるな。舅は医家ゆえ無邪気に清正の磊落《らいらく》さに感心しているようでござるが、おそらく福島殿らがその目的で加藤屋敷に来ることを清正は知っており、その刻限にあわせて、わざわざ唐瘡の専門家でもない舅を呼びつけたのでありましょう。むろん、その不穏な集会がこちらに筒抜けになることをねらったものでござる。あの仁《じん》らしい恫喝《どうかつ》でありましょうな」

「うむ」

三成はうなずき、

「左近、邸内を固めよ」

とみじかく命じ、べつだん顔色も変えず、いつものように登城の支度をすべく、その間《ま》を出た。

訴訟

一方、清正のほうは。――

日とともに草の枯れてゆく伏見から京への道を、この男はほとんど毎日のようにかよっている。

北政所《きたのまんどころ》を見舞うためであった。このことは朝鮮から帰陣して以来の清正の習慣のようになっていた。

清正は、京に入るといつも秀吉の廟所《びょうしょ》のある阿弥陀《あみだ》ケ峰《みね》のふもとで馬をおり、墓参のために一文字菅笠《すげがさ》を頭にいただき、ひもをあごに食い入るほどに締め、従者ひとりをつれて長い石段をのぼってゆく。

おわっておりてくると、笠をぬぎ、平装に着かえ、北政所が毎日看経《かんきん》の暮らしを送っている山麓《さんろく》の服喪所をおとずれるのである。

（虎之助はよくしてくれる）

と、生涯子《しょうがい》をもたなかった北政所は、この清正に対しわが子をみるような情愛をいよいよふかめた。

北政所は、清正の来訪を待ちかねるようになった。

「孝蔵主《こうぞうす》、きょうは虎之助はまだか」

と、昼すぎになると、一度はつぶやく。孝蔵主とは、北政所にながく仕えている秘書長ともいうべき老尼《ろうに》である。

「もう追っつけ、参られましょう」

と、孝蔵主は答える。この主従は、清正に対してだけは、門からそのまま庭へまわってじかに縁へあがる「待遇」をあたえていた。

いつも清正は縁へあがる。そこにすわり、座敷にすわっている北政所と話すのである。

北政所の身辺は淋《さび》しくはない。

毎日のように伏見から大小名が墓参ついでに訪ねてきて門前に馬をつなぎ、孝蔵主はその応接にいそがしい。

しかし、わずらわしさのきらいな北政所はいちいちかれらと対面するわけではなかった。

大名たちも、固くるしさをきらって、玄関まできてあいさつをしてゆく。そのあいさつを取次ぎの孝蔵主が受ける。多くはそれだけであった。それでよいことでもあった。

ことに、第二夫人の淀殿の昵懇《じっこん》を得ている近江系の諸大名にそれが多い。奉行の石田三成、同増田《ました》長盛、長束《なつか》正家などは、挙措《きょそ》動作こそいんぎんだが、いつも玄関まで進んであいさつをし、

――押して北政所様に拝謁《はいえつ》をえたい。

とまでは強要しなかった。

尾張系の大名たちは、一応は強要してくれるのである。秀吉一門の福島正則、北政所と縁族になる浅野長政、幸長父子はとくにそうだった。

北政所にとってそれがわずらわしくもあったが、うれしくなくもなかった。

(やはり頼りになるのは、あの者たちだ)

と、平素ならばそういう些末《さまつ》な感情でものを考えることをしないこの女性も、いまはついそう思ってしまう。感じやすくなっているのである。

清正のほかに、もう一人、毎日のように訪ねてくる大名がいる。

江戸内大臣徳川家康である。

北政所も、大老筆頭であるこの人物だけは玄関でひきさがらせるわけにはいかず、いつも書院に通して茶菓をふるまった。

家康も心得たもので、

「やあ」

というぐあいに玄関をあがり、おどろいて飛びだしてくる孝蔵主に、お寒うござる、と如才なくあいさつし、にこにこしながら、

「政所様は、いまはご看経でありますかな」

と、ゆらゆら廊下を渡ってゆく。その態度がいかにも親しみぶかくて、孝蔵主などは諸侯のなかではこの家康が大好きだった。

もっとも孝蔵主は家康から心のきいた贈り物をときどき受けている。べつにそうだからといって家康に好感をもったというわけではないにしろ、わるい気はしない。贈りものは家康の家来からとどくのではなく、家康の故郷の三河出身の商人で、京でも屈指の豪商のひとりである茶屋四郎次郎が、立場が身軽であるということでとどけに来る。

さて話が前後した。

島左近の舅北庵法印が、

――清正らが、石田殿のお屋敷を襲う計画を企てている。

と急報した朝から、二日前のことだ。

清正がいつものように阿弥陀ケ峰に詣《もう》で、山麓の服喪所の門前までくると、家康の人数が道ばたでたむろしている。

(ほう、徳川殿もきているのか)

とおもい、いつものように門を入り、そのまま庭へ通ずる柴《し》折戸《おりど》のほうにすすもうと思うと、

「主計頭さま」

と、山花という侍女が出てきて、きょうは徳川殿もわたらせられますゆえ、小書院のほうに御案内つかまつります、といった。

言われるがまま、小書院に通されるとなるほど江戸内大臣が、ふとった体でうずくまっている。清正はまず北政所にあいさつし、横の家康にもかるく頭をさげた。

家康は、微笑して答礼した。むかしはさほど愛嬌《あいきょう》のある男ではなかったが、ちかごろはひどく濃い微笑をする。

「雨に遭われざったか」

と、家康は三河言葉でいった。三河言葉は隣国の尾張ことばに似ている。なまりが似ているというだけでも、尾張うまれの北政所も清正も、家康に対していつもほのかな親しみを感じている。

「はっ、少々」

清正は、少年のように顔を赤くしていった。これだけの武将であるくせに、清正はむかしから故太閤や北政所の前に出ると顔を赤くする癖があった。その赤面癖が、秀吉の死後、いつのまにか家康に対しても出はじめていることに清正自身も気づいていない。

「この冬は、雨がよく降る」

清正は、不器用に頭《ず》を下げた。

「いかにも」

家康は、北政所を上座にすえながら、下座でゆうゆうと清正を相手に世間ばなしをはじめたのである。普通ならば考えられぬほどの非礼であるが、それが不自然ではなかった。

北政所も上座から、にこにこ微笑《ほほえ》んでふたりのやりとりを聴いている。このことは清正さえ、ひそかにおどろくほどだった。よほど北政所と家康は親密な間柄にあるのであろう。

（いつのまにこうなったか）

と清正は思った。ながい朝鮮在陣で、豊臣家の家政や人事、人間関係にひどくうとくなっている自分を感じた。

このことを石田三成が見れば、

「家康めは、北政所様に積極的にちかづいている」とめくじらを立てて悲憤するところであろう。げんに三成は、朝鮮ノ陣のころからめだって北政所に接近しはじめた家康の底意を警戒していた。北政所には、無言の政治力がある。彼女は清正ら尾張系の大名をにぎっている。家康はそれに気づき、北政所にとり入ることによって、いざという場合、清正らをわがほうに引き入れようとするのではないか。

そう三成は観測している。もっとも三成はこの家康の行動を「政治」と見ているが、淀殿のまわりの侍女たちは「情事」とみていた。

「お仲があやしい」

というのである。まさかこのふたりにかぎってそういうこともあるまいが、家康の擦り寄りかたは、相手が女性であるだけにそういう情感に訴えようとするそぶりがなくもなかった。北政所といえども、単に律義で親切な江戸内大臣というだけでは、ここまで親しんだ居ずまいを見せなかったであろう。

清正は知らない。

素朴《そぼく》に、

（北政所様は、よほど内府をご信頼あそばしている）

と思っただけである。寡婦《かふ》になれば、諸事相談のできる頼もしい隣人がほしいものだ。それには北政所にとって、亡夫が、客分をもって遇してきた三河うまれの親爺《おやじ》殿《どの》がよい、と思ったのであろう。清正はそのような理解の仕方で、この情景をみた。

清正は、この座のやわらいだ空気のなかでつい緊張が解け、いつものふんまんが出た。三成に対する怒りである。

朝鮮在陣中、三成がいかに自分をおとし入れたか、という話を早口でしゃべった。しゃべるうちに昂奮《こうふん》してきて、

「このたび凱陣《がいじん》してきて釜山府《ふさんふ》まで参りましたとき、海のむこうに博多があることを思い、博多に上陸すればいちはやく三成めをみつけて一刀のもとに斬《き》り殺さんとまで思いさだめましたが、いざ戻《もど》ってきてあやつのつらを見ると、故殿下の服喪中に世間をさわがしてはならぬと懸命に胸をおさえ、それも果たせませなんだ。このことを思うと鬱憤《うつぷん》のやるかたがなく、夜もねむれぬほどでござる」

「虎之助」

と、北政所は上座から眼で叱《しか》り、その視線を家康のほうにもって行って、

「内府、虎之助はいつもこのように穏やかならぬことを申します、ひとつ灸《きゅう》をすえてやってくださりませぬか」

「武士はもともと、遺恨のふかいものでござる。まして加藤主計頭清正といえば日本一の武士」

家康はちょっと言葉をとぎらせて、

「その清正ほどの者からこれほど恨まれた石田治部少輔も気の毒といえば気の毒でござりまするな」

「笑いごとではござりませぬ」

「左様」

家康は、清正にむきなおった。顔から微笑が消えている。

「主計頭、殿下はおなくなり遊ばしたとはいえ、まだ喪《も》さえ発しておらぬ。そのときに私怨《しえん》をもって騒乱をおこすならば、三成のことは知らず、この家康がじかにお相手いたすぞ。左様心得られよ」

といった。

冗談でいっているのではないことは、そのぎろりとした眼でもわかる。

「よろしいな」

と、最後に清正をおさえつけるように言ったとき、北政所は小さく声をあげて感嘆した。家康の豊臣家に対する忠誠心と、清正をすら小僧あつかいにするその貫禄《かんろく》に感動したのである。

「虎之助、内府の申されることとわかりましたか」

「いや」

清正は、畳の目をにらみ、いかに内府の申されることでもこの一事だけは了解《りようげ》できませぬ、なんとなれば、――と低い声でいう。

「清正は武士でござる。治部少めを斬るといったん口に出した以上、もはやなんともなりかねることでござりまする。内府にお叱りを受けて萎《な》えたといわれれば、それがしの男がすたり申す」

（小さい男だ）

と、家康は思った。まるで一騎駈《が》けの武者の言うことではないか。一種の不具であろうとも家康はおもう。清正ほどの軍略の才をもち、統率力もあり、しかも築城術に長《た》け、領主としてもすぐれた行政能力をもちながら、性格が武士でありすぎる。政治感覚がないのである。

（しかしおもしろい男ではある）

この清正の特異な性格こそ、家康としては利用しきらねばならぬであろう。

「主計頭」

家康の表情は、ひどくものやわらかな微笑にかわった。

「弓矢の沙汰《さた》より、まず訴訟をされよ。わしがもとまで訴状をお出しなされ」

さらに家康は、訴訟はとりあえず三成弾劾《だんがい》ということにはするな、といった。もと
もと清正が直接的にふんがいしているのは、朝鮮ノ陣で相対立する先鋒《せんぽう》司令官であっ
た小西摂津守《せっつのかみ》行長に対してである。小西の背後にはつねに三成がいる。小西をたたい
たあと三成に及べばよい、といった。

「なるほど」

と、清正はあかるい表情になった。

「されば内府はわれらの後押しをしてくださりまするな？」

「異なことをいう」

家康の微笑はかわらない。

「わしは、豊臣家の大老である。太閤の御遺命によって裁きは公平でなければならぬ

と思っている。主計頭の言いぶんが正しからざればそれまでのことだ」

「虎之助、内府におまかせしなさい」

と、北政所が上座から、まるで母親が少年にいうような声音《こわね》でいった。

その翌日のことである、清正が自分の六人の友人を自邸にあつめたのは。

顔ぶれは、福島正則、黒田長政、浅野幸長、池田輝政、加藤嘉明《よしあきら》、細川忠興《ただおき》で、豊臣家ではもっとも生きがいい、という点で共通していた。が、それよりもかれらを熱っぽく結びつけていたのは、石田三成への共通の憎しみであった。

「なんの用だ、虎之助」

と、福島正則は座にすわるなり酒器をひきよせていった。顔が赤いのは、屋敷ですでに酒を入れてきたのである。この男が素面《しらふ》でいるというのは、殿中にあるときぐらいのものであった。

「石田治部少輔のことだ」

と、清正がいった。

「いつ討つ。あすか」

正則は、手酌《てじやく》で酒を注いだ。

浅野幸長はうなずき、

「そのことを主計頭がいつ言いだすかを待っていた。太閤様ご在世中、治部少めは、朝鮮におけるわれわれが数年の勤功をいささかも御耳に入れず、小西摂津がごとき卑《ひ》怯者《きようもの》の尻押《しり》しをし、あまつさえわれわれの悪口《あつこう》のみを言上《ごんじよう》して御目をくらまし奉った罪状はすでに明白である」

「それについてだが」

と、清正は若い幸長をおさえ、きのう北政所のもとで家康に出会った一件を話した。

「されば」

と、清正はおちついていった。この七人党のなかでは、どうみても首領株であることはあらそえない。

「徳川殿がわれわれに好意をもたれていることは、右であきらかとなった。これを無にするのは、かえって内府の不興をまねこう。されば夜討ち、朝駈けなどをして御城下をさわがすよりも、ひとまず七人連署の上で訴状を書いてさし出したい。おのおの、どうか」

そのあと、議論は喧騒《けんそう》をきわめたが結局清正のいう結論になり、家康が暗に指示したように小西摂津守行長の罪状を書き出すことに落ちついた。

「さて、その文案だが」

清正は、一座を見まわした。どの男も少年のころから戦場に立ち、文字を学ぶゆとりなどなかった。ただ一人の例外はいる。歌人幽斎《ゆうさい》の子細川忠興である。

「越中守（忠興）がよい。おぬしはおやじ殿にあやかって文字にくわしい。われらがここで列挙することをしかるべき体裁にととのえてうまうまと訴状に仕立ててくれぬか」

「心得た」

と忠興はうなずき、清正の家来に筆紙をととのえさせた。

このことを三成が知ったのは、その翌日の殿中においてである。

細川忠興が御用部屋にあらわれて、三成と同役の奉行浅野長政を他の部屋に連れ出し、しきりと密議をこらしている様子であった。

その密議の内容を、かねて三成が可愛がっていた茶坊主が聞きこんでこっそり耳打ちしてくれた。

（そういうことであったか）

と三成はうなずき、この事態にすぐ反応した。

反応の早さは三成の長所であり、ときには重大な短所にもなった。時期を待つとか、事態を静観する、という芸はこの鋭敏すぎる男のできないところだった。

すぐ家来をよび、手紙を書き、

「これをもって摂州が屋敷にゆくように」

と命じた。使者は駈けた。

行長は手紙を落手し、事態を知って驚いた。しかしすぐ落ちついた。三成の手紙はその後半で、「先《せん》を越せ」と書いてあったのである。先を越して行長から逆に清正らの失策、怠慢を書きつらねた訴状を至急に出すように、と手紙には書かれてあった。訴訟は被告になるより原告になるほうが有利だということを三成は心得ている。

行長はその夜、一晩がかりで長文の訴状を書きあげ、翌朝、大老の上杉景勝《かげかつ》を通して正式に上訴した。

話は、すこしさきへ飛ぶ。

この訴訟は、家康の宰領《さいりょう》によって清正ら七人党の勝ちになった。

行長は、敗訴した。が、家康もさすがに肥後宇土《うと》二十四万石の身上をもつ行長ほどの大名は処罰しかね、敗訴によって罪になったのは、豊後《ぶんご》で十二万石を食《は》む福原長堯《ながたか》、おなじく豊後富来《とみく》の城主で二万石の垣見一直《かずなお》、おなじく豊後安岐《あき》の城主で一万五千石の熊谷《くまがい》直盛の三人であった。いずれも秀吉在世中、三成の人選により清正、行長ら先《せん》鋒《ぽう》部隊の目付として渡海した者たちである。

かれらは、第一線部隊の戦いぶりを三成を通じて秀吉に報告する役目をもっている。

「摂州にも多くの非があるが」

と、家康は裁定した。

「太閤薨去《こうきよ》のこともあってここでは触れぬ。問題は、太閤の御使番《おつかいばん》、御目付として渡海した右三人である。かれらは目付としての職分を怠り、ことさらに摂州をひいきして清正らに不利な報告を伏見に送った」

ということで三人をそれぞれ減封処分する旨《むね》決定した。ただ、豊臣政権においては大老の権限は、物事を議決できるだけのことである。

それを行政化する現実の執政者は、奉行職であった。奉行である三成はその裁定書を見て、

「こんなばかな減封ができるか」

と、顔色もかえずににぎりつぶしてしまった。

家康は鼻をあかされたが、しかしかれは沈黙していた。一奉行を相手に騒げば自分の貫禄《しな》がさがることをこの男は知っている。家康にすれば福原程度の小大名《こだいみよう》の処分ぐ

らい、いつかむりのない機会をえてそれをやることもできるはずだと考えていた。

藤十郎の娘

暮夜《ぼや》、清正は怒りでねむれぬことがある。なんと不条理な世かとおもうのだ。

足かけ七年、秀吉の命をうけて先鋒大将として朝鮮でたたかい、ひとたびはおらんかい（満州間島《かんとう》地方）まで突き入り、蔚山《うるさん》では壁土を食うような籠城《ろうじょう》をし、何度か飢えと寒気で死にそうになり、しかしながら戦えばかならず勝った。朝鮮人はこの「鬼上官《きじょうかん》」をおそれ、魔神かとおもい、清正の紋である蛇《じゃ》ノ目《め》の紋様を疫病《やくびょう》よけにつかい、家々の門に貼《は》るほどであった。

（その苦労はむくわれたか）

なんのむくいもない。なんということであろう。秀吉が死に、そのため朝鮮ノ陣の論功行賞は無期延期になったということは、よく承知している。あたまではわかっている。しかし感情は、どう始末しようにも始末しきれるものではない。この戦役で、多くの家来が死に、武功をたてた者も多い。かれらに対して、棟梁《とうりょう》である清正は米一つぶの加増もしてやれないのである。これは将としての資格をうしなったにもひとしく、清正は家来に対してさえ、顔むけのならぬおもはゆさをおぼえるのである。

(それだけではない)

多年の辛苦と戦功に対し、内地にいた石田三成ら諸官僚どもはしきりと讒言《ざんげん》をもってむくい、太閤もそれを信じた。なかば信じたまま太閤は死んだ。

(とはいえ)

と、清正でもいささかみずからをなぐさめるところもある。

訴訟には勝ったのである。

石田三成の一味である垣見、福原、熊谷という三人の軍目付《いくさめつけ》の処罰、ということで多少の溜飲《りゅういん》はさがった。

清正は、その後家康の屋敷へゆき、御礼を言上した。家康は寛闊《かんかつ》な長者の態度で、

「いやいや、貴殿が正しかったまでのこと」

と、恩を売りつけるようなことはいわず、さらに居ずまいをただして、

「それがし、豊臣家の大老として故太閤殿下になりかわり、あらためてかの地でのご武功と多年のご苦労を感謝したい。故殿下も地下にあって感じ入っておられることでござろう」

という意味のことを、涙をみせて言った。

清正は感激し、そのご一言にて拙者多年のしこりもほぐれるような思いがいたしまする と平伏した。

その翌日、たまたま家康の屋敷に、山岡道阿弥《どうあみ》という故秀吉のお伽衆《とぎしゅう》だった老人をはじめ五、六人の大名があつまった。

家康は酒肴《しゅこう》を出し、めずらしく酔い、

「道阿弥どのは足利《あしかが》、織田《おだ》、豊臣の三代にお仕えなされて数多く戦場を往来し、世の武将も多く見てまいられたが、いまの世で名将というのはたれのことであろう」

と問うた。道阿弥は恐縮し、

「おそれながら名将とはいまおおせある内府ご自身のおんことと存じ奉りまするが、いかに?」

そう答えると、家康はかぶりをふり、

「加藤主計頭清正こそ、日本無双の良将である。武勇は賤《しず》ケ岳《たけ》の七本槍《やり》にはじまり、さらには朝鮮七年のあいだに異国の大軍を引きうけての働き、ただただ弓矢の神の再来かとおもわれる」

といったから、一座はざわめいた。意外な名前が出たからである。

一座の者にすれば、秀吉なきあと家康をもって天下第一等の名将として推すことに異存はなかったが、そのつぎといえば、指折りかぞえるのにむずかしいほどであった。豊前《ぶぜん》に隠居している黒田如水もそうであろうし、いま伏見の屋敷で危篤《きとく》におち入っているという土佐の長曾我部《ちようそかべ》元親《もとちか》も、かつては四国一円を切りとったということで名将であろう。如水とともに秀吉の創業をたすけた細川幽斎も丹後《たんご》宮津城でまだ存命だし、家康と同格の大老である加賀の前田利家《としいえ》老人もちかごろは老病の床にあるが、死んではいない。わかいところでは、故秀吉が推賞してやまなかった大谷吉継《よしつぐ》が越前敦賀《つるが》五万石の小身ながら世評のたかい人物である。

第一、家康の領内大名では、徳川四天王といわれる上総《かずさ》大多喜《おおたき》十万石の本多平八郎忠勝、上野館林《こうずけたてばやし》十万石の榊原《さかきばら》小平太康政という武略にいさましい男がいるではないか。

(加藤清正。――)

という名の印象は、ひとびとにとって、太閤一門の人でありかつ早くから秀吉に愛されてその抜擢《ばつてき》をうけ、朝鮮ノ陣では先鋒司令官をつとめて苦難をなめた、という程度でしか、いまのところはない。

それは認識不足だ、と家康はいうのである。

「清正が大名になってからの大合戦《だいかっせん》は肥後での内乱鎮圧をのぞいては、ついさきの朝鮮ノ陣しかない。だから世評がまだ定まらず、おのおのはこの仁《じん》の器量を知らないのであろう。わしは朝鮮における諸将の戦さぶりを巨細《こさい》となくしらべ、清正という人物がいかに名将であるかを知った。とてものこと、わしのおよぶところではない」

とまでいったために一座は、

(内府ほどの人がほめるとは)

とおどろき、単に武辺好きの荒大名にすぎぬとおもっていた清正を、あらためて見なおすおもいがした。

「ただ」

と家康はいうのである。

「わしのほうがまさるところがある。清正という人はわしよりも年若なせいか、すこし粗忽《そこつ》の心あり、物にかろがろしく、あるいは人に調略《ちようりやく》されて大事をあやまるときがあるかも知れぬ」

この家康の清正評は、その日のうちに清正のもとにつたわった。

清正はおどろき、

(士はおのれを知る者のために死すという。太閤殿下なきあと、われをわれと知って

くれる御人は、徳川殿のほかにない）

とまでひとすじに思った。「粗忽の心あり人に調略されるおそれがある」という家康の評が、こういう単純勁烈《けいれつ》な清正の性格をついたものだが、清正はこのとき夢にも家康に調略されているとは気づかなかった。

家康の言葉は、一言一句、政治がふくまれている。

「もし。――」

と、かつて謀臣本多正信がいったことがある。

「もし、でござるよ。もしも加藤清正の人気と石田三成の謀才とが一組になって豊臣家を押し立てるならば、秀頼殿の天下はご安泰でありましょうな。御心づかいが、必要でござる」

「心得ている」

家康にとって言われるまでもない。そのためにこそ清正という「虎」の飼いぬしである秀吉の未亡人のもとにも、膝《ひざ》を屈してかよっているのである。

この家康の清正評をきいたとき、清正の年少のときからの家来である飯田覚兵衛は、

「殿、徳川どののお屋敷まで、お礼に参上なされ」

と、冗談まじりにいった。覚兵衛は、――この話の進行には関係のないことだが、

皮肉のすきな男なのである。加藤家第一の武功達者で他家にも知られた侍大将であったが、清正が死んだあと惜しげもなく加藤家を辞し、京で一庵《いちあん》を買い、大小をすてて隠棲《いんせい》してしまった。武士をやめるときの言いぐさが、いかにも覚兵衛らしい、「われ一代、清正にだまされつづけた」というのである。「はじめて戦場に出て功名したとき、同僚の多くが敵の鉄砲玉にあたって死んだ。そのときつくづくこの侍稼業《かぎょう》のあぶなさをおもい、もうこれっきりで武家奉公はやめようとおもったが、思いつつも戦場から自陣にひきあげてくると御大将の清正すかさず、覚兵衛きょうの働きみごとであったぞ、と大声でほめて刀を賜わってしまった。このように毎度戦場では侍の身を後悔するが清正はいつもとっさにわしをほめ、手もとの陣羽織をくれたり、感状をくれたりして、しかもそれを朋輩《ほうばい》たちがうらやみ、武辺者よ、比類なし、などとほめたてたためついつい辞める機を逸し、最後には侍大将になって麾《さい》（指揮具）をとる身にまでさせられてしまった。わが一生は、清正におだてられておもいもよらぬ方角に走り、わがおもう本意をあやまった」といった。

「屋敷に？」

と、清正は覚兵衛をみた。

「徳川どのの屋敷にか」

そういってから、これしきの評判を無邪気によろこんでいる自分のおろかさが、やっとわかったらしい。

「行けるかよ、ばかばかしい」

自分は豊臣の家来なのである。ほめてもらうならば太閤にほめてもらいたかった。それも生前にひと言でもほめてもらいたかった。その生前の太閤の人を見る眼を晦《くら》ました者こそ、

(あの三成ではないか)

とおもうのである。清正のこの世へのうらみのすべての原因と元兇《げんきょう》は故秀吉の秘書官長であった石田三成であった。

(三成こそ、気の毒だ)

と、飯田覚兵衛はひそかに思うのである。覚兵衛は知っている。もともと恨むべきは秀吉その人であった。無用の外征をおこし、おびただしい軍費を諸侯個々の負担において費消させた。それも領土がとれてこその恩賞である。一反一町の朝鮮の田地も奪《と》れずにこの大規模な外征は頓挫《とんざ》し、諸侯は無駄骨《むだぼね》を折っただけでひきあげてきた。どの諸侯にも、たれに訴えのしようもない不満、いきどおりが胸中にうずまいているであろう。

（太閤は死んでくれてよかった。あのまま外征がつづいておれば、どの諸侯の財庫もからっぽになったろう）

と覚兵衛はおもっている。覚兵衛の思いはどの諸侯やその家来にも共通しており、庶人でさえそうおもっていた。みなに正直な肚《はら》をしゃべらせれば、

――もう豊臣政権はたくさんだ。

というであろう。かれらはあたらしい時代を意識するとせぬにかかわらず、待望している。家康の異常な人気は、諸侯のもっているやり場のない不満のあらわれといっていい。

ところが、覚兵衛のみるところ、自分の主人である清正だけはちがっていた。故秀吉の外征の最大の被害者が清正であり、自然その不満やいきどおりももっとも大きいのだが、そのやり場が、

「石田三成」

の一人物にしぼられていた。すべて三成がわるい、原因は三成である、三成が自分に手傷を負わせた、三成を血祭りにあげることによってこの腹いせができる、と信じていた。ある意味では、そういう憂《う》さの晴らし場をもっている清正は、当節、幸福な大名かもしれない。他の、晴らしようもない憤懣《ふんまん》や傷手《いたで》に堪えかねている諸侯からみ

れば。

伏見の造り酒屋で新酒を献上する者があり、家康はその夜、女どもを相手にそれを試飲し、多少すごした。

そこへ老臣本多正信がやってきて、

「しばし拝謁《はいえつ》ねがえませぬか」

とふすまのそとで言った。家康はいささかもおのれの楽しみに溺《おぼ》れぬたちで、こういうときにはぴたりと盃《さかずき》を伏せた。

「みな、遠慮せよ」

と女どもをさがらせ、本多正信ひとりを引見した。近う、とひと声かけると、老人はするすると進み出、

「例の儀、よき者が見つかりました。水野藤十郎が娘はいかがでございましょう」

「藤十郎に娘があるか」

「きりょうもまずまずでござりますれば、清正めもよろこぶのではござりませぬか」

「そのこと藤十郎に話したか」

と、家康はいった。藤十郎というのは家康の家臣でありながら、徳川家家臣の中で

も豊臣家直々《じきじき》の大名という特殊な待遇になっている水野和泉守《いずみのかみ》忠重のことである。いま、三河刈屋《かりや》で三万石を食《は》んでいる。

家康は清正に自分の養女をあたえようとし、一門、家臣のなかからしかるべき娘を本多正信にさがさせていた。それがはやばやとみつかったというのである。

「それがし藤十郎が屋敷に参り、内々、意をただしてみましたるところ、左様なことにて娘が御役に立つならば、とやや沈み顔にて申しました」

「沈み顔?」

家康は苦笑した。

「清正とて鬼ではあるまい。娘をくれてやったところでとって食おうとはすまいぞ」

「そこが親でござるわ」

正信は、しわがれた声で笑った。

さっそく正信は、自分の家老某を加藤屋敷へやり、加藤家の重臣飯田覚兵衛までその旨《むね》を伝え、清正に家康の養女をもらう意思があるかどうかという旨の内意をきかせた。

「おおせのむき、承知つかまつった」

と覚兵衛は使者をひきとらせ、すぐ清正にその旨をつたえた。

「覚兵衛はどうおもう」

と、清正はどちらでもよい、という顔つきでいった。

問題は、太閤の時代から大名間の私婚はきつく法度《はっと》になっている。この縁談《はなし》は当然、豊臣家の正式機関である五大老会議、五奉行会議にかけねばならないが、豊臣家の譜代大名の筆頭ともいうべき清正が人もあろうに家康のむすめをもらうとなれば三成がめくじらを立てて反対し、自分の与党の大老である上杉景勝や宇喜多秀家を説いて妨害するかもしれない。

「治部少輔が、反対いたしましょうな」

と、覚兵衛が不用意にいったことが、問題を一決させるもとになった。

「貰《もら》う」

清正は手みじかくいい、

「覚兵衛、そちと儀大夫とがよろしく取りしきって、よきように奉行せよ」

と命じてしまった。

たちまち縁談が成立し、清正は家康の婿どのになることになった。

あとは婚礼の日取りなどのことで徳川家と加藤家とのあいだに人の往き来がひんぱんになった。その間、本多正信は加藤家の家臣たちをたくみに懐柔しようとした。

なかでも、正信が加藤家の重臣森本儀大夫の耳にささやいたことが、清正を刺戟《しげき》した。

正信が儀大夫にいったのは、三成の挙動についてである。

「ごぞんじでござるかな」

と、正信は茶のみばなしでもするようなごく軽い調子でいった。

「先般、貴殿のあるじ主計頭どのが小西摂津守を相手どって訴訟をおこされ、めでたくお勝ちなされ、三成の与党である垣見、福原、熊谷の三人の軍目付《いくさめつけ》は処罰されることになった。まことにめでたく、重畳《ちょうじょう》しごくなことでござる」

「おかげをもちまして」

と、儀大夫は一礼した。

「ところが、ごぞんじでござるかな。治部少輔はその裁決状をにぎりつぶしにし、紙くずかごにたたきこんだという一事は」

「えっ」

「おどろかれることはない。この三人のうち福原右馬助《うまのすけ》長堯は治部少輔の妹むこであり、垣見和泉守一直、熊谷内蔵允《くらのじょう》直盛いずれも故太閤のころ治部少輔の口ききにて立身した者でござる。治部少輔はえこひいきにかたよる仁だ。自分の与党の者の減封を実施するはずはござるまいての」

「しゃつ、しかしながら治部少輔殿はたかが奉行職ではござりませぬか。一奉行職のぶんざいで大老職が御印判《ごいんばん》を押して裁決なされたことをにぎりつぶすとは、おそれながら内府はどう申されております」

「苦笑いなさるばかりで、なんともおっしゃらぬ」

儀大夫はこれを清正に伝えた。清正はおどりあがるほどに激怒した。

「あ、あのへいくゎい者（横柄者）め。内府は豊家諸侯のうちの長者ゆえ、大度《たいど》にかまえてなんとも申されぬ。さてはわれら若い者が治部めを征伐せねばならぬときまったわ」

清正は、例によって福島正則、細川忠興、黒田長政、加藤嘉明、浅野幸長、池田輝政の六人の与党に使者をはしらせ、この三成の奇怪な行動を訴えにまわらせた。

浅野幸長はさっそく飛んできて、

「いつ討伐する」

とまでいった。清正は、

「年があけるまでに日をきめ、屋敷に押しよせ、火を掛け、門をやぶり、わしみずからが槍をとって乱入し、朝鮮にて唐人を突き伏せたがごとくあの才槌頭《さいづちあたま》を串刺《くしざ》しにしてくれるわ。日は、左様、早いほうがよいな。明夜はどうか」

「きまった。明夜じゃな」

浅野幸長がそそくさと辞し去り、福島正則の屋敷に立ち寄ったところ、正則は風邪で高熱を出していた。正則は寝床から這《は》いだすようにして、

「左京大夫（幸長）たのむ、この熱、ひいてからにせい、わしこそ日本号の槍をふるってあのへいくゎい男をいなごのように刺しつらぬきたいわ」

と正則がおがむようにいったのでひとまず一挙は、正則の熱の引きしだいということになった。

三成の屋敷では、島左近、舞兵庫《まいひょうご》のふたりが指揮をとって屋敷うちを厳重にかため、いつでも戦闘にはいれるように準備していた。

「みな強がりよ。たれがわしを攻めきれるか」

と三成は自身、さすがにへいくゎいでとおった男だけにそういう風説をあざわらい、むしろそれ以外の、家康自身に関する風説のほうを重視していた。いや風説ではない、伏見城下では町家の者さえ、眼ひき袖《そで》ひきしおどろきと不審の眼をもって見ている事実である。家康はこのところ、いままでなじみも薄い諸侯たちの屋敷をしきりと訪問しはじめていた。

暗躍

はなしは、ひと月ばかりさかのぼる。

その朝、堪えがたいばかりに寒かったため家康は起きぬけるなり、

「茶の支度をせよ」

と命じた。めずらしいことであった。家康は、故秀吉が茶道楽であったため、やむなくこの伏見屋敷に茶道具をそろえ、茶室などもしつらえていたが、もともと、書画こっとうなども好きでなく、茶道などという非実用的遊戯もあまり好きでなかった。

かれは自分の部将が茶ぐるいをすることも好まず、かれらに対して茶の話題を出すこともなかった。

「茶道などをする金とひまがあれば、武具を買い、武芸をはげめ」

とまではこまかしく言わなかったが、かれ自身がそういう性向のもちぬしだったためにに自然、その部将たちも通りいっぺんの茶のつきあいができる程度でたれひとり深入りする者はなかった。家康は口にこそ出さないが、

「ああいうものをやっていては、なるほど円転滑脱《かつだつ》な侍ができるかもしれないが、三河者らしい田舎骨がほそくなる」

とおもっているのであろう。家康にとって最大の資産は、かれをここまでのしあがらせてきた質実で勇健な三河軍団の士風なのである。

「弥八郎も来《こ》よ」

と、例によって謀臣本多正信がよばれた。正信は主人が客もないのに朝から茶とはめずらしいことだとおもった。

茶席に入るなりそれをからかうと、

「寒いがゆえよ」

と家康はひとことで理由をいった。なるほど屋敷のなかで、間温《まぬく》めがきくのはこのせまい茶室だけなのである。暖をとるというだけが家康の茶道の意義だった。

(はてさて、無駄《むだ》のない殿よ)

と、正信はなかばあきれ、同時に、よく似た性向のもちぬしだけに正信は自分の主人のそういう性向を尊いものにおもった。

秀吉が死んでふた月になる。

「はやいものでござりまするな」

正信が、痩《や》せ枯れた顔をふっていった。家康は微笑してうなずいた。そのうなずいたあごに、肉がくくれた。

（えらいものじゃ、お肉づきだけではない、お顔の色もよくなられたよ）と正信はおもった。秀吉が死んで、家康は希望をもった。かれの半生のどの時期よりもはるかに大きな目標をもった。天下を取る、ということである。家康は六十に近い。もはや老境というべきであったが、かれはこのめざましい目標のために全体の細胞が若がえったようであった。

「弥八郎」

家康は菓子をつまみながらいった。

「なにかすることはないか」

力をもてあましている、といった様子である。左様、と正信はうなずき、

「なさるべきことが多すぎるほどにござりまするが、まず茶道などをなさらねばなりませぬな」

「茶道？」

「いやいや、茶道そのものではござりませぬ。人を招《まね》くことでござりまする。せいぜいお人を招いたり、招かれたりなされませ」

「ふむ、な」

家康は頓悟《とんご》のはやい男である。正信のいう意味をすぐ察した。家康の器量とそのかがやかしい実歴、それに内大臣という豊臣家諸将における最高の官位、さらには関東二百五十五万余石という大身代は、どれをとっても豊臣の諸侯どもを圧服せしめるほどの力があったが、諸侯のあいだには親疎《しんそ》がある。つきあいの薄い諸侯も多い。将来重大事が発生したばあい、平素家康となじみのうすい諸侯は、ただそれだけの理由で敵側にはしるおそれがあった。

「わかった。まずたれを招《よ》ぶ」

「薩摩《さつま》の島津」

と正信は言い、でござりましょうな、といった。家康はひざを打った。

島津は、西国《さいごく》における最強の軍団をもっている。その領土は薩摩十四郡、大隅《おおすみ》八郡、日向《ひゅうが》一郡をもち、その兵のつよさとあいまって、もしこの島津家がその気になれば九州を征服することも夢ではない。げんに天正十年代にはほとんど全九州を席巻《せっけん》し、秀吉にも屈しなかった。天正十五年の秀吉の島津征伐でやっと屈服し、兵をおさめてもとの本領にもどってその後鎮《しず》まったが、朝鮮ノ陣では異様なほどの勇猛ぶりを発揮した。とくに、日本軍が撤退する寸前の泗川《しせん》の戦いでは小人数をもって二十万の敵軍を

やぶり、斬首《ざんしゅ》三万余というすさまじい戦果をあげ、このため明《みん》、朝鮮軍は島津兵のことを、

「石曼子《シーマンヅ》」

とよんで戦慄《せんりつ》した。

その島津家というものには、家康はほとんどなじみがなかった。正信にいわれるまでもなく、家康はそれがひどく気にかかっていた。

島津家も、伏見に屋敷をもっている。地もとでは、

「薩州さま」

とよび、一種とくべつな目でみていた。なにしろ言語が通じないのである。このため薩摩御用の京商人や伏見商人たちは、手代に命じてこの国のことばを習熟させているくらいであった。

伏見屋敷には、すでに隠居した島津義久が頭をまるめ、竜伯と号して住んでいる。いま家を継いでいるのは実弟の惟新入道《いしんにゅうどう》義弘で、兄弟そろって頭をまるめていた。兄の竜伯入道は九州征服戦の総指揮者であったし、弟の義弘は泗川の合戦を指揮した人物である。どちらも当代の名将であることにはかわりはない。

「されば、竜伯入道をまねくわけじゃな」

と、家康がいった。

「しかしつてがあるか」

家康は五大老の筆頭である。それほどの男が「伝手《つて》」などという心細げなことばをつかわざるをえないほど、島津家とはなじみがなかった。

「かっこうな者がおりまする。黙庵《もくあん》をご存じでござりましょう」

「目医者か」

家康はにがい顔をした。目医者の黙庵というのはちかごろ江戸で召しかかえた者で、内科《ほんどう》でないからお目見得以下の医者だった。その男がたまたま薩摩うまれであった。家康は、ため息が出た。五大老筆頭ともあろう自分が、その程度の男を仲介にしなければならぬことをなさけなくおもったのである。

「なにごともご辛抱でござりまする。手前がしかるべく取りはからいまする」

正信はさっそく江戸へ急飛脚をさし立てて、目医者の黙庵を伏見へよび、島津家に対して周旋するように命じた。要するに、「島津竜伯入道をして、徳川屋敷に遊びに来させよ」ということである。

黙庵は、仰天した。自分のような軽い身分の者が島津の大殿様をうごかすわけにはいかぬ、とことわったが、正信が、

「主命である」

といったので余儀なく立ち働いた。黙庵は屋敷の下級武士に知合があるのをさいわい、それを通してまず島津家の老臣伊集院忠棟《いじゅういんただむね》を動かし、忠棟をもって島津竜伯入道を説かしめた。

島津竜伯入道はまゆをひそめ、

「徳川殿が？」

といって、しばらくだまった。やがて、徳川殿も妙なことをなさる、なぜ自分と懇親を結ばねばならぬ、とつぶやいた。むろん、竜伯は家康の真意がわかっているのである。

「ことわればかどが立ちまするぞ」

伊集院忠棟はいった。忠棟は、島津家としては今後家康に接近するほうがよい、という意見のもちぬしであった。そのためかどうかはわからないが、翌慶長四年三月、この伏見屋敷で世子《せいし》島津家久のために手討に遭い、死んでいる。おもてむきの罪状は「叛逆《はんぎゃく》」であった。

「なるほど、断わればかどが立つな。しかし私的に他家へ訪ねたりすることは、故太閤の御遺命にそむくことになりはせぬか」

「ご懸念《けねん》にはおよびませぬ。ただ招かれて遊びに参られる、というだけのこと。御遺命にそむくほどのことではござりますまい」

「されば参ろう。その旨返答するように。しかし目医者に返事するというのも妙だな」

「そこは心得ております。さいわい前関白近衛前久《さきのかんぱくこのえさきひさ》さまが、御当家のご姻戚《いんせき》でございまする。殿下（前久）をわずらわせ、お使者として立っていただきましょう」

忠棟はそのようにとりはからった。結局、島津竜伯入道は、十一月二十日に徳川屋敷を訪問することにきまった。

当日、家康は善美をつくした馳走《ちそう》を用意して待った。定刻、入道あたまの竜伯があらわれたとき、家康の顔は笑いすぎた。むりもなかった。この近所に住む男をわが屋敷に招待するのに、百三十里はなれた江戸の者まで走らせなければならなかったのである。

茶室に案内した。

そこでとりとめない雑談がかわされたが、はなしは自然、朝鮮ノ陣のことになった。

　家康は、泗川における島津惟新入道義弘のはたらきを絶讃《ぜっさん》し、

「あれほどの働き、古来きいたこともござらぬ。だけではない。あのとき明軍はすでに日本軍の撤退が太閤殿下の死によるものであることを知り、大軍を催し、かさにかかり勢いに乗って攻めかかって参った。当方はすでに撤退前とて戦意がにぶい。もし日本に島津家というものがなかったならば、わが軍は非常に苦戦し、ばあいによっては釜山府《ふさんふ》あたりで収拾のつかぬ敗戦となり、出陣将士はぶじ故郷の土を踏めたかどうかわかりませぬ」

　家康のほめすぎではない。事実、世間の評判もそうなのである。

「もし太閤殿下がご存命であれば大きに賞讃なされたでありましょう。家康、故殿下になりかわっておん礼申す」

「いやいや」

　竜伯入道は手をふるしか仕方がない。

「されば拙者」

　家康は重大なことをいった。

「その戦功にむくいるがために、加増の骨折りをいたしましょう」

と家康はいった。竜伯はおどろいた。朝鮮ノ陣での論功行賞は、秀吉の遺命により

秀頼が成人してからおこなう、という取りきめになっている。これを余人が代行するとその者が諸将に私恩をあたえる結果になり、弊害が大きいのであった。

（御遺命にそむくのではないか）

という表情を竜伯がすると、家康はなんのなんの、ご懸念は要りませぬ、と言い、

「島津家のお手柄《てがら》だけは特別でござる。ただの戦功ではなく、撤収にともなう全滅の危機を救ったことでござるゆえ、出陣の諸侯はもとより、世間も承知してくれるでありましょう」

「はて、どうでありましょうか」

「いやいやご遠慮の要らぬこと」

どうせ恩賞に領地をあたえるといっても、家康にすれば故太閤にかわって豊臣家の直轄《ちょっかつ》領をけずって島津氏にあたえることであり、自分の腹のいたむことではなかった。

招宴はぶじにおわり、竜伯入道は機嫌《きげん》よく帰った。家康は満足した。そのあと謀臣本多正信が、

「あれだけではまだ懇親の度が足りませぬ。こんどは先日の答礼である、として殿がごじきじき島津家をお訪ねなさることでござりまする」

とすすめた。家康はなるほどと思い、月がかわって十二月、その旨を伝える使者を

島津家に出した。島津家では家康のねばっこい迫りかたに閉口したが、よろこんでお待ち申しあげまする、というほかない。日取りは、十二月六日ということになった。

当日、家康がきた。島津家ではできるだけの接待をした。席上、家康は、

「法印どの」

と、竜伯をそうよんだ。

「よろこんでくだされ、先日の泗川の戦功の一件、さっそく他の四人の大老に内意をききましたところ、四人が四人とも、泗川における島津家の働きだけは例外である、撤収を全《まった》からしめた、ということで例外としての恩賞をあておこなうのは当然である、という意見にまとまりましてな、おそらく近く四、五万石の加増があるはずでござる。これは内々にて申しあげる」

と言い、竜伯入道の表情をみた。

家康が意外におもったのは、竜伯がこの重大な情報にさほどの昂奮《こうふん》もせず、

「お取りまとめ、ありがたくおん礼つかまつりまする」

と頭をさげただけであった。

（はて、薩人は表情ににぶいのか）

と、そばにいる本多正信も多少奇妙な印象をうけた。家康も正信も知らなかった。

この情報を、竜伯入道のほうはとっくに知っていたのである。

石田三成から洩《も》らされていた。

豊臣家の官制では、五大老は単に議決するばかりで、行政化はしない。行政化をする執政者は、その下にいる五奉行なのである。

余談だが、三成と島津家のつながりは、家康のばあいとくらべものにならぬほど古く、かつ深い。

秀吉の島津征伐のとき、いまの竜伯そのころの島津義久はついに降伏に決し、頭を剃《そ》り墨染のころもを着、小童《こわっぱ》ひとりつれて山路を歩き、秀吉の本陣のある泰平寺の軍門にくだった。秀吉はその降をゆるし、島津家が略取した九州諸地方の新領土はことごとくとりあげ、薩摩、大隅、日向のうちで五十五万九千五百三十三石だけは安堵《あんど》させることにして三成にその敗戦処分をまかせ、大坂へひきあげた。

三成はこのころ、数えて二十八歳である。

秀吉の退陣後、薩摩にのこり、秀吉の命令を的確に実行する一方、島津家のなり立つようにさまざまの温情をあたえた。

おかしな男であった。

「へいくゎい者」

と世間でいわれる一方、好ききらいが極端にはげしく、好きだとなるとぞっこん打ちこむのである。かれは薩摩の人間風土と島津義久、義弘がよほど気に入ったらしく、

「事敗《やぶ》れて領土がせまくおなり遊ばしたが、それでも国が立つ法がござる。理財の道でござる」

と、それまで領土拡張のみが能であった薩摩人に対して、新鮮な思想を吹きこんだ。それまで薩摩は薩摩領内だけの経済でしかなかったが、秀吉が天下をとって以来、それまで地方々々のみを天地にしてくらしてきた日本人が、天下を往来しはじめた。それにともない諸国の物資も日本的な規模のなかで動きだした。これは日本人が経験した、歴史はじまって以来の最初の体験であった。

そういう時代なのだ、と三成は島津義久、義弘におしえた。

「お国の米も、お国だけで使わず、どんどん大坂へ回送してその市場で売りさばけばよろしい」

と言い、その回送方法、販売方法、売りあげ代金の送金方法まで手をとるようにして教え、そのほか、あたらしい大名家の家計について三成は語り、「飯米、塩、みそ、薪炭《しんたん》、あぶらなどの台所用品は、小払い帳というものを作っておけば便利です」と言い、その帳の作成方法までおしえた。

政治むきのことでも援助をあたえた。島津家は秀吉に降伏したあと義久のむすめ亀寿姫という者を人質として大坂城に送っていたが、三成は秀吉に説きこれをはやばやと島津家にかえしてやった。

秀吉の在世時代、三成の島津家に対する親切はかぞえきれない。

ついに竜伯入道つまり島津義久は三成と細川幽斎にあてて誓紙をかき、「将来たとえ逆心の者があらわれるともそれに味方せず、秀吉公に対して別心なく忠功をはげむ。御両所のご親切は決してわすれないし、御両所もお見捨てなきようお願いする」という旨の文章をかいた。

そういう仲である。

三成は、家康の発案《ほつあん》で泗川における島津家の戦功に恩賞を出そうとしている動きに反対はしなかった。むしろ、薩摩通としてその実務化にあたったのは、三成である。三成は、薩摩の領内に豊臣家の直轄領がまじっていることをよく知っている。島津にとって目ざわりであろうと思い、これをこのさい、恩賞としてあたえることにきめた。薩摩出水《いずみ》郡など四万九千六十二石である。

そのことを、家康が私的に島津家にしらせるであろうことを予想し、いちはやく竜伯入道におしえてやったのである。

だから、竜伯はさほど意外な顔をしなかった。

家康はあとで三成がすでに竜伯に話していることを知り、

「手のはやい男だ」

と苦笑した。

島津家は、年があけた四日に、秀頼の名によって正宗の短刀、家康以下大老連署による感状、それに右の四万九千余石を恩賞として受けている。

家康の活動は、この対島津家だけではとどまらない。

大坂へ

「家康、狂《きよう》したるか」

と、三成は激怒した。たしかに家康は、三成の目からみれば発狂したように伏見城下の大名小路《こうじ》を毎日のように往き来した。いっぴきの訪問鬼に化したようであった。

十二月の六日に、島津家へ強引に乗りこんだ家康は、その五日後には、五奉行のひとり増田長盛《ました》の屋敷の門前に立った。

さらにその翌日には、土佐二十余万石の国主長曾我部《ちょうそかべ》盛親《もりちか》の伏見屋敷にあらわれ、ついで十二月十四日には豊臣家における最長老の武将のひとりである細川幽斎をその屋敷におとずれた。

どの屋敷でも家康は、終始にこにこ笑って馳走をうけるだけで、政治むきのはなしはいっさいしない。

ひどく気をくばり、訪問した家の家老などにも、下目《しため》にいうような言葉づかいをせずいんぎんに会釈《えしゃく》し、かれらの心を攬《と》ることにつとめた。かえるぎわにはかならず、

「いや、このように楽しかったことは、生涯《しょうがい》にござらぬ。ほとほと、寿命がのびましたることよ」

と言って、主人側をよろこばせることをわすれなかった。

「狸《たぬき》め、狂いおったわ」

と、三成が島左近をつかまえて吐きすてるようにいったのは、家康が細川屋敷をたずねたあくる日である。

「左様、くるったようでござる。内府にすればもはやなりふりかまわず愛嬌《あいきょう》をふりまくべきときと見たのでござりましょう。このままでゆけば、伏見城下に屋敷をもつ大

小名家を、ことごとく内府は訪ねることになりましょう」

「ことごとく?」

三成は、まゆをひそめた。なるほどことごとく諸侯をたずねて社交をむすべば、人望は自然家康にあつまり、気づいたときには家康は居ながらにして天下の権《けん》をにぎってしまっているかもしれない。

「なんとか、やめさせる手はないか」

と、三成はなかば自問するように、なかば左近にたずねるように、いった。問題は、家康の行動が、秀吉の遺法に違反しているかどうかである。今年の夏、秀吉臨終の前に家康以下が書いた誓紙に、

——傍輩《ほうばい》の中《うち》、その徒党を立つべからず候《そうろう》。

という一項がある。触れるとすればこの一項であるが、これをふりかざせば、

「なんのあそびでござるよ。あそぶことまで徒党を立てるということに相成るか」

と家康がさかねじをくらわさぬともかぎらない。そう逆襲されればひっこまざるをえないほどにこの根拠はよわい。

「家康には、あきらかに狼心《ろうしん》がある」

三成の声がふるえている。家康そのひとに対する怒りよりも、そういう家康の下心《したごころ》

を見ぬいていながらかれをもてなしている豊臣家の同僚どもがにくにくしかった。

「あの肥満した老人は内に狼心をかくし、そとに羊の皮をかぶって諸将の屋敷に出入りしている。左近、これをはらいおとす策はないか」

「ござる」

とこの老軍略家はうなずき、家康にのみ目をむけるから智恵がわかぬ、家康から諸侯をきりはなす方法を考えればよろしかろう、といった。

「なるほど」

三成のほおに血の色がさした。わすれていた。秀吉の遺言のなかに、「自分の死後五十日たてば秀頼を大坂にうつせ」ということがあった。まだ秀吉の喪《も》は公式に発していないため、いつを「死後」とするかということに大方の異論はあるだろう。すでに閣議で、「故太閤の公式の死は、来年二月二十九日とする」ということがきまっている。秀吉は二月二十九日に死ぬのである。

(二月二十九日からの五十日ならば四月になる。これではおそすぎる。四月まで待てば、家康は左近のいうようにことごとく諸侯の屋敷を訪問してしまうだろう)

「左近、強引にやるか」

と三成はいった。秀頼を大坂城に移すことを、である。

「左様、すでに太閤がことしの八月におなくなりあそばされたことは、諸侯周知のことでござるし、その八月から五十日として勘定すれば、いまなお秀頼公伏見城におわすことは御遺命にそむくことでござる」

（そのとおりだ）

とおもった。三成は官僚としてそだったたけにこういう基準を墨守《ぼくしゅ》しすぎるきらいがある。その点、左近のほうが法令についての解釈も自由だし、割りきりかたも放胆だとおもった。

「そう、大坂にお移りなされば問題はない」

三成はさっそく本丸へのぼり、御用部屋に入って同僚の奉行衆をよんだ。

奉行衆があつまってくるまでのあいだ、三成はこの着想をもう一度考えてみた。

秀吉が、「わが死後五十日たてば秀頼を大坂城に移せ」と遺言した理由は、ただひとつ秀頼の安全をおもったからである。大坂城は天下の名城で秀吉はいかなる大軍にも崩れぬと信じていた。秀吉の病中、それがためにこそ修理、拡張している。秀吉はこの遺言の後段において、

「秀頼が十五歳になるまで大坂城から一歩も出すな」

とも命じていた。それほどの城である。

しかも、当然なことながら秀頼が大坂にうつれば、その家臣であるはずの諸侯はことごとく伏見をひきはらって大坂に移らねばならなかった。

伏見には、家康だけが残る。

家康は、残らざるをえなかった。秀吉の遺命によって、
一、家康は伏見城にあって、秀頼になりかわり天下の庶政をみるように。
二、利家は大坂城にあって、秀頼の傅人《めのと》になるように。
ということがきまっている。この「法令」があるために、家康がいかに厚顔といえども諸侯とともに大坂に移るわけにはいかないであろう。

(家康は伏見でひとりになる)

三成はうなずき、肚《はら》の底からわきあがってくる一種の快感をおさえかねて、底意地のわるそうな微笑をうかべた。三成にはそういう性癖、いや性格があり、左近がつねづね、

——そういうところは将領の器《うつわ》ではない。

と指摘していた。しかしこの場合の快感こそあの小うるさい左近もゆるすであろうとおもった。

やがて、四人の奉行衆が御用部屋にあつまってきた。

「治部少、なんの用じゃ」

と、年がしらの浅野長政が痩《や》せ黒ずんだ顔をあげたとき、三成は急にこの愚劣な小人物どもに相談することがばかばかしくなった。

妙な男だった。横柄《おうへい》な顔で沈黙した。そのあと、一座をとりつくろうために別な雑件をゆっくりともち出し、適当に会議を終え、かれみずからさっさと立ちあがってしまった。

(気が変わった)

三成は廊下を渡りながらひとりうなずいた。この男にはそんなところがある。この男の頭脳は深い思慮よりも、電光のようなひらめきに適していた。ひらめけば機敏に行動した。そういう三成の行動を他人の感情はどう受けとめるものか、この男にはそれを汲《く》みとれる能力だけが、どういうものか天性欠けていた。おそらくへいくゎい者といわれる評判は、こういうところにも根ざしているのであろう。

かれはこの相談を自分の同僚である奉行衆とはせず、一足とびに大老の前田利家にもちかけるつもりであった。ぐずぐず議論をするよりも、利家から、

「こうする」

と簡潔に布告してもらったほうが事がたやすく進むとおもったのである。

ちかごろ、利家は健康がおもわしくない。念のために大老の詰め間へゆくと、おりよく利家は登城していた。三成は病状を見舞ったうえ、その案件をもちだした。利家はうなずき、

「それは当然なことだ」

と言い、すぐ言い渡しをしようといった。この老人の判断の基準は、いずれが忠か不忠かという二つしかなかった。こういう点、この老人は物さえわかれば骨のずいからの武将だけに、事が簡単だった。


ところがその日から利家は寝こんでしまい、会議は年を越した。慶長四年正月七日、利家はようやく登城し、相役《あいやく》の大老である徳川家康をはじめ、中老（相談役）、五奉行の登城をもとめ、席上、この老人は無愛想なくらいの簡単な切り口上で、ずけりといった。

「上様のおおせ置かれたとおり秀頼様を奉じ大坂までお供《とも》つかまつる。以後、ご本拠は大坂ということになろう」

と、それだけであった。奉行の浅野長政がすすみ出、日はいつでござる、ときくと、

「十日」

といった。みなそのあわただしさにおどろいた。あと三日しかないではないか。浅野長政は、それは早すぎる、われわれは支度もできぬ、というと、

「さればきょう陣触れの太鼓が鳴っても、弾正（長政）殿は支度がととのわぬと申されて人数を出されぬのか」

と、利家はいった。みな沈黙した。家康はにがい顔でだまっていた。

ところが意外な故障がおこった。かんじんの淀殿と秀頼が反対したのである。

「まだ寒い」

というのが理由であった。せめて四月か五月、温かくなるまで伏見に居たい、と淀殿はかたくなに言い張った。しかし淀殿といえども利家という頑固者《がんこもの》にはむだだった。

「おのおのは」

と、利家はわざと淀殿のほうは見ず、大蔵卿《おおくらきょう》ノ局《つぼね》らその老女団にむかい、たったひとこと、底ひびきのする声でいった。

「上様ご逝去《せいきょ》なされてまだ五カ月というのにはや御遺言にそむき奉るおつもりか」

利家は、豊臣家の安泰をまもるみちは、秀吉の遺法、遺言を忠実にまもりぬく以外にない、と信じきっていた。語気にそれがあらわれていた。これには淀殿も沈黙せざ

るをえなかった。

三成がその夜、下城してきて家老島左近を茶室へさそった。すでに夜ふけであったために、茶はたてずに炉で酒をあたためて主従水入らずで飲んだ。

三成がきょうの殿中での利家老人の威厳のことを話すと、左近はひどく感銘し、

「さすが、加賀大納言《だいなごん》は無駄《むだ》には戦場を踏んでおられませぬな」

といった。三成はそういう左近をおかしがって、口もとをゆるめからかうように微笑した。左近が好きそうな話だ、とおもったのである。

「お笑いあそばされるな」

と、左近はにがい顔でいった。

「戦場で大軍を統率できるのは、ああいう仁のことでござる。ひとことで全軍が鎮まる。いまひとことで全軍が死地へ往《ゆ》く。加賀大納言はそういう呼吸を知りぬき、その呼吸をつかわれたまででござる。しかし」

と、左近はいった。

「そのひとことを持っておるか、おらぬかで将か将でないかがわかり申す」

(わしはどうだ)

という顔を三成はした。左近も無言で、さあ、というふうに首をかしげた。

左近は三成の逸話をさまざまにおもいだしている。

まだ秀吉が在世のころ、大坂付近に豪雨がふりつづき、ある夜、枚方《ひらかた》方面で淀川の堤が決潰《けっかい》し、京橋口の堤防もあぶないという急報が、三成の御用部屋にもたらされた。三成はただ一騎で本丸から京橋口の城門にあらわれ、近在の百姓数百人をあつめ、放胆にも城の米蔵をひらかせ、

「この米俵を土俵にして堤防を補強せよ」

と命じた。百姓もどぎもをぬかれてたじろいだが、

「雨が去ったあとは分けてとらせる」

と三成がいったためにわっとむらがり、うわさをきいて近郷からも人数がかけつけ、たちまち応急補強ができあがった。そのあと三成はその人数をつかい、数日かけて本物の土俵できずきなおさせ、約束どおりさきの米俵はことごとく労役の人数にあたえた。

左近はそのとき、あらためて三成という男の放胆と機転に舌をまいたが、しかしそれが三成の将器をあらわすものかどうか。

（すこしちがうな）

と左近はおもった。利家老人にはそういう機智はないが、その人柄《ひとがら》には例の一言の

重みをそなえている。大将にはそれだけで十分で、その一言で数万の将士が躍動すればよいことであった。

(天下をとるまでの太閤には、さすがにそれがある。利家の一言のほかに、治部少輔さまの機敏さ機智がある)

とおもった。

「それで」

と、三成はさすがに照れたのか、話題をもとにもどした。

「内府はだまっていた。内府に忠勤をはげむために、弾正(浅野長政)めがしきりと反対したが、これも大納言の一喝《いっかつ》にあって口をつぐんだ」

「重畳《ちょうじょう》でありましたな」

と、左近はありありとその場の情景をみたようなおもいで眼をうるませた。利家という老人の気骨に感動したのである。

(あの強さはどこから来るのか)

とおもった。おそらく雑念も余念もなく、ただいちずに豊臣家のことのみを思う骨ぶとい律義さに人は承服せざるをえないのであろう。

(しかし、それだけでは人は圧服されまい)

主人三成にもそれがある。しかし三成の律義さは、けんらんとしすぎるほどの智恵で装飾されすぎているために、かえって迫力をうしなうのであろうかと左近はおもった。

（いま、一つは官位だな）

と、左近はなおも利家老人と自分の主人を思いあわせてみた。なるほど三成は、官位は治部少輔にすぎず、役職は奉行にすぎず、禄高《ろくだか》は江州《ごうしゅう》佐和山でわずか十九万余石にすぎない。利家はちがう。加賀四郡、能登《のと》一国の大領主で、公卿《くぎょう》としては大納言であり、豊臣家では家康とならぶ大老職である。そういう背景の重さが、利家の律義の一言をさらに重くするのであろう。

「大納言殿は、ちかごろ屋敷に儒者などをよばれ、学問のはなしをきかれているというそのはなしをよく殿中でなさる」

と、三成はいった。三成は、文字もろくに書けぬ大名の多いなかでは、論語などはほとんど諳《そら》んじるほどに知っており、どちらかといえばそういう教養のおごりもあって他の朋輩《ほうばい》を見くだしていた。

しかし島左近がきいているうわさでは、前田利家は論語のなかでたった一つの言葉に感動し、

「自分は学問をするのがおそかった。みなも学問をせよ」と若い大名をつかまえては説きまわっているという。利家の感動した言葉というのは、

以《もつ》テ、六尺《りくせき》ノ孤《こ》ヲ託《たく》スベシ

という言葉であった。左近がおもうに、学者はおそらく利家にこういったのであろう、大丈夫《おとこ》というのはなにをもって大丈夫というか、親友が死ぬときに自分の遺児を託すに足る男のことをいうのでございます、と。

利家は、年少のころからの友人で長じては主君になった秀吉に、その遺児秀頼の保護をたのまれた。おそらく論語のなかで見出したこの一句に、自分の感慨を託《たく》したのにちがいない。

「惜しいものでござるな」

と、左近はつぶやいた。

なにがだ、と三成がいうと、加賀大納言のことでござる、と左近はいった。

「あの方がいま十年長生きをなされば、家康は手も足も出ず、豊臣家の安全を害されるようなことはござるまいに」

「左近、なげくことはない」

と、三成はいった。

「わしがいる」

「左様、わが殿、治部少輔さまがおわす」

左近は、微笑した。皮肉っているのではなく、事実そうであった。利家の異常な老衰の様子からみて、あの老人の寿命もながくないであろう。その死後、豊臣家のために家康の野望を排除できるほどの性根《しようね》のもちぬしは、数ある大名のなかでこの石田治部少輔三成がただひとりであることは、左近ならずともたれの目にもわかっている。


秀頼のにわかな大坂転住の布告のために、殿中も城下も合戦のようなさわがしさになり、その後二日間、深夜も路上に人や車馬の往来がたえなかった。

三成はその吏僚としての卓抜した能力でたちどころに伏見に御座船をはじめ五、六十艘《そう》の船をあつめ、供の部署、人数をきめ、予定どおり秀頼の大坂への帰城を完了した。

伏見城在番ということになっている家康も、

「御見送りのため」

ということで利家とともに供に加わり、大坂へくだり、大坂には屋敷がないため、片桐且元《かたぎりかつもと》の屋敷を宿とした。

家康が大坂に泊まった夜、風聞があり、

「当御宿陣を襲う企てがござりまする」

と告げる者があったため、片桐屋敷を槍《やり》、鉄砲で終夜警戒し、大坂にはその夜一泊したきりで翌朝、夜のしらむのを待ちかねて伏見へむかって去った。

淀川堤を伏見へむかう家康の人数はほぼ二百人で、鉄砲に火縄《ひなわ》をつけてさきをいそがせ、家康の乗物にはわざと替え玉をのせ、家康自身は粗衣を着て騎馬武者のなかにまじり、ちょうど枚方をすぎるあたりから行列を駈《か》けさせ、駈けどおしに駈けて一気に伏見に帰った。

この家康の挙動をあとできいて、むしろ三成のほうがおどろき、

「風の声、鶴の唳《なきごえ》におどろくということが晋書《しんしょ》謝玄伝にあるが、家康のことだな」

といった。べつだん三成のがわに夜襲や暗殺計画などはなかったのである。

とにかく、政局は大坂にうつった。

問罪使

淀の河が、渺茫《びょうぼう》と水をたたえつつ西へながれてゆく。北岸は北摂の平野がひろがり、南岸は巨城がそそり立っている。

大坂城である。

当時、この城内に女奉公人が五千人住んでいた、というだけでその巨大さがわかるであろう。城内は十万の人数を収容することができるといわれ、秀吉の在世時代、宣教師たちはこれをみてコンスタンチノープル以東における最大の要塞《ようさい》であると舌をふるった。

三成の屋敷は、その城の東北、備前島にある。

厳密には島ではない。淀川の中洲《なかす》であった。

屋敷のまわりを、水があらっている。水ぎわからいきなり石垣がそそり立ち、小城郭の外観をなしていた。屋敷の門を出ると、大きな橋がある。有名な京橋であった。京橋をわたると、そこが大坂城の京橋口の城門になっており、三成の屋敷は城の北東部をまもる出丸のような位置をしめていた。

「舅《しゅうと》の北庵《ほくあん》のはなしでは」

と、島左近が三成にいったのは、この主従が伏見からこの大坂屋敷にうつってきて三日目のことであった。

「家康は去年の十一月ごろから、家来を諸侯のあいだに駈けまわらせ、しきりと嫁とり婿《むこ》とりばなしをすすめておりますそうな」

「わしも聞いている」

と、三成はいった。殿中でのもっぱらのうわさなのである。しかし殿中でうわさをするたれもが、

「まさか」

と、半信半疑であった。家康がいかに大胆であってもそこまで無法なことはすまいと思った。

――私婚を禁ず。

というのは、豊臣政権におけるもっとも重要な法律であった。

諸大名縁組《えんぐみ》の儀

御意《ぎょい》を得

その上にて申し定むべき事

というのがその条文である。むろん文禄《ぶんろく》四年八月の発布のときに当の家康も署名していた。

ところが家康は、秀吉の死後まだ数カ月というのに、それをむぞうさにやぶった。うわさによると、伊達《だて》政宗《まさむね》、福島正則《まさのり》、蜂須賀《はちすか》至鎮《よししげ》の三家とのあいだに縁談をすすめているという。このほかにも加藤清正の縁談があるが、これはまだうわさにのぼっていない。

三成は、左近からいわれるまでもなくこのうわさの真偽につき、内偵《ないてい》をすすめていた。

この日から数日して、そのいっさいが明確になった。

三成は下城してくるとすぐ左近をよび、

「あの一件、事実であった」

といった。

「ほう」

「老賊、なかなかやる」

三成は、にがい顔でいった。

まず、家康は奥州の王ともいうべき伊達政宗に適齢の娘があるということに目をつけた。そこで井伊直政を伊達家に走らせ、自分の六男の忠輝の嫁に貰《もら》いうけることをとりきめた。

ついで、福島正則に目をつけた。これに正之《まさゆき》という世継《よつぎ》がある。この福島正之に、家康は自分のおいの松平康成のむすめを養女としてあたえることにした。

さらに蜂須賀家である。至鎮という世子に対し、家康にとってひまごにあたる小笠原秀政のむすめを養女になおして嫁《とつ》がせることにした。伊達家をのぞき、福島、蜂須賀といえばいずれも豊臣家の譜代中の譜代であった。それを家康はみごとに姻戚《いんせき》として抱きこみつつある。——

「ゆるせぬ」

と、三成はいった。

「もはやあの老賊には、豊臣家などは眼中になくなっている。左近、おれはやる」

「なにを」

左近が、癖で、右眼をほそめた。

「弾劾《だんがい》する。先君の葬儀もすまぬうちに、白昼堂々と御遺法をやぶられては、奉行たるわしの職責がつとまるものかどうか」

「ははあ」

左近はにこにこわらった。

「どのように弾劾あそばす」

「中老衆、奉行衆を説き、その総意をもって家康のもとに使者を送る」

「むだでござるな」

左近は、ぴしゃりといった。その程度の抗議におどろくような家康ではないし、家康ほどの男なら、三成が当然そう出てくることを十分に計算し、切りかえしの手は用意しているはずであった。

「口頭の抗議などなんの役にも立ちませぬ」

と、左近はいった。三成は大きくうなずき、

「合戦じゃな」

といった。家康を懲罰できるだけの軍事力と決意を背景にした抗議でなければ、百枚の抗議文を書いたところで、家康はまゆ一つ動かさないであろう。しかし関東二百五十余万石の家康に対し、十九万余石の三成が挑戦《ちょうせん》できるものかどうか。

「それは心得ているし、覚悟もしている」

と、三成はいった。

家康と三成のたたかいは、いわば頭脳戦になっている。

それから五日ばかりたった正月二十日、伏見の徳川屋敷の一室で、謀臣本多正信が、

「三成め、みごとこちらのわなにかかりおりましたるようで」

「ほう、かかったか」

「左様」

正信はうなずいた。

わなとかれがいったのは、私婚をしきりと取りおこなうことによって、三成をおこらせ、三成を挑発し、事態を戦乱に持ちこむということである。戦乱をおこさねば天下がとれぬ、というのが、家康と正信がとっているひそかな基本方針であった。

「とにかく、上様をのぞく四人の大老、三中老、五奉行が、相国寺《しょうこくじ》の承兌《しょうたい》（別名西《さい》笑《しょう》）という坊主を使者に立て、当家を詰問《きつもん》し、もし上様のご返答しだいでは上様を大老の職から放逐《ほうちく》する、という手きびしいものでござる」

「たれがその情報をもってきた」

と、家康はべつなことをきいた。

「藤堂高虎《とうどうたかとら》でござりまする」

「ああ、あの男か」

家康はちょっと軽蔑《けいべつ》したような薄ら笑いをうかべた。

藤堂高虎というのは秀吉手飼いの大名（伊予板島で八万石）だが、このところたのまれもせぬのに徳川家の間諜《かんちょう》をみずからつとめ、殿中の情報をせっせと持ってきている妙な男である。

「いろんな男がいるものだ」

と、家康はいった。高虎のような男は、源平時代にも鎌倉時代にもいなかった武士の型だった。

（武士というより、世間師かな）

と、家康はおもった。すくなくとも家康が養成してきた徳川武士団のなかにはそういう型の男はいないし、もし居れば容赦《ようしゃ》なく家康は放逐したろう。

高虎は、「七たび主家をかえねば一人前の武士とはいえぬ」といわれた戦国末期の典型的な武士といっていい。主家を自分でえらぶ男で、一つ家への中世的な忠誠心などはじめからなかった。この点、中世的な武士道のすきな家康には多少理解しがたい型の男だ。

高虎の履歴は複雑だった。近江《おうみ》浅井家の家臣の家にうまれ、浅井家が姉川の一戦で家運がおとろえると、十七歳でそこを牢人《ろうにん》しておなじ近江の阿閉《あべ》淡路守《あわじのかみ》につかえた。ところが阿閉家の将来もさほどのことがないとにらみ、ひと月ほどたたぬまに出奔《しゅっぽん》してしまい、ついで磯野丹波守秀家のもとに身をよせた。ここも数カ月で去っている。ついで織田信澄《のぶずみ》につかえた。信澄は信長の弟の子で、その妻女は明智《あけち》光秀の娘であった。そのため本能寺ノ変で没落し、高虎はその家を去ってこんどは秀吉の弟の秀長につかえた。

これほどに主家を転々できたわけあいは、高虎の武勇が尋常でなかったことによる。秀長の家来時代にも播州《ばんしゅう》別所攻めで目に立つほどの功名をし、秀吉にみとめられ、その直参《じきさん》になり、四千六百石の身上になった。

その後の高虎の功名は、戦場よりもむしろ周旋の才能によるものだった。半生のうちに六軒の主家につかえたかれは、世巧者《よごうしゃ》で知られている。とくに人事のもつれなどを調停する能力に長《た》け、秀吉に重宝がられた。

高虎には、独特の嗅覚《きゅうかく》がある。

（豊臣家は一代でほろびる）

とかれがみたのは、秀吉のまだ全盛時代であった。理由は秀吉に子がない、ということである。ほどなく秀頼がうまれたが、秀頼の成人するまで秀吉の寿命がもつはずがないと見て、家康に接近した。

家康には、あざやかな記憶がある。かつて秀吉が重病におち入ったとき、高虎がやってきて、雑談のついでに、

「それがしをご当家のご家来同然にお使いくだされ」

といったことであった。現に高虎は豊臣家の禄を食《は》んでいる身だから、

（この男、どういうつもりか）

と家康ははじめは怪しんで用心したが、その後しきりと殿中の機密を伝えてくれるのでついつい重宝におもい、徳川家ではこの男を疎略《そりやく》にあつかわぬようになっている。

いまも正信が、

「藤堂どのはありがたい仁で」

といった。先刻、高虎が辞し去るときに正信は玄関まで見送って行った。そのとき高虎は低声《こごえ》で、

「それがしはご当家と運命をともにするつもりでござる。なんなりとも御用をお言い

つけくださりますように」

といった。

「高虎がそのようなことを申したか」

と、家康はいった。わるい気持はしなかった。高虎ほどに嗅覚のするどい男が豊臣家をすて徳川家の将来に賭《か》けたのである。

「幸先《さいさき》のよいことだ」

と、家康はうれしそうにいった。

――余談だが。

藤堂高虎はのちに外様《とざま》ながらも「大忠ある者」として徳川家から譜代なみにあつかわれ、伊勢の津の城主となり、三十二万余石の大身をもつにいたっている。元和《げんな》元年の大坂ノ陣のときには、徳川家譜代の井伊直孝とならんで全軍の先鋒《せんぽう》となり、河内長瀬堤で大坂方の長曾我部盛親の軍とたたかい、苦戦のすえこれをやぶった。これが先例となり、徳川三百年のあいだ、徳川家の軍制では、先鋒は彦根の井伊家と伊勢の藤堂家ということになっていた。幕末、鳥羽伏見の戦いのときも、藤堂家は井伊家とともに幕軍の先鋒として京都にむかって押し出し、山崎の台地に砲兵陣地をきずいて薩長の軍と対峙《たいじ》した。

ところがこの藤堂砲台は一夜で寝がえり、寝返ったばかりか、鳥羽伏見方面から敗走してくる味方の会津藩兵、新選組、幕府歩兵の頭上に砲弾をあびせかけ、徳川方の敗北を決定的にしてしまった。当時、敵味方から「藩祖高虎の人柄、やりくちが、藩風にしみこんでいるものとみえる」といわれ、悪評が高かった。

三成は告発者となり、この縁談事件をすばやく行政化した。迅速《じんそく》に、しかも刃物のようなするどさで事をはこんだ。

（おそらく、三成はそう来る）

と、家康と正信はみている。かれらは正義意識の過剰な三成の性格を知っていて、いわばわないを仕組んだ。家康にとって、現段階ではできるだけ多くの事件がむらがっておこってくれることがのぞましかった。豊臣家が平穏無事でいては、どうにもならないのである。

伏見の家康の屋敷に、大坂から問罪使がのりこんできたのは、藤堂高虎が密告してきた翌日、二十一日である。

使者は、豊臣家中老の生駒親正《いこまちかまさ》（讃岐《さぬき》高松十七万余石）、中村一氏《かずうじ》（駿河《するが》府中十七万五千石）、堀尾吉晴（遠州浜松十二万石）の三人で、これにひとりの老僧がついている。

相国寺の承兌《しょうたい》であった。右三人の武将がいずれも無学で筋立った議論のできぬことを三成が心配し、

「口きき役」

として承兌をえらんだのである。豊臣政権の高官はほとんど無学者で占められているため、故秀吉ははやくから学問のある禅僧を身辺に置き、朝鮮、明国などとの外交文書の作成や判読のためにつかった。承兌はそのひとりであった。

承兌は家康の前に進み出、

「内府殿に申しあげまする。去年太閤殿下ご逝去《せいきょ》このかた、御前様《おまえさま》のおこない、いちいち不審でござる。わけても諸大名との縁組は」

と承兌は歌いあげるように述べはじめたがさすがの禅客も声がふるえている。家康の威儀におびえたものであろう。

承兌と居ならぶ三人の中老も、歴戦の老将ながらさすがに家康の前に出ると顔があおざめ、眼に力がなく、心もち首をたれ、問罪使というようななりかっこうではなかった。

承兌は口上のすべてを述べあげたのち、

「このご返答、分明ならざるにおいては十人衆の班列(五大老、五奉行)より除外いた

すべし」

と言い、のべおわって力なく肩を落した。

「これは意外なことをうけたまわる」

と、家康は寛闊《ひろやか》に微笑しながらいった。

「なるほど縁組のことは当方に手落ちがあったことはみとめるが、それをもって逆心があるということはどういうことか」

家康は微笑を消し、眼をぎょろりとむいて四人の使者をにらんだ。

「答えられよ」

と、家康は底ひびきのする声でいった。四人の使者はおびえたように視線をおとし、沈黙している。

「証拠もなきことを言うものではない。第一わしを十人衆からのぞくというが、わしに秀頼公を輔《たす》けよと命ぜられしは故殿下である。おのおのは私意にまかせて故殿下のご遺志にそむこうとするのかな」

「め、めっそうもない」

と、承兌はあわてて手をふり、ただいまのは口上でござる、大坂で命ぜられしままの口上でござるゆえ、われわれが内府様にとやかく申しているのではござりませぬ、

と言い、

「ただ、縁組のこと、おそらくはご事情あってのことと存じまするゆえ、なぜ御遺法を無視してそのようなことをなされたか、その御事情をうかがい奉れば、われわれの役目も済むというものでござりまする」

「わすれたのでござるよ」

と家康は微笑をとりもどしていった。

「うかと御遺法をわすれておった。老来、物忘れがひどくなっている」

それっきりで問罪使はそうそうに家康の屋敷をひきあげ、大坂にもどってきた。

一方、伊達家、福島家、蜂須賀家にも身分相応の問罪使がそれぞれ派遣されている。

それらももどってきて、結果を報告した。

違法の件についてひらあやまりにあやまったのは、蜂須賀家だけであった。至鎮自身が使者の前に手をつき、

「われらは若輩少禄《しょうろく》でござるゆえ、内府のおおせを拒絶しがたく、はばかりあることとは知りながら、力なく承引《しょういん》つかまつった」

といった。

伊達政宗は、権謀の多い男として知られているだけに、その返答も巧智にみちたものであった。

「仲人《なこうど》は、堺《さかい》の町人の今井宗薫でござる。宗薫は町人ゆえ御遺法のことなど存じもよらなんだのであろうが、責任はあくまでもあの者。責めるなら宗薫を責められよ」

と、自家にいっさい責任のないことを主張した。

福島正則は、その矯激《きょうげき》な性格にふさわしく責任を回避しないどころか、

「罪は内府にない」

と、家康をもかばった。

「なぜならこの縁談は内府からもちかけられたものではなく、こちらより談合におよんだことである」

といった。使者が仰天し、

「理由は?」

ときくと、理由か、としばらく考え、

「わしは故殿下のいとこで、秀頼様とはご親戚《しんせき》であり、羽柴の姓もゆるされ、一門の末葉につらなっている。さればそのわしが家康殿と親戚になることは秀頼様のお為《ため》によかるべしと思い、豊臣家の万々歳を念じて左様にしたまででござるよ」

と強弁した。

この事件は、これだけでは済まなかった。

次席大老の前田利家が、

「内府はぬけぬけとしたことをいう」

と激怒し、事の次第では合戦にもちこむつもりで大坂在番の諸将にその準備を命じたからである。

このため、大坂、伏見の二都は街路に兵馬が駈けちがい、きょうにも開戦かというさわぎになった。

評判

「三成は、よく稼《かせ》ぐ男だ」

と、数日前、家康は本多正信にいったことがある。

（なるほどうまいことを申される）

と、正信老人は感心した。家康のいうよく稼ぐ、とは物事に敏感でかたときもじっとしていられず、つねにつぎから次へと手を打っている、――そういう三成の性格を、「よく稼ぐ」という言葉で家康はあらわしている。

「おもしろい人柄じゃな」

家康は、舌のさきに三成という男をころがしながら、その性質を味わおうとしているらしい。

「秀吉にもそんなところがあった」

と、家康はいった。

「かの秀吉という仁は、筑前守と申したむかしから智恵がよくまわり、瞬時も手足をやすめず、さまざまな手を打つのにいそがしい仁であったが、しかしここは一番待たねばならぬとなると、大地が腐るまで我慢をするという気根《きこん》があったな。三成にはそれがない」

「機敏すぎるのでござりまするな」

「そう」

家康はうれしそうにうなずき、

「三成は機敏すぎる。こちらからつぎつぎと怒らせてゆけば、つぎつぎと思う壺《つぼ》に反応してくる。この碁は、一手々々がおもしろくうてる」

諸侯との縁談の一件も、家康のいう怒らせる一手であった。三成をおこらせて、反家康党、三成党ともいうべき党派をつくらせる。道義的な名称をつければ、正義派、恩顧派といってもいい。

家康のねらいはそこであった。

「豊臣家を二つに割る」

と、家康はいった。家康が天下をとる基本的な戦略方針といっていい。豊臣家を二つに割ってたがいに抗争させ、家康はその一方を暗に支援し、手なずけ、やがてその上に乗っかって天下をむしりとってしまう。

「豊臣家を割るには三成ほど好都合な男はいない」

「左様、奇妙な男でござるな」

と、本多正信がいったのは、利害打算でうごく当節の大名のなかでは、三成は一種の奇妙人といってよく、観念で動くという意味である。道義、道理、正義、恩顧、といった観念が、三成を動かさせる。その観念を家康が刺戟《しげき》すれば、三成という奇妙人は跳《と》びあがって動く。

「加賀大納言殿はいかがでございましょう」

「あの老人は平素、三成を憎んでおる」

と、家康はいったが、しかし本多正信は首をひねった。家康の見方があまい、と思った。前田利家は、秀吉に秀頼の保護を托《たく》されてからひどく感傷的になっている。秀吉の遺言状を毎日ながめては涙をこぼしたり、学者をよんで論語を講義させたりひとつには老衰がはなはだしくなっているせいでもあろうが、様子が尋常でない。

「もし、三成から説かれれば、一党のかしらになって御当家へ立ちむかってくるかもしれませぬな」

「大坂からのうわさでは」

家康はいった。

「利家の老病が日に重くなり、もはや死期がせまっているという。そういう老人がどうしようと、どれほどのこともあるまい」

そのあと、もし事件がおこれば三成にはたれたれが味方し、当家にはたれたれが駈けつけるか、という予想をたがいに出しあった。

「三成方には」

と、本多正信は指を折り、「大老の列では宇喜多秀家、上杉景勝というあたりが固うござりましょう。それに毛利輝元、佐竹義宣《よしのぶ》、小西行長、はて長曾我部盛親というのはまだ家督を継いだばかりでいかがでござろうかな」

「なるほど」

家康はいちいちうなずきながら、

「当家へは？」

「福島正則、伊達政宗、黒田長政、藤堂高虎、有馬則頼、京極高次、田中吉政、織田長益《ながます》、金森長近、堀秀治……」

指折りながら最後に、

「加藤清正」

と、いった。

「なぜ清正を最後にいう」

「この人物は細川忠興《ただおき》とともに前田利家殿に昵懇《じっこん》でござる。利家老人がもし石田に加担なされば上様ともご昵懇の清正は苦しい立場におかれましょうな」

「しかし来ぬわけではあるまい」

「むろん、義理は義理、利害は利害でござりまする。死の床にあって将来《さき》もない利家殿に義理だてをしてかんじんの上様を見すて奉るなどという度胸は、清正めにもござりますまい」

「弥八郎」

と、家康は正信にいった。

「加藤清正、福島正則のふたりは、故太閤に幼少のころから育てられ、豊臣家にあっては譜代中の譜代と申してよい。これがわが方に来るとなれば、天下の人も、——あア主計頭《かずえのかみ》（清正）殿や左衛門大夫《さえもんたゆう》（正則）殿までが徳川殿にお味方なされるか、されば徳川殿はかならず豊臣家をお見捨てなさるまい、と思う。そう見る。安堵《あんど》する。されば他の豊臣家諸侯も安心してわが方に味方する、それが人心というものじゃ。されば、世を取るにはこの清正、正則を抱きこむか抱きこまぬかにかかっている。抜かりはあるまいな」

「手配りは沢山《たんと》してござりまする。しかし、この二人、正則は阿呆《あほう》なれども清正は多少の智恵がござる。のちのちフト利用されたりと気づいたときは、うるさいさわぎになりましょうな」

「そのときはそのときのことよ」

「なるほど」

正信は笑った。なるほどばくちのあとのことまで考えていられない。正信の心積りでは、この二ひきの他家の猟犬にまず十分の餌をあたえて当家になじませておき、それをもって三成を追わせ、将来、不用になったときには容赦なく打ち殺してしまう、そういう役割りの両人であった。

（時勢が動くのだ、いろんな役廻りの人間が要る。馬鹿は馬鹿なりに使い、狂人は狂人なりに役をあたえる。それが名将というものだ）

家康と正信は、同時にそんなことを考えている。

そんな話があって、伏見の徳川家では、大坂からの問罪使を迎えたわけである。問罪使が来る、という朝、家康は邸内の一室に譜代の本多正信、井伊直政らを集め、

「合戦の支度をせよ」

と命じた。かれらはおどろいた。

「どういうことでござりまする。来る者と申せば僧の承兌に、生駒、中村、堀尾の三中老でまさか軍勢をつれて来るわけではござりますまい」

「申すとおりにするがよい」

と、家康は理由をいわなかった。家康にすればここで戦闘準備を示し、わざと喧嘩《けんか》腰《ごし》になってみせ、それをすることによって大坂を挑発《ちょうはつ》し、できれば大坂にも戦闘準備をさせ、それによって豊臣家の内紛を深刻化させ、さらには自分のもとに集まる者、

敵にまわる者、中立の者、の三つの色分けをこの目で見たかった。

たちまち伏見屋敷は騒然となった。

屋敷のまわりに竹柵《ちくさく》をめぐらせ、塀《へい》のすみずみに櫓《やぐら》を組みあげ、屋敷の人数は小者にいたるまで武装した。

むろん、伏見屋敷だけでは、万一大坂と合戦になった場合、人数が足りない。すぐ家康は江戸に急使を出し、人数をさしのぼらせるように命じた。

そういう騒ぎのなかに、承兌、生駒、中村、堀尾の四人が問罪使としてやってきたのである。

伏見城下には、秀頼が大坂に去ったとはいえ、なお諸侯の一部が残っている。すでに秀頼が大坂に移るときに、「伏見詰めの家康殿をのぞき、ことごとく大坂に引き移るべし」という利家の要請が出ているのだが、
——準備がござれば、
という理由で、そのまま家康のいるこの伏見にぐずぐずと居つづけている一群の大名があった。その魂胆は、家康にもわからない。おそらく、大坂と家康が手切れになったときいちはやく家康のもとにかけつけるつもりで居残っているのであろうが、は

たしてふたをあけてみなければかれらの本音はわからない。

（まず、徳川党とみてよい）

と、家康は計算しているのだが。

この伏見におけるいわば不法残留者は、大名にして十数人あった。加藤清正を筆頭に、黒田長政、細川忠興、福島正則、加藤嘉明、有馬則頼、伊達政宗らである。

かれらは、このあさ、にわかに徳川屋敷の塀のすみずみに櫓が組みあがって全員武装したのをそれぞれの屋敷から望見して驚き、

「すわ、大坂との合戦か」

とみて、めいめい人数を呼びあつめて戦闘準備をする一方、家康のもとに駈けつけた。

「上様、清正が」

と、本多正信は屋敷の奥に家康を訪ね、そっと耳うちした。

「ほう、来たか」

「参っております。百人ばかりの人数をひきつれ、お屋敷を御警固し奉る、と申して表門などをかためておりまする」

「おもしろい男だ」

家康はふと軽侮したように鼻で笑った。

「大夫（正則）も参ったか」

「はい、これは裏門をかためるのじゃと申しやはり百人ばかりの人数をひき連れて路上をうろうろ致しております。そのほか、加藤嘉明、細川忠興、黒田長政、伊達政宗、有馬則頼これは親子にて」

「いま一度、名を申してみよ」

「はっ」

と、正信は繰りかえしたあと、「いかがでござります、かれらをご引見《いんけん》あそばしまするか」と言い、赤い爛《ただ》れのある眼で、家康をじっと見た。正信はことさらに引見という言葉をつかった。すでにかれら豊臣家の諸将が、家康の家来になりおおせたような言いかたであった。

家康は正信のことさらな失言にちょっと微笑し、その目に痛いほどにあざやかな色彩感のある用語を、自分でもつかってみせた。

「引見か。してもよい」

そのあと、問罪使が来着し、会談は一時間ほどでおわった。

問罪使がひきあげてからも、家康の屋敷にはぞくぞくと大坂の急変を報ずる諜報《ちょうほう》が入った。夜に入ってそれらの情報は詳細になった。

合戦前夜の光景だというのである。

前田利家は病軀《びょうく》ながら具足を持たせて大坂城内に入り、おなじく毛利輝元、上杉景勝、宇喜多秀家がすでに城内に鉄砲隊を入れ、石田治部少輔三成にいたっては、御用部屋ですでに部署案を練り、兵糧《ひょうろう》の計算までしているという。

「おもしろい」

と、家康は正信に言ったが、正直なところいま大坂から押し出して来られては当方は小人数ゆえ一戦して負けることは確実であった。

いずれ、江戸から人数が来る。それまで持ちこたえるためにも、いまこの屋敷の警固に駈けつけてくれている諸将を十分に懐柔してひきつけておかねばならぬ。

「みなに、会おう」

と、家康は正信にいった。ただし、広間で一度に引見することは親しみも薄く、気心もはかりかねる。「奥で、一人ずつ会って礼を言おう。そのように取りはからうように」と言いそえた。

最初に入ってきたのは、黒田如水の子で豊前中津で十八万余石を食む甲斐守《かいのかみ》長政である。戦場では駈けひきよりもむしろ猪突《ちょとつ》するほうの猛将だが、戦さぶりのわりには、平時の長政は策謀に富んでいる。

　長政は、この正月で三十二歳になった。若手大名のなかでは早くから家康に接近し、福島正則を家康の側にひきこんだのはこの男の働き、ということも家康はきいている。

「御見舞くだされ、忝《かたじけの》うござる」

　と、家康はいんぎんに頭をさげた。

長政は、「めっそうもござりませぬ」と人並はずれて大きな顔をふった。翳《かげ》りない、好人物そうな顔だちである。多少どもる癖があり、しばらく口をあけていたが、やがて自家の大坂屋敷から入った情報をのべた。

「今夜にも伏見にむかって押し出す、という景色《けいしょく》らしゅうござりまする」

「ほう」

　家康は、顔色を変えた。この男は、年少のころから意外な事態にあうと正直に顔色がかわってしまう。夢中でつめを噛《か》むこともある。

「いかがでござりましょう」

　と、長政は膝《ひざ》をすすめ、

「これより四里八丁、近江《おうみ》の大津城にお移りあそばしては。それがしすでに大津宰相《さいしょう》どの（京極高次・大津城主）にも話を取りつけてござりまするゆえ、この不用心なるお屋敷を打ち捨てられましては？」

（もっとも）

と、家康は思った。大津城で籠《こも》っているうちに江戸からの人数も来着するであろう、このさい、最も安全な方法にちがいない。

が、家康の思考力は立ち直っている。別人のようにつやつやと頰《ほお》をかがやかせながら、

「甲州（長政）殿、お心くばりはありがたく存ずるが、大津城などに引きうつれば、家康は敵を恐れて伏見を落ちた、といわれ、そういう評判が立てばもはや将として天下に兵威をふるうことができぬものだ。このままで居るほうが得策でござる」

といった。若い長政は、あっと息をのみ、家康の老練な智恵《ちえ》と度胸に感嘆し、やがてひきさがってから控えの間にいる諸将たちにもその話をした。

「戦乱をきりぬけてきた者のみが言えることばだ」

と、控えの間にいる細川幽斎《ゆうさい》がいった。幽斎は忠興の父で、息子の知行とはべつに四万石の禄《ろく》をうけ、丹後宮津城を居城としている。

「いちど評判が落ちると容易なことでは人心が掻《か》きあつまらぬ。人も動かなくなる。内府はそれを申しておられる」

つぎは、加藤清正が、同苗嘉明《どうみょう》とともに家康の前にあらわれた。

「ご苦労でござった」

と、家康はあごをひき、長政のときとはちがって微笑もせず、ひどく権高な態度に出た。清正のような武骨者には、むしろ威厳をみせたほうがよいと思ったのであろう。

「大坂が騒いでおるそうな」

と、家康は首をだらりとかしげ、ねむそうな表情でいった。屁《へ》ほどにも感じておらぬ、といった様子であった。

「そのこと、主計頭は、きいておられるか」

「あ、さればこそ」

と、清正はいった。「このようにして警固に参っておりまする」と言葉を継ごうとしたが、家康ののんきにあきれてしまい、出ることばも出なくなった。

「治部少が、わしを亡《な》き者にしようと画策しているらしい」

と、家康は清正のもっともきらいな名前を出して刺戟し、そのあと近習に言いつけて一領の甲冑《かっちゅう》をもってこさせた。

南蛮《なんばん》甲冑といわれる異風のもので、スペイン渡来の甲冑を日本風に仕立てたものだからカブトも胴も、銀色にかがやいている。

家康愛用の甲冑のうちの一つだが、かれがこれを着用したのは一度しかなかった。

「主計頭どのも左《さ》馬助《まのすけ》（嘉明）どのも、この甲冑にお見おぼえがござるかな」

（はて？）

と、両人は腰をのばした。

「御両所は、天正十二年のときの小牧《こまき》ノ陣《じん》には御参加かな」

通称、小牧長久手ノ役という。信長の死後、秀吉の天下制覇《せいは》の途上でおこった戦役で、そのときの秀吉の相手は、いまここにいる徳川家康であった。しかも家康はみごとに勝っている。

「それがし、あの合戦では」

と、清正は不覚にもうなだれた。自分の故主秀吉の生涯《しょうがい》でのたった一度の敗戦に話題が触れることは好ましいことではない。

「まだ弱年でござりましたが、はじめて鉄砲五百挺《ちょう》と侍二十騎をあずけられ、出陣つかまつりました」

その退却戦で、清正は当時の堀尾茂助、いまは遠州浜松十二万石の大名になって先刻問罪使の一人に加わっていた堀尾帯刀先生《たてわきせんじょう》吉晴とともに殿軍《しんがり》を買って出、主力軍がひきあげたあと難戦苦闘して退却した。

「その小牧ノ陣のとき、それがしが着用していたのがこの甲冑よ」

と、家康はいった。

二人は眼を伏せた。加藤嘉明などはあの陣で大斥候《おおものみ》に出かけたから家康の陣を遠望したことがある。そのときおそらく家康はこの甲冑を着用していたのであろう。

「戦さ上手といわれた故太閤殿下をも破り奉った陣ゆえ、わしにとってこの甲冑はひとしお懐《なつか》しい。ただいま鎧《よろい》びつより取り出させて繕いなどさせておる。おりしも大坂では小僧どもが騒いでおるという。さればふたたびこれを着用して小牧長久手ノ陣の二の舞を見せてくれようと存ずるが、御両所、いかが思われる」

恫喝《どうかつ》である。

ふたりは閉口し、

——御前《おまえ》を相手にいたし、なにとて合戦つかまつるもの御座あるべきや。

と言った、と、この座のやりとりはあとで大坂まできこえるほどの評判になり、とくに徳川家の諸将が好んでうわさした。聞く者はみな、

(清正でさえ、内府の前では青くなるのか。——)

と、胆《きも》をふるわせた。

家康は、巧妙に評判をつくってゆく。

まだ若い。

旅の小商人《こあきんど》といった男が、とっとと城の京橋を渡ってゆく。足がひどく早い。その姿を諸城門の門番の眼が追っている。

(何者か)

とみな思ったのは、その足腰がひどく機敏そうで、ただの旅商人ではない、とみたからである。

やがて、男は笠《かさ》をかぶったまま、石田屋敷の門前に立ち、そのまま門内へ入ろうとした。

「何者ぞ」

と門番が制したが、どんどん入ってゆく。門番が一人、ぴゅっと棒を投げた。両股《りょうまた》にからむかとみえたが、男はとびさがってかわし、すばやく笠をあげ、

「おれだ」

と、笑った。

糸切歯がのぞいている。歩きざまでひどく若い男に見えていたが、笠の下の顔は、すでに初老であった。

「あっ、島様」

と門番がいったときは、この石田家の家老島左近の姿は邸内に吸いこまれている。左近の屋敷の裏で手足をあらい、家来に衣裳《いしょう》をもって来させて、そこで着かえた。家来は、自分の主人がどこへ行っていたのか、たれも知らない。

左近は小書院で三成に謁《えつ》した。

「ぶじだったか」

と、三成は、ほっとした顔をした。左近は京・伏見の様子を知るために潜入し、自分の目で偵察《ていさつ》して帰坂したのである。

「どうであった」

「いくさ騒ぎですな」

と、左近はいった。

左近の見た光景というのは、たしかに大いくさの前夜もこうか、というほどのものだった。

理由がある。

家康が、「大坂の大老前田利家はじめ奉行方が合戦支度《かっせんじたく》をしている」と誇大に宣伝し、江戸にも急使をとばしていそぎ軍勢をひきいて馳《は》せのぼるように、と命じた。

――すわ、伏見でいくさぞ。

と、江戸中が沸《わ》きたち、家康の子秀忠付の将榊原《さかきばら》康政がとりあえず軽兵七千をひきいて東海道を揉《も》みに揉んでのぼってきた。

康政、年五十二。

つらがまえは、田舎くさい。文字も、やっと自分の名をかけるほどの男である。三河《みかわ》の榊原村の出で、少年のころから家康のそば近くに仕え、つねに機敏に立ちはたらき、文字どおり百戦練磨《れんま》の武功歴をもっている。

機転がきく。

近江《おうみ》の膳所《ぜぜ》まで駆《か》けのぼったときに、伏見にある同僚井伊直政から急使がきて、

「ようこそご参上」

と康政をねぎらい、「しかしながらまだ弓矢の沙汰《さた》にまでは至りませぬ」と状況をつたえた。

「そうか、間に合ったか」

と康政はよろこび、「しかしながらいざ大坂と開戦のばあい、かかる小勢ではどうにもならぬ。これでは大坂方が見くびってしまおう。すこし策をほどこすゆえ、上様にはよしなに伝えよ」

と使者を伏見へかえし、自分は膳所・大津間に駐屯《ちゆうとん》し、大津と草津の関所を閉鎖してしまった。

旅客はおどろいた。康政は、

「伏見で合戦がある」

と、家来どもに宿場々々に触れさせ、

「そのため、大津と草津の関所は、三日のあいだ人止めにする。秀頼様の御命令ぞ、よいか、三日のあいだ大津から上方《かみがた》へ入ることはまかりならぬ」

街道は、ごったがえした。東山道、東海道を経て上方へのぼってくる旅人は、士農工商を問わずいっさい足止めを受け、このため付近の草津、土山、石部、水口《みなくち》の各宿場は人であふれ、ついに三日目には何万という数にのぼった。

三日目の未《ひつじ》ノ刻《こく》（午後二時）、康政はいっせいに関所をあけ、京、伏見方面にどっと人津波をおとした。

大軍のようにみえた。

康政ら七千の軍勢は、馬印《うまじるし》、旗、指物《さしもの》をひるがえして旅人の群れとともにゆく。それだけでなく康政は旅人のなかから人体《にんてい》のわるい人間を見つけては多額の銭をやり、「うぬらは、これで餅《もち》などを買い食いせよ。そのとき口々にいうのだ。『江戸内大臣さまの人数六万で駈けつけたが、荷駄《にだ》が間にあわず兵糧が足りぬ。やむなく銭でもろうた。腹のふくれるものはないか』といえ。よいか、一軒や二軒でなく、ほうぼう買いまわっては只今《ただいま》の口上を申せ」

この報が大坂につたわったときには、内府の人数十数万、という数字になっており、大坂駐留の諸侯に衝撃をあたえた。

左近は不審におもい、すかさず変装して淀川をのぼり、伏見、京を偵察し、いま帰ったのである。

正直なところ、左近は、

(策謀ではかなわぬ)

と思った。

なるほど、三成ら大坂方の者は、家康の無法な婚姻政策を責め、「場合によっては兵馬に訴える」とおどしはしたが、家康はこのおどしをみごとに利用した。当の大坂方がさほどの戦備もととのえていないのに、家康はそれを誇大に言い触らし、それに踊らされて伏見在住の加藤、福島、黒田、細川、有馬らの諸将があわを食って徳川屋敷へ駈けつけたばかりか、さらに江戸から大軍を押しのぼらせる口実にしてしまった。すでに伏見の家康はきのうまでのかれではない。

強大な軍事力をもち、それを背景に、大坂と対立する存在になった。

さらに左近が伏見城下できいたところでは、家康はこのどさくさにまぎれて、妙な事をした。

例の堀尾吉晴――豊臣家中老で、大坂の使者として伏見へ問罪使にきた人物である。堀尾はその後も大坂と伏見のあいだを往復し、両者の調停をしていたが、この堀尾に、

「ご苦労に存ずるゆえ、越前府中六万石をお手前に加増いたす」

といって、墨付をわたした。むろん越前国府は家康の領地ではなく、豊臣秀頼の直《じき》領《りょう》である。豊臣家筆頭の官吏である家康は、私印をもって主家の土地を他人に割《さ》きあたえた、ということになる。

土地をもらったのは、堀尾吉晴だけではない。美濃金山《かねやま》七万石の森忠政もそうである。

忠政は、本能寺で信長とともに闘死《うちじに》した有名な森蘭丸《らんまる》の末弟で、秀吉に取り立てら

れ、官位は従四位下《じゆしいのげ》侍従、羽柴《はしば》の姓をもらい、通称「羽柴金山侍従」といわれていた。

たまたまこの騒動のときに伏見屋敷にいたので家康のもとに行って見舞をのべたところ、いきなり、

「侍従殿、これへ参られよ」

と、別室につれてゆき、家康自身の朱印をおした墨付をわたされたのである。

「これはなんでございましょう」

とおどろくと、家康は手をふり、「とっておきなされ、荷物になるものではござらぬ」といった。

森忠政は退出してからよくあらためると、信州川中島二万五千石を加増する、という容易ならぬ文書だった。堂々と家康の私印が捺《お》されている。といってむろん信州川中島は、豊臣秀頼の直領で、家康の領地ではない。

「なんという男だ」

と、三成は身がふるえている。

「盗賊ではないか」

「とはいえ智恵のある盗賊でござるな」

左近は、暗然とした。

正直なところ、智恵にかけては主人三成はよほど自信があるようだが、家康の奸智《かんち》にはとうてい及ばぬ、と思った。

大坂で三成が吠《ほ》えれば吠えるほど、動けば動くほど、伏見の家康はたくみにそれをつかまえ、くるりと裏をかえし、利用してゆく。三成が「兵馬に訴えても懲罰する」といえばすぐ江戸から軍勢をのぼらせる口実にしてしまう。軍勢がのぼってくれば自然、声威があがる。

その勢いをもって、私印を捺して豊臣家の領地をひとに呉《く》れはじめたのである。

「この無法がゆるせるか」

と、三成はいった。

左近はだまっている。なぜならば三成が憤慨して次の手をうてば家康は待っていたとばかりに逆手にとり、さらにおそるべき手段に出るだろう。

(もはや、動けばかえってこちらの不利になる)と、左近は思っている。

「殿、もはや策はござらぬ」

と、左近はうめくようにいった。

「いや、策はいくらでもある」

「おやめなされ。殿がお智恵をしぼって策を打ち出せば打ち出すほど、家康も大袋から悪謀をとり出してその裏をかく。太閤御他界いらい、家康のまわりをぐるぐる動きまわっているのはつねに殿で、当の家康はじっと構え、目だけを動かして仕事をし、どんどん肥《ふと》ってしまっている」

「左近、おそれたか」

「怖《おそ》れはしませぬ。しかしああいう煮ても焼いても食えぬ大毒虫をものするにたった一つしか方法がない、と思うに至りましたな」

「それは？」

「暗殺」

左近は言い、肩を落した。

この男は、当節、信州の真田《さなだ》昌幸《まさゆき》、上杉家の老臣直江《なおえ》山城守兼続《かねつぐ》とともに、

「天下三兵法」

といわれている。大軍を駈けひきさせては及ぶ者のない軍略家とされているのだが、刺客を放っての暗殺は軍略ではない。

「好むところではござらぬ。なぜと申せば、当方の非力、智恵のなさを白状するようなもので、そういう法はとりたくない。しかしこのまま、あの男の生命をとめずにいるならば、自然々々に秀頼様の天下はあの男のものになってしまいましょう」

「いやだな」

「暗殺が、でござるか」

「そうだ」

三成は、みじかく答えた。

「男としてなすべきことではない。まして将としてとるべき手段であるまい。左近、そなたはさほどに書物は読まぬ。わしは読む。だから知っている。書物とはおそるべきものだ。これは百世に伝わる。暗殺すれば百世の物笑いになる」

「では、どうなさるのでござるかな」

「戦野で」

三成は、いった。

「堂々と雌雄を決するわ。鼓《こ》を鳴らし、旗をすすめ、軍略のかぎりをつくしてあの者とたたかい、而《しか》して勝つ。されば世間も、後世も、正義がかならず勝つ、ということを知るにちがいない」

左近は沈黙している。かれは三成を愛し、この男のために死のうと思っているが、しかし三成の救いがたい観念主義だけはどうにも好きになれなかった。

（諸事、頭だけで考える）

と、左近は三成の外貌《がいぼう》のきわだった特徴である才槌頭《さいづちあたま》を、ため息をつくような思いで見た。正義、義、などという儒者くさい聞きなれぬ漢語をつかいその漢語にふりまわされて、そこから物事を考えたがる。出てくる思案は、すべて宙にういている。

(人は利害で動いているのだ。正義で動いているわけではない)

そこを見ねば。

と、左近は思う。左近は無学で、仁義礼智、といったような事は知らない。しかしそういう道徳など、治世の哲学だとおもっている。秩序が整えばそういう観念論も大いに秩序維持の政道のために必要だが、

(しかし乱世では別なものが支配する)

人も世間も時勢も利害と恐怖に駆りたてられて動く、と左近はみている。諸侯は幼君秀頼につくのが利か、関八州のもちぬし家康につくのが利か、それのみを考えて眼をひからせている。自家を保存したい、という欲望は、恐怖につながるのだ。幼君へ義をたてておればほろびるかもしれぬ、という恐怖に。——と左近は考える。

(そのときに、正義などと)

あまい、と左近は思うのだ。三成が家康に問罪使を送った。それも左近は反対だった。正義に照らして家康の不正を責める——といっても、家康自身驚きもしなければ、

世間もべつにさわぎはしない。

(もともと乱世は強弱で動く。善悪で動かぬ。家康をいかに悪人だと呼ばわっても、人はついて来ぬ)

「左近」

と、三成はいった。

「刺客を放つ、などは、いわば軍略家としての左近の自殺だな」

「でござろうな」

左近も認めぬわけにはいかなかった。しかし、関東二百五十余万石の実力を背景にしている家康には、十九万石の大名の家老としてはそれしか手がないのではあるまいか。

「短気はおこさぬことだ。いずれ、義を鳴らして兵を集めてみせる」

「首謀は殿でも、旗頭《はたがしら》が殿では人はあつまりますまい」

「利家老人を旗頭にする」

と、三成はいった。前田利家がもっている人望、威信を借り、人を集めるのである。

前田家は、八十一万石。

わずかそれだけでしかない。

（しかし、上杉と毛利が味方してくれる）

と、三成は踏んでいた。豊臣家の大名では百万石以上の者は、徳川、毛利、上杉の三軒だけである。

毛利中納言輝元　百二十万余石
上杉中納言景勝　百二十万余石
これに前田家の八十一万石をあわせれば三百万石を越える。家康の二百五十余万石と十分戦えるではないか。

「成算はある」

と、三成はいった。が、左近はなおにがい表情でいた。

（他人の石高ではないか。それをかきあつめてきて戦うというのだが、搔《か》きあつめるには人望が要る。この殿にはない）

――だから、刺せ。

と、左近はいうのである。

大坂と伏見の対立はなお続いている。

三成は、大坂方の旗頭ともいうべき利家老人の病床を毎日のように見舞った。この徳望家に死なれてはもとも子もなくなる、とおもった。

ところが、その利家老人のもとに毎日のようにしてやってきている者がある。

細川忠興である。

かれは、反三成派の加藤清正、浅野幸長とおなじなかまに属していた。加藤、浅野、細川のこの三人はそろって家康党でありながら、同時に利家党でもあった。

ある日、三人で会合し、

――家康殿、利家殿のおふたりのお仲がわるくては、いったん合戦のときわれらはいずれに付いてよいやら、はなはだ苦しむ。和解させるにしくはない。

という結論に達し、細川忠興がその代表となって前田家に工作している。

前田家には、利長という長男がいる。歴戦の人物で位階は従三位《じゆさんみ》中納言に進み、細川忠興とは年齢も接近していて仲がいい。

忠興は、利長に説いた。

利長は賛同した。利長は、すでに息子だけに秀吉との縁がうすく、豊臣家に対して父親ほどの感傷はない。

むしろ、

（老父も、いつまでも故太閤といっているようでは家を誤る）

と見ていた。

その利長が、老人に説いた。

「人も申しております。おなじ豊臣家の大老でありながら、父上と家康殿とがいつまでもいがみあっていては、秀頼様のお為によろしからず、と。拙者もそう思います」

「それで、どうしろという」

「いちど、お会いなさりませぬか」

「申し送ってある」

と、利家はいった。事実だった。すでに利家から伏見の家康に何度も使いを送り、「大坂までお出でなさるように。秀頼様も会いたがっておられる。お会いしてたがいに話しあえば、誤解などすぐ解けることだ」と口上をのべさせてあるが、そのつど家康は、

――おお、参りましょうぞ。

と言いながら、来る気配もみせない。

「家康が来ぬだけのことだ」

と、利家は吐きすてるようにいった。

「されば父上がお出むきなされば？」

「馬鹿、罪はむこうにある。むこうから来るべきだ」

「それではいつまでたってもらちがあきませぬ」

と、利長はなだめ、数日かかってあれこれと老人を説得し、ついに利家のほうから病軀《びょうく》をおして伏見へ出むく、というところまで漕《こ》ぎつけたのである。

——利家老人のほうから、和解のために伏見へゆく。

という報ほど、三成にとって衝撃的な事態はなかった。せっかくあてこんでいた旗頭への希望が、これで消えたことになる。

が、三成は利家の行動を制止することはできなかった。相手は大老であり、三成は一奉行にすぎない。それに、もともと忌憚《きたん》なく意見をいえるほど親しい間がらではなかった。

この日、三成はややぼう然と暮らした。

慶長四年一月すえのことである。

向《むこう》島《じま》

──されば わしが伏見へゆく。

と前田利家が決心してから、皮肉にも老病はさらに重くなった。食物は薄がゆのほかのどに通らず、肉がそげ落ち、皮膚がめだって黒ずんでいる。

侍医が、

「ごむりでござりまする」

とやっきになってとめたが、

「どうせこの体は花の季節まではもつまい。されば冥土《めいど》におわす太閤への手みやげに、伏見に住む盗賊（家康）がどんなつらつきで奸智悪謀を考えておるか、とくとこの目で見てきたい」

利家は、信長の小姓として仕えていらい、勇敢な槍《やり》武者であったが、謀略の人ではなかった。そういう自分を大納言、大老、加賀八十一万石の位置にまで取りたててくれたのは、故秀吉の友情であると信じている。

事実、秀吉は利家の当代まれといっていい律義さ、篤実《とくじつ》さ、正直ぶりを愛した。

(豊臣家のあとは、この老人に頼むしかない)

と、秀吉は生前、思いつづけ、そのため、家康の官位をあげるたびにこの老人の官位もあげてきた。利家老人にとっては、その才よりもその律義さがかちえたこんにちの地位といっていい。

老病の床につくようになってから、その律義ぶりは一種の鬼気を帯びるようになっている。

「おれは武辺一途で世を送ってきた。治部少輔のような才走ったやつはきらいだ」

とかねがね言っていながら、三成が自分をたずねてくるのを歓迎するようになったのもそのひとつである。

(虫の好かぬ小僧だが、自分の死後の豊臣家はこの男に頼むしか仕様がない)

とおもったのである。

さらに、家康を自分から訪ねることにしたのも、その鬼気の一つだった。「盗賊!」と家康の昨今の所業を呪《のろ》いに呪っていながら、その盗賊が秀頼のいる大坂へ弁明にも来ないため、自分から腰を折って訪ねてゆくのである。

「すべて秀頼様のためだ」

と、利家は左右にも言い、自分にも言いきかせて、腹の虫をしいておさえていた。

(おれがみずから伏見へゆけば、家康もその答礼に大坂へ来ざるをえまい。大坂へ来て、秀頼様のお顔をみれば、あの男も人間ならば情がうごき、天下簒奪《さんだつ》の野望など捨てるにちがいない)

というのが利家の見込みだった。律義者の利家は、他人の心底も自分のそれと似たものだとおもっている。

「利家殿が伏見へゆく、家康がその答礼のために大坂へ来る、決行はそのときじゃな」

と、島左近は考えている。

暗殺のことである。三成がなおも暗殺に反対すれば自分一人でも家康の宿舎に忍びこみ、あの男の策謀のすべての根源である生命を断ってしまいたい。

(それにはぜひ、利家殿が伏見に参られるよう祈るしかない)

左近は左近でこの老人の伏見ゆきをそういう意味で期待していたし、一方、加藤清正、細川忠興、浅野長政・幸長父子といった、家康党でもあり利家党でもある武将たちは、両巨頭の不仲をもっとも迷惑とし、

（もし家康・利家のあいだに合戦がはじまれば当然われらは家康につくものの、かといって利家老人を捨てるわけにはいかない）

そして、この伏見訪問に期待し、たまたま利家の病状がわるい、ときいて狼狽《ろうばい》し、それぞれ大坂へ見舞の使者を走らせ、

（一体、行ける体か、行けぬ体か）

を探索させた。が、利家はすでに、

「行く」

と言明し、行くとなったら魂魄《こんぱく》になってもゆくと覚悟をきめていた。

そんな老人である。

すでに期日は一月二十九日と決め、その旨《むね》伏見の家康のもとに通告してある。

出発の前夜になった。

この伏見行きの実現にずいぶん骨折った長男の中納言利長が、父の容態が心配でもあり、また伏見で家康が父になにをするかも測りがたかったので、

「父上、あすのことでござりまするが」

と、病室に入って、「それがしもお供にお加えくださりまするように」といった。

「ばかめ」

と、利家は苦笑し、「おれの本心がまだわからぬか」と言って、近習に命じ、正宗の脇差《わきざし》をもって来させた。

老人、スラリと抜き、

「あすはこれを帯びてゆく。家康は百のうち九十九まではおれを斬《き》るであろう。おれは死ににゆくつもりでゆく。しかし色身《しきしん》（肉体）衰えたりとは言え、このおれがやみやみと斬られるものか。敵の人数を掻《か》いくぐり掻いくぐってせめて一太刀でもこの正宗で家康を斬りつけてみせる」

「父上」

「おれは斬り死を覚悟している。そちまでがついてくれば、前田家は父子もろとも斬られてしまう。されば、伏見でわしが殺されたときけば、そちは大坂で人数をととのえ、みごと弔《とむら》い合戦をやれ。そのために置いてゆく」

「しかし、家康殿は」

「いやいやわからぬぞ、あの男は。そちは、忠興などから甘い言葉をきいているのであろう。あの男は、太閤様薨去《こうきょ》のその夜から人がわりしている」

おれは、と利家はいった。

「斬られたほうがよい。おれが伏見で死んだとなれば、豊臣家の諸将はだまっていまい。こぞって戦鼓《せんこ》を鳴らし、家康を攻め、かの者を馬蹄《ばてい》の下に蹂躙《じゅうりん》し去るであろう。おれはむしろ、その事態をのぞんでいる。死ぬために伏見へゆく。この老骨、いささかでも故太閤の遺託にこたえるときは、いまをおいて無い。家康め、なんとかおれを殺さぬか。――」

最後は、うめくようにいった。

翌朝、太陽の出ぬうちに、利家は淀川をのぼりはじめた。

利家は、梅鉢紋《うめばちもん》の幔幕《まんまく》をめぐらした御座船《ござぶね》に乗り、船べりには数十本の綱がつき、綱のはしを両岸をゆく人夫のむれがひっぱっている。両岸をゆく前田家の人数は利家の配慮でひどくすくなかった。

途中、橋本で一泊した。

その宿所へ、伏見在住の諸将が「お出迎えのため」としてぞくぞくと詰めかけてきた。

加藤清正もいる。細川忠興もいる。

利家は「ほう、ほう」と声をあげてよろこび、その一人々々のあいさつをうけ、

「そこもとら、どういうわけかなお伏見にいる。大坂の老人のことなど忘れたと思うたに、ようこそやってきてくれた」

と、いった。ひどく皮肉にとれる言葉だが、利家の武骨な口ぶりでそういわれるとそうはきこえず、しんから悦《よろこ》んでいる様子にみえた。

翌朝、橋本を出発した。

出むかえの諸将が、それぞれ行列も美々しく堤をゆく。利家は船。——

利家は、大坂から連れてきた弓衆二十人は橋本にとどめおき、「万一のことがあれば大坂の中納言（利長）と合して伏見を衝《つ》け」と命じておいた。

供のうち、武装隊は槍衆十人だけである。その槍には大長柄《おおながえ》をつけ、十本、天にそびやかせながら堤をゆく。

伏見もちかい、というあたりで奇妙なことがおこった。

上流から一艘《そう》の小舟が流れくだってくるのである。

——あれは何ぞ。

と御座船の船衆が立ちさわぐうちに、小舟には二人しか人が乗っていないことがわかり、それがだんだん近づくうちに、なんと、徳川家康であることがわかった。

「船をとめよ」

と、利家は命じ、小舟を待った。

利家は、船の引戸をあけた。

やがて小舟がゆらゆらと近づいてきた。家康が、坊主あたまの有馬法印ただ一人をつれて乗っている。

家康の服装は、浅葱《あさぎ》の裃《かみしも》すがたという鄭重《ていちょう》なもので、その姿をみただけで利家は、

(おお)

と、感じ入ってしまった。家康は、利家を大納言として正式に遇しているのである。それに接待すべき側の主人として、わざわざ伏見から一里の河の上まで出むかえにくるとはなんという心にくい亭主ぶりであろう。

だけではない。

供もつれず、有馬法印ただ一人をつれたままのおよそ不用心な恰好《かっこう》できた。利家に害意はない、というところを、みごとな演出で見せたのである。

(しかし相手が相手だ。こちらに油断をさせる手かもしれぬ)

そのうち家康の小舟は、利家の御座船の横にぴたりとつき、ふたりは船と舟とのあいだであいさつをはじめた。

まず家康は小腰をかがめ、

「わざわざ遠方を、それも御病中、押してお越しくだされたること、千万、かたじけのうござる。きょうはお疲れでありましょうゆえ伏見の貴邸にてゆるりと御休息の上、あすにでもお駕籠《かご》をおまげくだされよ」

というと、利家は引戸から顔を出したまま一礼し、

「いや、それには及び申さぬ。きょう、船が伏見につけば、舟着場よりただちに参上つかまつる」

「されば、それがし一足さきに」

と、家康は小舟に曳《ひ》き子《こ》をつけ、大いそぎで伏見に帰ってゆく。亭主として接待の指図をするためである。

ほどなく利家は伏見に上陸した。

「供は、五兵衛、刑部《ぎょうぶ》、六人でよい」

と、いった。

家来どもは、いずれも顔が蒼《あお》ざめるほどに緊張している。家老の土井豊後《ぶんご》、奥村伊賀のごときは、ひそかに懇意の町家へゆき、町人の姿に身をやつし、懐中には短刀を呑《の》み、

――異変おこらばただちに。

という決死の覚悟で徳川屋敷のまわりをぶらぶらうろつきながら警戒した。

利家は、徳川屋敷の玄関に入った。

家康は玄関まで出むかえ、

「さあさあ、こちらへ」

と、利家の手をとらんばかりにして廊下を導き、奥書院に案内した。

徳川方の接待役は、四天王といわれた榊原康政、井伊直政、本多忠勝といった戦場往来の武骨者である。家康が、謀臣本多正信老人などは奥にひっこめて顔を出させず、右のような武骨者ばかりをそろえたのは、かれらは利家にとって顔見知りでもあり、それに合戦ばなしが出るときに共通の話題が多い。そういうことを配慮したものであった。

家康が、さらに気をくばったのは、料理の安全性についてである。

(利家はおそらく毒殺されると思っているであろう)

と思い、たまたま利家が料理方の役人をつれてきていたので、その者をよび、内大臣家康みずから台所へ案内し、

「ここで調理している」

と、料理の品々を見せ、そのうえ、「遠慮なく毒見をするように」といった。

利家は、それだけでも驚いた。

そのうえ、つぎつぎに運ばれてくる料理は善美をつくしたもので、

(これはこれは)

と、無邪気にあきれてしまった。家康はゆらい吝嗇家《りんしょくか》できこえている。利家もそれにゆずらず蓄財家で、その点では当代の双璧《そうへき》という評判が高かった。その家康がこれほど贅沢《ぜいたく》な宴席をひろげてみせ、同傾向の利家の胆《きも》をうばったのである。

(おどろいたのう)

と、利家はつぎつぎに出てくる料理をながめながら、不覚にも自分の心がしだいに晴れわたってくるのをおさえることができなかった。

(これが人情かな?)

われながらいい齢《とし》をしてあさましいと思うが、どうすることもできない。家康への疑念、豊臣家への憂情が、眼の前に横たわっている焼魚、羹《あつもの》、煮物、膾《なます》、貝、鳥、山の芋を見て晴ればれとしてくるというのはどういうわけであろう。

「それがし、病中にて食欲はござらぬが、このように結構な御料理を打ちながめておりますと、ついつい唾《つば》がわいて参りますわ」

「いやいや粗肴《そこう》でござるが、酒のみは摂津伊丹《いたみ》のものがよろしいと聞き、わざわざ取りよせて吟味つかまつりましたゆえ、ずいぶんとおすごしくださるように」

と、家康はいった。利家の供の者六人に対してもぬからずに次室で接待させている。

「内府」

と、やがて利家はいった。

「これまでのこと、決して宿怨《しゅくえん》があったわけではござらぬゆえ、そこはよくよくお汲《く》みくださるように」

「いやいや、痛み入る。とかく世間の事は、あいだに人が立つゆえ事がもつれます。こうして貴殿とさしむかいにお話ししておりますと、まったく異も変もないことだ」

と、家康は笑った。

その座のふんいき、やりとりを、座敷に出してもらえぬ本多正信老人は、奥の一室にあって、ひそかにうかがっている。接待方の御坊主に刻々報告させているのである。

「大納言様、はじめは気むずかしくおすわりでござりましたが、そのうち膳部《ぜんぶ》が出るとともにおくつろぎあそばし、いまは非常なるご機嫌《きげん》でござりまする」

と、御坊主が何度目かに駈《か》けこんできたときにそう言うと、正信ははじめて眉《まゆ》をひ

らき、

「そうか」

と唇許《くちもと》をほころばせた。

（あの老人は、おそらく殺されるものと思ってきたであろう。自分が殺されることによって、旗あげの機会をつかもうと思ってやってきたにちがいない。なんの、そうはいかぬわ）

このいわば徳川家はじまって以来の贅沢な接待も、家康・正信の練りぬいた作戦であった。その策に利家がみごとかかったことが、策士正信にはうれしかったのである。

正信にすれば、この宴会の効果は大きい。利家に心服している加藤清正、細川忠興、浅野父子らの輩《やから》が、今後、後顧のうれいなく徳川家に出入りできるであろう。

そのうち、別の御坊主が駈けこんできて、

「意外でござりまする。大納言様が、上様にむかい、向島にお移りなされては？　とおすすめに相成られました」

といったから、正信おもわず膝《ひざ》をたたき、喜色をうかべ、「それを申したか！」と声をあげた。いよいよ思う壺《つぼ》であった。

（老人、馬鹿め。墓穴を掘りおったわ）

とおもった。

向島、とは伏見のなかでは、伏見城をのぞいて最も要害の場所である。いまの徳川屋敷ではまことに不用心で、しかも公道に面している。利家老人が家康にいったのもそれで、

——そもそも、かように内府をめぐってごたごたするのは、ひとつにはお屋敷が、人の往来のはげしい公道に面しているせいもござろう。さればここを引きはらって向島にうつられては？

ということであった。

向島は、伏見城の南、大名屋敷街から豊後橋を渡った川むこうの一角である。秀吉が慶長元年に築いた出城《でじろ》で、かれは伏見城よりもむしろここを愛し、ここを別荘として春秋を楽しんでいた。出城とはいえ、宇治川と巨椋池《おぐらいけ》の水をまわりにめぐらし、本丸には天守閣もあり、二ノ丸を従えた立派な城で、これはむろん伏見城とともに大坂の秀頼の所有になっているから、家康は本来、入れない。

が、秀頼の保護者である利家が、秀頼の代官である家康にすすめたのである。当然、法的にまちがいはない。

「とにかくいまはただ、大納言殿のおおせに従いましょう。それがし、秀頼様のお為

なら、どこへなりとも住み申す」

と、家康は胸中の喜悦をおさえ、憂《うれ》いを作ってうなずいた。

家康は、城を得た。

両人の会見は無事済み、利家は夕刻に辞し、疲れてはいたが万一夜討されてはと思い、伏見では一泊もせず、その夜のうちに淀川をくだり、あけがたに大坂についた。病体のこの老人にしては、よほど気力を要する日程だった。

そのまま、大坂屋敷の病室に運ばれた。

その後、ひと月ほど立ち、徳川・前田両家の仲に立って奔走している細川忠興がやってきて、

「徳川内府は、三月十一日に大納言への答礼のため、大坂へ参られます」

と告げてきた。

そのうわさは、翌日、石田三成の耳に入り同時にその家老島左近も知った。

(来るか)

と、左近は身のうちのふるえるような実感をおぼえた。行列を襲うか、宿館に忍び入るか、いずれにしても機会はこのたび一度しかない。

黒　装

前夜、左近は思案に暮れた。呼吸が、糸のようにほそい。灯《ともしび》をみつめている。

（あすのあさ、家康は大坂に入るという）

殺す機会は、あすしかない。あすをのがせば家康はついに生きつづけるであろう。

（独力でやろう）

と、左近はおもった。変装して行列に斬《き》りこむ。家康を斃《たお》す。が、それにしても一応は主人三成の了解と協力が要るのではないか。

（要る。家康を斃したあと、間《かん》、髪《はつ》を入れず秀頼さまの御名で天下にかれの罪状を布告し、諸将を鎮撫《ちんぶ》しなければならない。それは五奉行の一人である主人のしごとだ）

「お坊主。――」

と、手をたたき、頭のまるい同朋《どうぼう》をよび、

「殿は、表か奥か」

ときいた。

「はい。奥におわしまする」

同朋は、ふすまごしに、低くいった。すでに夜はふけている。


三成は寝所にいる。

灯は消さない。

初芽が、きょうはめずらしく三成によばれ伽《とぎ》を命ぜられていた。息をひそめ、無言で添臥《そいぶし》している。やがて、

「あの、御灯をお消し致しましょうか」

ときいた。

三成は、顔を網代《あじろ》の天井にむけたまま、思案をしていた。初芽のみるところ、三成はいつもこのようであった。いつも思案をしている。いつも体の筋肉《すじ》がかたく、表情《かお》が無用なほどにひきしまり、弛《ゆる》むときがない。

「いま、なにか、申したか」

と、三成は眼をひらいた。

初芽は、もう一度おなじことをいった。ああ灯か、と三成はつぶやいた。

（その灯を、消すかどうか）

家康のいのちの灯を、である。三成は家康をむこうにまわして壮大な野外決戦をやる自分をひそかに夢見ていたが、なるほど、島左近の指摘するとおり、

（夢にすぎぬかもしれぬ）

ともおもった。一奉行のぶんざいで、この空想は大それすぎている。

（そういうところが、小僧だ、と左近はいうのかもしれない）

実現可能なことをする、出来る手を打つ、出来ぬ夢を見ない――それがおとなだ、と左近は言いたいのであろう。

なるほど、左近は大人である。家康はそれよりもさらに、地についた大人である。出来ることを無理なく地道にやってゆく。

（しかし小僧には小僧の持ち味がある）

と三成はおもった。

「初芽」

三成は、初芽の腰のくびれを抱きよせた。

初芽はつつましくそれに従い、あごを心もちあげて、なんでございましょう、というふうな表情をつくってみせた。

（可愛い）

と、三成はおもった。

「初芽、人にはうまれつきというものがあるらしい。大人くさいやつは、母の胎内から出てきたときから、分別くさい顔をしている」

（なんのお話だろう）

と、初芽は眼をしばたたいた。まつげが動くと、煙るような眼《まな》ざしになる。

「おかしなものだ。小僧じみた人間というのは、四十の声をきくのも近いというのに、いよいよ小僧っ子くさくなる。どうにもならぬ」

――おれがそうだ。

と、初芽に笑ってみせた。智恵はある、才覚はある、しかしそれを機敏に働かせれば働かせるほど、他人の眼にはこまっちゃくれて見える。どうみても智将、謀将のがらとしてうけとってくれない。

「おれは憎まれている」

と三成はいった。そうであろう。一挙手一投足、なにをしても憎まれ、その憎まれかたも、可愛げのない小僧っ子、という印象でひとに受けとられる。なんとも立つ瀬のないことだ。

(天下の諸侯を動かすには、単に石高が大きいというだけではだめだと左近はいう。人望がなければだめだと左近はいう。そのふたつながらこの三成に無いというのは、なんともやりきれぬことだ)

「初芽、そちはわしが好きか」

かの女はおどろき、まつげをあげて三成を見、見つめつづけたまま、こっくりとうなずいた。好きだ、と、血のさわぐ思いでおもった。

「そちと左近だけが、わしを好いてくれている。このひろい人の世で、奇妙なことだ」

「いいえ、御家来衆も、他家とはちがい、御当家では殿に必死な思いで仕え奉っている、という風におもわれまする。初芽が申すのではございませぬ。世間の評判でございます」

「すると、石田家の者だけか」

それは、三成も感じている。石田家の家臣団は、豊臣家の諸侯のなかでは異色といわれるほどにみごとな統制がとれていた。みな三成に惚《ほ》れているようであった。しかも三成の手きびしさをおそれ、その統制に一糸みだれずに服している。もし戦場に立てば、どの大名の家来よりも三成の家来は、死勇をふるってはたらくであろう。

「そうか」

三成は別なことをいった。

「なにやらわかったような気がする。おれをきらうやつは、みな小僧っぽい男ばかりのように思われる。加藤清正、福島正則、細川忠興、黒田長政、どの男をみても野を駈けて泥まみれになって棒をふっている悪童そのままのうまれつきで、生涯、分別くさい大人になれそうもない男ばかりだ」

三成は、初芽を相手に、自分の性格を分析しようとおもっているらしい。

「おもしろいことをおおせられます」

と初芽が、あたりさわりのないことを、悲しげな表情でつぶやいたが、自分の想念に夢中になっている三成にはきこえないふうであった。三成は自分の欠点を饒舌《じょうぜつ》な鍬《くわ》で掘り出してきて、それを白日の下でながめなおしてみよう、と努めているようであった。

その作業が、むなしい。

と、初芽はばく然とおもった。自分の欠点を掘りだして、しげしげと眺《なが》めてみたところで仕方がないではないか。

初芽は、三成と左近との意見の対立を、それとなく感づいている。左近は、「医家とおなじでござる。天下は病んでいる。この病いを一挙になおすには一服の劇毒を用いるもやむをえますまい」といっている。劇毒とは、暗殺のことであろう。

三成はその案に首をかしげている。刺すか刺さぬか、ただそれだけなのに、三成という男は寝室で自分の性格分析をしている。

(お頭《つむり》がよすぎるのだ)

と、初芽はおもった。頭を働かせすぎる男のようである。頭のみが働き、お腹《なか》がすわっていない。つねに頭脳だけが熱い。そんな男であるようだった。

不幸なことに、そういう自分の欠点さえ、三成は気づいているようだった。あれこれと思慮が定まらず、頭のみが熱っぽくなるとき、きまって寝所に初芽をよぶようである。

(きりほどかれたい、とお思いになるのであろう)

と、初芽はおもった。三成にすれば、せめて一刻でもそういう混乱からのがれて、痴態のなかで放心したい、とおもっているのであろう。

が、それができにくい男なのである。

「お灯を、お消しいたしましょうか」

と、初芽はもう一度いった。灯があればこそ三成は思案する。闇《やみ》をつくってやれば、自分のからだをとおして痴態にふけることができるかもしれない、と初芽はおもいやったのである。

「いや、おれが消そう」

と、三成は初芽の体をおさえ、機敏に寝床をぬけだして灯を吹き消した。

寝床にもどった三成は、人がかわったようにあらあらしく初芽をかき抱いた。やがて寝床のなかがあたたまり、初芽の体液のにおいが、三成の鼻腔《びこう》にみちはじめた。

「いいおんなだ」

と、三成は低い声でつぶやき、初芽の髪を掻《か》くようなしぐさで触れた。（いい女かしら）と、初芽は夢中で三成の愉悦にこたえようとした。

そのとき、廊下を左近が渡っている。

何度も折れ、やがて宿直の間《とのいま》の前に立ち、ふすまをひらいた。

宿直の女が、三人、顔をあげた。

「殿は、すでにお眠《やす》みであるか」

ときくと、女どもは微妙な表情をしてみせた。左近は一本小指を立て、

「は文字《いもじ》か」

と、きまじめな顔でいった。

「はい、は文字さまでござりまする」

と、眼の小さな、三成の出身の村からきている娘が、頬《ほお》を染めてうなずいた。

「そちはよいこだ」

と、左近はその赫《あか》い頬を指でついてやり、廊下へ出、自室へもどった。

その翌朝、未明。

陽《ひ》の昇らぬうちに、家康の乗っている船が淀川をくだってきて、大坂天満《てんま》の八軒家《はちけんや》の岸辺についた。

町はまだ暗い。刺客への用心のため陽がのぼるまで家康は上陸せず、船内で待った。やがて川波が赤く染まり、陽がのぼった。家康はへさきに立ち、肥満した体に似あわぬ身軽さで渡板を一ツ踏み、ぽんと岸辺に跳びうつった。

町はまだ動いていない。

人通りもなく、岸辺にむらがっているのは家康の人数だけである。

やがてむこうから、提灯《ちょうちん》をつけた女駕籠《かご》が一挺《ちょう》飛ぶようにやってきた。

——どこの女房ぞ。

と、家康の人数が緊張するうち、女駕籠はどんどん近づいてきて、家康の位置から十五、六間むこうの地面に、ぴたりととまった。なかからころぶようにして出てきたのは、藤堂高虎である。

(なんだ、いろよい女かとおもえば、泉州どのか)

と、家康の側近たちは、やや軽侮するような気持でおもった。この伊予で八万石、秀吉取りたての大名は、大名のぶんざいでまるで歩卒のような密偵《みってい》しごとをひきうけているのである。家康のほうからたのんだわけではなかったが、高虎は大坂での家康のための諜報《ちょうほう》かせぎにやっきに働いた。

駈けると、齢である。

息をきらせて家康の前へくると、ひざまずき、顔をあげた。むじなに似ていた。

「別条ござりませぬ」

と、いった。

「前夜来、ずっと大坂城下の屋敷々々の様子をさぐらせておりましたが、なにもあやしきことなし。ただし、利家の屋敷までの道中、御用心あってしかるべきかと存ずる。それがし、念のために辻々《つじつじ》に人数を伏せておきましたゆえ、ご安心のほどを」

「それは重畳《ちょうじょう》なことです」

と、家康の横あいから、本多正信が、これも面《おもて》をふって言った。

家康は微笑している。

やがて駕籠に乗った。その駕籠わきを、平装の人数百人がひしひしと取り固めて進みはじめた。

例の女駕籠は、もうそのあたりにない。家康の行列の先登を、息せききって駈け去ってゆく。

(こちらが勢いづけば、ああいう男も出てくる。世の中はおもしろい)

家康は、駕籠のなかで高虎のことをおもっている。そのかわり、すこしでもこちらが弱勢に傾くと、すぐ散ってしまうだろう。

前田利家の屋敷は、玉造《たまつくり》にある。

城の玉造口の城門にほどちかく、付近には、細川、蜂須賀、鍋島《なべしま》、浅野、片桐などの大名屋敷が、いらかをつらねて押しならんでいる。

家康は前田屋敷に入るとすぐ、黒書院を借り切り、裃《かみしも》をつけ、礼装に直った。

そのうち、屋敷のまわりがにわかにさわがしくなったので、正信に問わせると、なんと家康加担の大名たちがそれぞれ駈けつけ、屋敷の内外に刺客警戒の人数を出している、というのである。

「たれとたれだ」

と、家康は声をひそめて正信にきいた。正信もひくい声で、

「細川幽斎、同忠興、浅野長政、同幸長、黒田長政、加藤嘉明、それに加藤清正の老臣某、つぎつぎに参着いたしまする様子で、いまはいちいち名はあげられませぬ」

「あとでしらべておくがよい。その名の者が、いざというときにはわが旗のもとに馳《は》せ参ずる者になるだろう」

「心得ましてござりまする」

と、正信は眼をけわしくしてうなずいた。

前田家の接待は、善美をつくしたものだった。重臣総出で、応接にかかりきり、台所には山海の珍味がつみあげられ、それらが膳部《ぜんぶ》にととのえられて、つぎつぎに運ばれてゆく。

宴席は、邸内白書院で準備されている。もともとこの屋敷のあるじの利家は料理に趣味のあるひとで、自分でも庖丁《ほうちょう》をとる。

「ところが」

と、父親にかわって亭主役をつとめている利長が、あらかじめ家康の支度所まできき

て了解をもとめた。

「老父儀、十日ばかり前からついに厠《かわや》にも立てませず、寝具に臥《ふ》せたままになっておりまする。さればせっかく御来駕を頂戴《ちょうだい》つかまつっておりながら……」

と言うのを、家康はみなまで言わさず、

「御病床をお見舞に参ったのでござる」

といった。起きずともよい、というおもいやりのある言葉だった。

家康は、まず、ながい廊下を渡って利家が臥せている中ノ居間に案内された。

利家は臥せていた。

もはや衣裳《いしょう》をただすこともできぬため、そのふとんのそばに裃など礼装いっさいが折りたたんで置かれている。

家康が入室するや、利家は、

「これは……」

といって、頭をあげようとした。が家康は傷《いた》わしそうな表情でそれを制し、枕頭《ちんとう》にすわり、一礼し、見舞の言葉をのべた。

利家は重い頭をもたげて眼であいさつし、やがてわなわなと唇《くちびる》を動かした。

「このざまでござる」

と、いった。家康は聞きとれなかった。声がひどく小さい。もはや声を出す体力もなくなっているのである。

「これが、どうやら暇乞《いとまご》いでござる。あとあと秀頼様のことよろしくお願い申す」

「むろん、心得ております。それよりもお力落しなく、お心をはげまして御養生なしくだされよ」

「いやいや、妙なもので、人間、死期というものはわかるようでござるな。くれぐれも内府殿にたのみ参らせます。それがし伜《せがれ》利長、ふつつかでござるが、それがし同様におひきたてくださりますように」

「心得てござる」

と、家康は言うやいなや、両眼に涙をあふれさせ、見ぐるしいほどに頬をぬらした。


そのあと、利家を病室に残し、白書院に案内され、酒宴になった。

家康が上座にすわると、お相伴《しょうばん》をねがい出た諸大名がずらりと居ながれ、次の間には障子がとりはらわれて家康供奉《ぐぶ》の重臣がぎっしりと膝《ひざ》を詰め、ここにも膳部がはこばれている。

雑談になった。

合戦のこと、武辺のこと、茶の湯のこと、能役者のうわさばなしなど、つぎつぎに話題がかわり、酒宴がにぎわった。

やがて、宴も果てようとするころであった。接待役の前田家の重臣が駈けこんできて、諸大名のなかでの年がしらである有馬法印則頼のそばへゆき、なにごとか耳打ちした。

有馬法印は、口をあけて驚いた。

「なに、石田治部少輔が？　ここへ？」

来る、という。家康を暗殺する、といううわさの中心人物ではないか。みな事の意外におどろき、座がしんとしてしまった。

前田家の接待役はやむなく席を一つ空《あ》け、そこへあたらしい膳部を置いた。

やがて三成は、前田家の御坊主に案内されて入ってきた。

人々は、あっと息をのんだ。

真黒の装束《しょうぞく》である。

黒い裃、黒い小袖《こそで》、黒い袴《はかま》、装束の常識をやぶった異様な服装をつけ、唇をむっつりとひきしめて着座した。

無言である。

（どんな料簡《りょうけん》か）

と、みな興ざめした。

上座の家康も、どんな表情をつくってよいかわからず、眼をそらしている。

一座は、おもくるしくなった。堪えかねたひとりが、

――所用を思いだしましたので。

家康や一座にあいさつし、こそこそとぬけだしてしまった。それを追うようにみな立ちついには家康も立った。

三成は、無言で膳部にむかっている。前田家の家来が、泣くような表情で酒器をあげ、三成の杯に注いだ。

それを三成はぐっとあけ、はじめて口をひらき、

「きょうは、なんのお集りでござったか」

と、とぼけて言った。

黒装束での不意の出現は、この男なりの、諸侯の不正に対する糾弾《きゅうだん》であった。利家を家康が見舞う、ということはわかる。しかし諸大名がむらがりあつまって徒党の座を組み、私《わたくし》に宴席をもつことは、太閤の遺言どおり、秀頼様十五歳におなりあそばす

までつしまねばならぬ、そういう御遺命があるのにこの場はなにごとか、――ということを、この男はこんなかたちで弾劾《だんがい》した。

異常といっていい。絵にかいたような憎まれ者の姿である。

藤堂屋敷

その夜、家康は藤堂高虎の大坂屋敷でとまった。

高虎はわが屋敷に案内するや、

「どうぞご自分の家とおぼしめしてお気楽におつかいくださりませ」

とあいさつし、邸内をこまねずみのように駈けまわって接待のさしずをした。

この男は、風変りである。家康とその家来衆に屋敷の部屋をことごとくあけわたしてしまった。

これには本多正信もあきれ、

「お手前はどこで寝られる」

ときくと、高虎は扇子で自分の鼻の頭を指し、

「やつがれでござるか」

と、狂言の太郎冠者のようにおどけ、

「今夜は寝ずに屋敷の内外を見まわっておりますゆえ、寝所などは要りませぬ。手前家来どもも、そのようにつかまつる」

「それはお気の毒」

正信は、ゆったりとあごをひいた。ごく自然に上級者の態度をとっている。

本多正信は、家康から、相模甘縄《さがみあまなわ》で二万二千石をあたえられているが、要するに豊臣家からみれば間接の家来、つまり陪臣《ばいしん》にすぎない。そこへゆくと、藤堂高虎は豊臣家じきじきの大名で、正信老人などは本来なら高虎と同席もできないほどの下格《げかく》の身分である。

が、逆になっていた。

「泉州どの」

と、正信は高虎に顔を寄せ、

「お手前のお心づくし、上様はいつもよろこんでおられまするぞ」

「そのご一言」

高虎はいった。

「かたじけなし。上様のお為《ため》よかれの事ならこの和泉守《いずみのかみ》高虎、なんの、一夜《ひとよ》や二夜《ふたよ》、路傍に夜あかしすることなど、なんでもござりませぬ」

高虎は、ごく自然に家康のことを「上様」とよんでいる。上様とは、むかし織田信長がそうよばれていた。ついで豊臣秀吉がそうよばれ、いまは、豊臣秀頼こそそうよばるべき唯一《ゆいいつ》の存在であるが、家康の家来どもは秀吉の死後、うちうちでは家康を上様とよぶようになっていた。

高虎はその家来のあいだでの私称をまねて、さかんに「上様、上様」と家康をよんでいる。そう呼ぶことによって、

――わたくしも准家来でござりまするぞ。そのようにお気やすくおつかいくださりませ。

という意思表示をしているわけだった。

余談ながら、この藤堂高虎は家康の天下が成るや、外様《とざま》大名のなかではまっさきに「松平」の姓をゆるされ、その処遇もとくに准譜代ということにされた。徳川家としては、みずから家来として売ってきた高虎へのこころづくしといっていい。

高虎、四十四歳。

ながく、実子がなく、養子をした。養子は信長の幕将だった丹羽《にわ》長秀の遺児で、こ

の縁組は、高虎の最初の主人だった豊臣秀長（秀吉の弟）がとりもった。高吉《たかよし》と名づけた。秀吉はそれをよろこび、高吉にはべつに二万石をあたえ、宮内少輔《くないしょうゆう》に叙任させ、羽柴の姓をゆるした。

武勇のある男で、父の高虎とともに朝鮮にも出陣し、加藤清正が籠城《ろうじょう》する蔚山《うるさん》城の救援で功をたて、諸侯のあいだで父をしのぐほどの人気があった。

ところが、高虎の晩年に実子ができ、それを名目に高吉は廃され、家来になった。羽柴の姓をもつ養子がいては、徳川家にはばかり多いと高虎は考えたのであろう。

高虎は、逸話の多い男である。

伏見の屋敷にいたころ、放逸な家来が五人出た。侍目付《さむらいめつけ》が高虎に、

「五人の者、いかがいたしましょう」

と、罪状を報告した。

五人のうち二人は、京の遊里に通いつづけついに家財まで売りはらった。あと三人はばくち好きで、これも家財武具まで売ってしまった。

「わかった」

と、高虎は即座に判決した。女ぐるいをした二人は放逐。それも屋敷の裏門からつき出し、阿呆《あほう》払いするという処分である。

ところがおなじ放蕩《ほうとう》でもばくちの三人に対しては、

「家禄《かろく》を三分の二に減じ、以後改心せよ」

というだけの罰である。左右がその理由を問うと、

「色にふけって女にあざむかれ、家財を蕩尽《とうじん》するような男は、なんの芸もあるまい。勇も智もあるまい。そのような者を扶持《ふち》するのはむだだ。しかしながらばくちは別である。もとよりばくちは好ましからぬことであるが、しかし、遊冶郎《ゆうやろう》よりはばくちをうつ者には生気もあり活力もあり、とにもかくにも人に勝とうとする利心もある。つまり利を知る者だ。つかうべきところがある」

といった。

この逸話には、高虎の人柄《ひとがら》が出ている。家臣を統御するにも利と射倖心《しゃこうしん》で釣《つ》り、みずからの処世法も、利と射倖心で動いている。もっとも、豊臣大名のなかでは、

――応接は高虎に。

といわれたほどに、交渉ごと、お祝いの使者、もめ事の調停、宴会の接待などに長じた男だ。そういう露骨な功利主義をおおいかくすすべも知っている。高虎の外貌《がいぼう》は、一見、謹直で人をそらさず、いかにも、ひとのためのみを考えている篤実《とくじつ》な性格にみえる。

そのほうの達人といっていい。

達人といえば、ついでにもう一話、後年の高虎のはなしをしよう。

家康の晩年、そろそろ外様大名の取りつぶしや国替えが取り沙汰《ざた》されはじめたころ、駿府《すんぷ》の家康のもとに、高虎がやってきた。

侍臣土井利勝《としかつ》に会い、

「それがしも老い朽ちる齢になり申した。ところがせがれ大学頭《だいがくのかみ》（実子高次）はどうみても不肖でござる。あれでは国は保てませぬゆえ、それがし死去のあとはすみやかに、国替えをおおせつけられまするように」

と申し出た。利勝はおどろいた。外様大名が国替えでおびえているとき、自分からそれを申し出るばかもないであろう。

たまたま、家康は障子越しにきいていた。家康がきいている、ということを十分計算に入れて高虎はいったのであろう。

利勝は、間《あい》のふすまをすこしひらき、身をにじり入れて、家康に、「お聴きにもあられしや。泉州どのがこのように申しまする」と言上すると、家康は微笑し、

「きこえた。こちらへ入れと申せ」

と言い、高虎に、

「たとえそちが死んでも、そちが多年手なずけた家老に人が多い。大学頭不肖なりといえども、国をたもてぬことはあるまい。永世に伊勢伊賀三十二万三千九百五十石は藤堂家のものぞ」

といった。この家康の一言をとるために、高虎はわざわざ申し出たのである。徳川三百年のあいだ、

――権現様のお言葉がある。

ということで、藤堂家は、改易《かいえき》も国替えも減封もなく、安泰につづいた。藩祖高虎の名人芸にちかい保身術のおかげといっていい。

その高虎が、その夜、甲冑《かっちゅう》に身をかため、玄関わきに床几《しょうぎ》をひきすえ、邸内くまなくかがり火を燃えあがらせて警戒した。

日没後は、例によって家康党の豊臣諸将が、人数をひきつれて駈けつけ、藤堂屋敷の警戒にあたった。

それらの諸将が来着するごとに高虎は床几を立って、

「さっそくのご来着、ごくろうに存じまする」

と、まるで徳川家の家来のような態度であいさつをし、家来衆のための夜食の手く

ばりまでした。

最後に加藤清正がかけつけてきたとき、

「やあ、主計頭《かずえのかみ》、遅かったな」

と、高虎は不用意にいった。

高虎にしては、不覚の一言だった。じつは清正は、この高虎というおべっか使いを、こころよくおもっていない。

生理的にきらいだったらしい。清正だけでなく、清正の親友の福島正則なども高虎がきらいで、

——お虎（清正）そうではないか。おれはあの男のシタリくさいつらをみると、こう、腹の虫がおきて、胸がえずくわ。

とまでいっていた。

むりもなかった。清正と正則といった秀吉子飼いの大名は、三成憎しのあまり、五大老筆頭徳川家康を「もののわかった長者」として立てている。そういう意味での家康党で、だから豊臣家への恩顧はわすれていないが、高虎ときたら、あたまから利でころんでいるのである。すでに秀吉在世当時から、秀吉に子がうまれぬのをみて、（あとは家康じゃ）とばかりに接近していた。その露骨さは、清正や正則にはやりき

れなかった。

「泉州。――」

と、清正は高虎の前に立ちはだかった。

「いま、なにか申されたか」

その意外な見幕に、高虎はちょっとたじろいだが、すぐ笑顔をつくって、

「遅かったな、と申したまでよ」

「泉州、それはたわごとである」

「え?」

「痴言《たわごと》じゃというのよ。遅しなどとは、武士に対し申すことばか。遅しということは、陣に遅れたり、ということじゃ。武士には禁句ぞ。人を取り持つことの上手な泉州だが、武士の言葉作法がわからぬものとみえる」

「主計頭、左様に事をあらだてて申されるものではない。親しき仲の、チラッとした戯《ざ》れあいさつで申したわけではないか」

「親しき仲?」

清正は不快そうにいった。

「足下とべつに親しくはない」

「これはあいさつじゃの」

藤堂高虎はもてあました。清正の体をなでるような手つきで、

「まあまあ、左様にめくじらを立てずに。おたがい、内府御昵懇《ごじっこん》の仲間ではないか」

といったから、清正はいよいよ不機嫌《ふきげん》になり、

「お互いに内府御昵懇？　なるほどわしは内府にごじっこんをたまわっておる。しかしそれは内府と清正だけの御縁で、お手前の仲介を得たわけではないわい」

一緒にするな、と清正はどなりたかったのであろう。「糞《くそ》と味噌《みそ》は、色かたちこそ似ているが、ものはちがう」と叫びたかったにちがいない。

が、そこへ、黒田長政、細川忠興などが「まあまあ」と割って入って、事なきを得た。


家康は、藤堂家の湯殿に案内された。

湯殿は、庭に南面して建っている。その入り口に、警戒の近習五人が、すわった。入ると、畳敷の間がある。そこには侍女三人が待っている。脇差《わきざし》を脱し、侍女に脱衣を手つだわせ、やがて浴衣《ゆかた》にきかえ、階段を一段、二段、三段おりる。そこは板敷。

ついで観音扉《かんのんとびら》があり、押すと、浴室で垢《あか》すりの女が平伏している。下から熱気があがっており、みるみるうちに浴衣が汗でぐっしょりと濡《ぬ》れた。家康は、その熱気に堪えながら腰をおろしている。あぶらが、汗とともにしたたり落ちてゆく。

やがて女が、家康のからだから浴衣を剝《は》ぎ垢をこすりはじめた。十分にこすってから、釜《かま》からとりだしたぬるい湯をかけ、さらにこすり、さらにかけ、それでほぼ入浴がおわる。

家康は出る。

畳敷の間にひかえている侍女が、まあたらしい褌《ふんどし》をささげて、家康の前にひざまずいた。

家康はちかごろいよいよ肥満しはじめて、自分でふんどしを締めることができない。自分の手で自分の前にふれることもできないのである。

「不自由なことだ」

と、女どもに締めさせながらわが腹をながめて笑った。

寝所に入ると、たったいま締めたばかりの褌を、別の女に解かせた。家康にかげのごとく寄りそって離れない阿茶《あちゃ》ノ局《つぼね》である。

「阿茶、伽《とぎ》はたれにするか」

と言いながら、ゆるゆると寝床にちかづき、まるいからだを横たえた。

——あの女のどこがいいのであろう。

と、近臣がかげでささやくほどに、阿茶は不美人であった。頰《ほお》が削《そ》げ、眼がつりあがり笑うと歯がむき出た。

齢も、ふけている。もう五十のなかばになるであろう。老婆といっていい。

が、家康はこの女をなんと十七年も側室にしつづけてきているのである。

阿茶ノ局は、名はすわという。甲斐《かい》のうまれで、駿府《すんぷ》今川家の家来神尾孫兵衛に嫁《か》した、というからふるいはなしである。天正十年、本能寺ノ変のあと、家康は軍をひきいて甲州に入ると、沿道に平伏している子連れの女があった。

家康は馬をとめて、その女をひろい、陣中の伽をさせた。

さらに身のまわりの用などもさせた。ところがつかってみると非常な才女なので、阿茶ノ局という称をあたえ、後宮の取りしまりをさせた。ついには政治、人事のことも、阿茶ノ局に発言させるようになったため、徳川家の諸将は、この女をひどくおそれるようになった。

「お伽は、今夜はおよしなされませ」

と、阿茶ノ局はいった。

「なぜだ」

「お顔のお色を拝見いたしまするに、お疲れのご様子に見うけられまする。かような日におなごをなされば、おからだにさわりましょう」

阿茶ノ局は、土くさい甲州なまりでいった。事実、家康は、きょう前田利家との会見でひどくつかれていた。

「そうかな、顔色がすぐれぬか」

「大納言（利家）様のお屋敷で、お気をお使いあそばしたのでございましょう」

「気などつかわぬ」

「でも、お顔にあらわれております。この阿茶が、お腰なとお揉《も》みいたしましょう。おなごはなりませぬ」

「しかし、褌《まわし》はもうはずれているぞ」

「阿茶が、あとでお締めいたします」

てきぱきと言い、やがてそばに寄って、家康の腰をもみはじめた。

「治部少どのが黒衣で参りましたとか」

と、阿茶ノ局は、外政上のこともこまごまと知っていた。しかもそれら「表」のことについて家康と自由に会話をするのである。この点、秀吉における淀殿などというような存在の比ではなかった。淀殿は容色こそすぐれていたが、才気はなく、政治むきのことを秀吉に告げたことはおそらく一度もなかったであろう。

「ああ、治部少めか」

と、家康はにがい顔をした。

「あの男、黒装束でやってきた。なんのつらあてのつもりかな」

「憎体《にくてい》は、治部少どのの性分でございますな」

「性分らしい。世間であれほどきらわれている男もめずらしかろう」

「今夜、当屋敷へ夜討をかけてくる、といううわさがございますが」

「そのことについては、当家のあるじ泉州が密偵《みってい》を放っていろいろさぐっているようだ」

事実、三成は、きょう、前田屋敷を辞したあと、すぐ小西行長の屋敷へゆき、浅野長政をのぞく三人の奉行をいそぎ招集していた。

あつまったのは、前田玄以《げんい》、長束《なつか》正家、増田《ました》長盛である。

「藤堂屋敷へ夜襲をかけよう」

と、三成はいった。

他の者はおどろき、

「むりだ」

と、口をそろえていった。藤堂屋敷には、家康党の大名がひしひしと詰めかけ、五丁さきの辻々《つじつじ》まで警戒し、通行する町人まで、「よそをまわれ」と追いかえされている。

「とても、一万や二万の人数では攻められぬ」

「攻められぬことはない」

と、三成は力説したが、他の者はだんだん顔色がわるくなるばかりで、この市街戦の不利を主張し、ついに諾《うん》とはいわなかった。

「そうか」

三成は、にがい顔で立ち、その足で備前島の屋敷へもどるべく、路上に出た。笠《かさ》をかぶった。

供は、草履取りが一人である。

その行装のかるさは、五十石程度の侍ふぜいで、たれがみても大名とはみえなかったであろう。

このほうが、市中で行動するばあい、かえって安全だということを三成は知っている。行列などととのえて動きまわれば、すぐめだち、逆に清正などから斬《き》りこまれぬともかぎらない。

利家の死

三成は、北にむかって歩いた。

(ここはどこだ)

と、おもわず立ちすくむほどに、夕靄《ゆうもや》がひどい。このところ、大坂城下は三日に一度、こういう日がある。

「きっぺい。――」

と、三成は深編笠《ふかあみがさ》のなかでよんだ。供は、草履取りの吉平だけなのである。

「この屋敷は、たれの屋敷だ」

練塀《ねりべい》が、左右につづいている。「へい」と吉平が腰をかがめ、

「ひだりが桑原甚左衛門さま、右手がおなじく将八郎さまでござりまする」

いずれも、豊臣家の旗本衆で、三成党であった。

「なるほど」

やっと、三成は自分の歩いている位置がわかった。

「すると、左手にお城の算用曲輪《さんにょうぐるわ》が見えねばならぬな」

「この辻の」

と、吉平は左手を指さした。

「むこうに石垣《いしがき》が見えるはずでござりまするが、いまは靄にて見えませぬ。しかしこの靄、夜に入ればいよいよ深くなりそうでござりますな」

(しまった)

とおもったのは、なぜこの天佑《てんゆう》というべき靄の夜に、家康のいる藤堂屋敷への討入りを決行しなかったか、ということである。夜、靄がこめれば敵の照明がきかない。いかに大軍が屋敷を警固していようと、夜襲側に圧倒的な利がある。

が、先刻、同僚の奉行長束正家、増田長盛、前田玄以の三人につよく反対された。かれらは、負ける、というのだ。

(あの者たちは所詮《しょせん》は文吏だな)

三成は、自分のことをたなにあげてそう思った。

（負ける負けぬは、やってみた上でのことだ、畳の上であれこれ思案していてもどうにもならぬ。あのとき、やる、と決しておれば、襲撃はこの靄にたすけられたにちがいない。されば今夜をかぎり、家康の首ははねとんでいる）

若い三成は、ひとつの教訓をえた。この靄がよい例である。やれば、思わぬ条件が湧《わ》いて出て行動を有利にすることがあるのだ。勇気と決断と行動力さえもちあわせておれば、あとのことは天にまかせればよい。

聡明《そうめい》な男だ。

しかし、機敏さを欠いていた。備前島の屋敷にかえって島左近にそのことをいうと、

「なぜそうお気付きになればその場から兵をお発しになりませなんだ」

と、左近は顔をしかめていった。

「戦機とはそのことでござる」

と、左近はいう。

「ひと時代前の武将ながら、織田右府（信長）様や上杉謙信公ならばきっとそうなされたでござりましょう。なるほど殿は智謀のひとではある。こういうばあい、靄のことを気づかれるなどは、常人ではござらぬ。豊臣の御家、人あまたありといえども、それほどのお人は殿以外にはおわすまい。しかしお気づきなされていながら、なぜそ

の場で地を蹴《け》って行動に移されぬ。惜しいかな、殿は名将とは申せませぬな」

「左近」

三成はうんざりした。

「おれは、吉平ひとりを従えているだけであったぞ。人数一人では攻め込めまい」

「それはどの屋敷の前でござった」

「桑原甚左衛門の屋敷の前だ」

「それそれ。すぐ甚左衛門が屋敷にかけこまれ、――甚左衛門、馬を出せ、人数をかりるぞ、と申されるなりその人数をつれてお城へのぼられ、秀頼様のお墨付を頂戴《ちょうだい》し、七組の衆（秀頼直属の七個部隊）を動員する支度をととのえ、一方、吉平をしてこの備前島にかけさせ、それがしに屋敷じゅうをひきいて藤堂屋敷に駈《か》けさせる。おそらくそれがしが敵屋敷に先着いたしましょう。第二陣は小西行長殿、第三陣は七組の衆、磯《いそ》に寄する波のごとく折りかさなって寄せれば、敵の人数いかほどあろうとも負けるものではござりませぬ」

「むりだ、左近」

三成は、この男になにをいわれようともふしぎに腹が立たない。

「一奉行の一存でお墨付を頂戴するというのも容易ならぬことであるし、それにたとえ頂戴できても七組の衆に陣触れするにはたいそうな時間がかかる。また小西摂州(行長)の大坂屋敷の人数はたかだか三百人、わしの備前島屋敷の人数はたったの二百人、これだけの人数では磯に打ち寄する波のごとくにはならぬわ」

「殿は算用《さんにょう》の名人であられる」

左近はあざわらった。

「算用だけではいくさはできませぬ」

「なぜじゃ」

「そこで靄、ではござらぬか。靄は算用には乗りませぬ。まだ算用できぬものがある。相手の油断。つまり藤堂屋敷ではすでに殿が夜襲をあきらめて小西屋敷を去られた、と偵知《ていち》しておりましょう。敵に油断がある。天佑がふたつかさなっている。この戦機こそ、算用すれば十万人の人数にもあたりましょう」

「まあよい」

三成は、うんざりしてきた。

「よいではござりませぬ。まあお聞きなされ」

「そちは、叱言《こごと》をいうためにわしに仕えておるのか」

「殿をあっぱれな武将にするために御当家で高禄《こうろく》を頂戴しておりまする」

「今夜はどうも」

三成は立ちあがろうとして膝《ひざ》を立て、

「疲れておる。叱言はあすたっぷりと聞こうわい」

「もはや」

左近は、顔をあげた。

「奥にお入りあそばされまするや」

「寝る」

三成は、初芽のからだをふと思った。

「殿は男ではござらんな」

左近は今夜、別人のように昂奮《こうふん》していた。家康が大坂にいる、というもはや二度とない夜だからであろう。

「なぜだ」

「おそれながら左近は右のごとく暴言つかまつっておる。男ならばお腹を立てなされ。されば左近、とこう申されてはいかが——さほどの高言を吐くならばたったいまから藤堂屋敷へ駈けて家康を殺してこい、と」

「左近らしくもない。百や二百の小勢では門内にも入れぬぞ」

「心得ている。左近ひとりで参る。死士となり、なんとか門内に入り、百に一つの成功を念じつつ突き入って家康の寝所にとびこむ」

「かくて左近は死ぬ」

三成は笑いだした。

「家康は逃げる。――それだけよ。左近、わしは疲れている。奥に入ってもよいな」

「初芽殿と寝《やす》まれるわけじゃな」

「それはわしの勝手だ」

と、三成は廊下へ出た。

左近も退出し、庭へ出た。すでに靄はうすらぎ、黒い天のところどころに星がかがやいている。

(家康はいまごろ、石田治部少輔の夜襲を恐れにおそれているであろうな)

と想像すると、なにやら珍妙でもあり、腹だたしくもあった。当の石田治部少輔は、この好機になすところもなく早寝をし、いまから初芽を衾《しとね》のなかに掻《か》き入れようとしているのである。

(ばかな)

とおもったのは、それが腹だたしかったからではない。

(世はかくてこそおもしろい)

と、左近は庭の小径《こみち》をあるきつつ、そう思おうとした。さきほどまでの昂奮がきえている。それどころか、

(藤堂屋敷に矢文《やぶみ》でも射こんでやりたいほどだ)

と、おかしみがわきあがっている。

(治部少めは寝た、とな。家康もゆっくりやすめるだろう)

家康は翌朝はやく、大坂を去った。

その日から二十日目、三成の覚悟していた事件がおこった。前田利家が死んだのである。

慶長四年閏《うるう》三月三日、六十二歳。

利家は死にさきだつ十数日前、遺言を書きのこそうとしたが、筆をとる力もない。

はなしがある。

「お松。——」

と、病床からその夫人をよんだ。夫人は、のちに「芳春院様《ほうしゅんいん》」とよばれ、歴代加賀

前田家にあっては利家とともに尊崇されるにいたる婦人である。

尾張織田家の家士の家にうまれ、父が死んだために四歳のとき、父の同僚だった前田利昌(利春、利家の父)のもとで養われた。のちその家の子の利家の妻になったから、利家とは兄妹のにおいをもった夫婦といっていい。

秀吉の夫婦とはたがいに織田家の小身時代からのつきあいで、信長の安土《あづち》城時代は屋敷もとなり同士で、両家のあいだには塀《へい》もなく木槿垣《むくげがき》ひとつが結いまわされ、いまの北政所《きたのまんどころ》とは垣根ごしでしゃべりあった仲だった。

利口なひとで、利家の功のなかばはこの夫人に負っているという評判もある。

「お松、筆がとれぬ。口で申すゆえ、そのままにそなたが書け」

と利家がいった。

声がちいさいために、夫人は利家の口もとに耳を寄せつつ、その口述を書きとった。

遺言が十一カ条あった。

「死体は金沢へさしくだせ」

というのが、第一条である。

つぎが、ただごとでなかった。

「わが死後、次男の利政はすぐ金沢へ帰し、金沢に居住させよ。利長（長男）は大坂におれ。利長、利政の人数はあわせて一万六千ほどあろう」

と、利家はいう。

「その半分は常時金沢に、あとの半分は常時大坂におけ」

と命じた。大坂に置く兵は八千である。常識をやぶった大軍といっていい。

「いまより三年のうちに世の中にさわぎがおこるであろう。秀頼様に謀叛《むほん》つかまつる者が出れば、ただちに国許《くにもと》の八千の人数を利政がひきいて大坂の利長と合流し、敵と戦え。大坂の利長はいまより三年のうちは国もとにかえるべからず」

というものであった。家康の反乱を想定しその戦略を遺言したといっていい。

さらにいう。

「合戦《かっせん》のときは国内で戦うな。一歩でも国外に出て戦え。信長公は小人数のときよりついに御国内では戦われず、つねに敵地へお踏み出しなされたことを思え」

利家はこの遺書作成から十二日目に死んでいる。死の直前、夫人は、かねてつくっておいた経帷子《きょうかたびら》を枕頭《ちんとう》にささげ、夫の耳もとでささやいた。

「あなた様はお若いころから戦場に出られ、ずいぶんと人の命を断っておられます。罪業《ざいごう》のむくいがおそろしゅうございますから、どうぞこの経帷子を召して極楽《よいところ》へ行かれませ」

というと、利家は苦笑して、

「左様なものは着けぬ」

といった。

「わしはなるほど、若年のころから人を殺すことかぞえきれぬ。しかしひとたびも不義の戦さをしたことがないぞ。されば地獄におちるはずがない」

「しかし。……」

と、お松がなおすすめようとすると、

「お松、おそれるな。たとえ地獄におちたとしても、わしはさきに戦没せる諸将をよびあつめ、一軍をつくり、牛頭馬頭《ごずめず》どもをうちやぶり、閻魔明王《えんまみようおう》をとりこにしてくれよう。左様なことよりもなお気にかかるのは、豊臣家のゆくすえである」

と、枕頭を手でさぐった。

そこに、新藤五国光《しんとうごくにみつ》の脇差がある。お松がそっと取りあげて持たせてやると、利家はそれを鞘《さや》ぐるみ胸に押しあて、二、三声、大きくうめき、憤怒《ふんぬ》の相のままで息をひきとった。

経帷子はついに着なかった。

この話は、家康の耳にも入っている。

前田家の重臣徳山五兵衛が、利家の死をしらせるために伏見へゆき、家康に謁《えつ》した。

家康はおどろくふりをし、ふと思いだしたように、

「大納言どのの御遺言はどうであったぞ」

と、さりげなくきいた。

徳山五兵衛は、むろん、前田家の戦略をのべた口述遺言書にはふれず、右の経帷子の一件をのべ、さらに脇差の一件をのべ、脇差を胸におしあてて、「豊臣家のゆく末のみが気にかかる」と二、三声、うめき声をあげて眼をとじられた、という旨《むね》を正直に報告した。

「さてこそ」

家康は涙をこぼしながら、

「大納言殿なればこそじゃ。ご心中いかばかりであったであろう」

と言い、五兵衛をそばまでさしまねいてねんごろに弔慰《ちょうい》したが、そのあと奥へひきとり、謀臣本多正信をよび、

「利家は死んだ」

といった。

正信老人は、すでに大坂からの諜報《ちょうほう》で知っている。

「左様でありますげな」

「存じておったか」

「藤堂高虎よりの急使、たったいま御当家のお玄関に走りこみ、その旨、申しのべましてござりまする」

家康は、だまった。

思案をしているふぜいである。正信はしずかに、

「ご決心はつきましたか」

「なにがだ」

「前田利家死去のあとの前田家をどうするかということでござりまする」

「どうする？」

家康は意外な顔をした。

「どうするとは、どういうことか。前田大納言家に、わしが口出しする資格も用件もあるまい」

「はて」

正信はみるみる顔を赤らめ、

「いまのご思案、そのことかと存じましたるもので。これは弥八郎」

と正信は平伏し、

「差し出たる口をたたきましたること、ゆるしくださりませ」

「弥八郎、よい」

家康は、苦笑した。

「人の死は悲しいものだ。大納言はわしより四つ年上であったか、と思い、あれこれ考えていた。その思案顔を、そちは誤解したのであろう」

「いや、お顔の色、ただならぬお景色《けしき》と見奉りましたるにより」

「そう勘ぐったのか」

「御意《ぎよい》」

正信は、頭を垂れた。家康はあきれ、

「そちは、根っからの謀人であるな。ひとの死をも調略のたねにしようとする」

「しかし、殿は捨ておかれまするか」

正信が勢いをえて膝《ひざ》をすすめようとするのを家康はおしとめ、

「まて、きょう一日なりとも申すな」

といった。

正信が、利家の死をきいておもいついた謀略とは、まず大坂の殿中に流言をはなつことであった。

十中八九、前田家の当主利長は、亡父の遺骸《いがい》とともに金沢に帰るであろう。そのすきに、

「利長は国もとで戦備をととのえ、謀叛の支度をしている」

ということを、たとえば藤堂高虎あたりの口から殿中にばらまかせる。

そこで家康が討伐する。

ただ討伐するのではなく、豊臣家の大老の資格で豊臣家の諸将をひきい、大坂をからにして加賀へ遠征する。そのすきをねらって石田三成は兵をあげるであろう。すかさず北陸で利長と和睦《わぼく》し、兵をかえして近江平野で三成と決戦し、一挙に天下をとってしまう。

そういう案である。

これは、家康・正信の基本方針といってよかった。なににしても乱がおこらねば、家康が天下をとる機会がない。その乱を、流言によっておこさせるのである。

その挑発《ちょうはつ》の道具につかうには、前田家はかっこうな存在であった。

家康は、かねがねこの謀臣と話しあっていることであったため、正信が先刻なにを

いおうとしたかは、よく察している。

さすがに家康は、その話題を、きょうだけは正信と語りあう気はしなかった。利家とは、家康が豊臣家にきて以来、十数年来の朋輩《ほうばい》である。それが死んだ。

「弥八郎、せめてあすにでも申せ」

と、老人にいった。

老人は、やや不満そうにひきさがった。

暮　春

前田利家が死んだ直後、

「いくさがはじまるわ」

と、大坂の市中がさわぎ立ち、家財をもちだして河内《かわち》や大和方面ににげる者が、日に何百人とつづいた。

すでに桜は散り、葉のあおさが、日に日にかがやきを増している。

「市中は、きょうもさわいでいるそうな」

と、三成は左近にいった。

左近もそのことを気にしている。市中の流説《るせつ》というのは、なんと例の七将が三成屋敷を襲撃する、ということなのである。

七将とは、加藤清正、福島正則、黒田長政、浅野幸長、池田輝政、細川忠興、加藤嘉明であった。正則をのぞけばみな朝鮮ノ役で第一線部隊長として活躍した野戦がえりである。

(殿もにくまれたものだ)

と、左近もほとほとあきれかえるばかりのおもいであった。

「たしかなうわさかな」

「さて、いまのところ、なんとも申せませぬな。諜者ははなっておりまするが」

実否はわからない。

うわさでは、清正らが利家の死を弔問したそのかえり、近所に屋敷をもつ細川忠興がたで休息し、

「もはや、小うるさいじいもなくなった。三成をぞんぶんに料理しようかい」

と、相談したというのである。利家は死ぬまで、この七将と三成の対立が合戦さわぎになることをおそれ、清正らをよんで頭ごなしに説教しつづけてきたことなのだ。

「さわぎをおこすな、おこせばかならずそれにつけ入る者があらわれ、秀頼様のお為《ため》よろしからぬことに相成る」と、利家はいいきかせてきた。その利家が、もはや世にない。

島左近などは、利家の存生中、しばしばおもったことがある。秀吉の死後、すぐさま乱がおこってもふしぎでないのだが、それでもなお表面鎮静を保ってきたのは、

（あの老人がいるからだ）

と、利家の存在を大きく評価してきた。事実、利家という人物は、その老い枯れた腕いっぽんで世をささえてきたといっていい。

おもえばふしぎな老人だった。伏見の家康に対してもにらみがきき、備前島の三成もこの老人にはあたまがあがらず、玉造《たまつくり》かいわいに住む清正らもこの老人を口うるさい老大人《ろうたいじん》として立て、敬愛してきた。

（これはえらいことになる）

と、島左近はおもい、邸内に臨戦態勢をしいたくらいであった。もともと七将が三成を攻め殺そうといううわさは早くからあり、病中の利家老人も、三成に、

「治部少、小僧どもがさわいでいる。注意するがよい」

といっていたほどだった。もっとも利家は皮肉なところがあり、

「なんの、そこもとを気づこうているわけではない。石田治部少輔のひとりや二人、毒を飼われてもがき死のうと、殿中で刺殺されようと、わしの知ったことではない。むしろそうあれかしとのぞむくらいだ。しかしわしがこまるのは、双方、なかまを狩りあつめ、軍勢をもよおし、この秀頼様のおひざもとで合戦さわぎをおこされることだ」

といったりした。

(その利家老人はいまはない)

世間は敏感なものだ。利家が死ねば七将が治部少輔を襲う、と、ことばを一つにしてそうみている。流説は、ひとつはおそらくそういう予測からうまれたものであろう。

ところがその夜、備前島の三成の屋敷にひとりの侍がたずねてきた。

左近が応対に出てみると、豊臣家の旗本で三千石を食《は》む中沼覚兵衛という人物である。

小心な男だ。

膝をふるわせ、しばらくものもいわない。

「どうなされた」

「当御屋敷にわしが入るところを、たれか見やせなんだかな、左近どの、すまぬが人をやってお屋敷のまわりに人影が立っておりはせぬか、あらためてくださらぬか」

「おやすいことでござる」

と、左近は自分の近習数人をよび、屋敷まわりをしさいにしらべさせた。さいわい、覚兵衛のいうあやしい人影はない。

「安堵《あんど》した」

と覚兵衛は言い、「ちかごろ、市中のうわさを左近どのはご存じでござるかな」

「存じている」

「あれはまことでござるぞ。それがしの屋敷はご存じのように左衛門大夫どの（福島正則）のとなりでござる。塀ごしに福島家の家士の高ばなしがきこえます。さきほどなにげなくきいておりますると——石田屋敷への夜討はこの十三日の暁寅《あけとら》ノ刻《こく》（午前四時）ときまったぞ、玉薬《たまぐすり》を十分にととのえておけ、と申しておりました」

「それは粗漏《そろう》なことじゃ」

左近は笑いだした。この男は、大事な場で失笑するくせがある。中沼覚兵衛のはなしをきいて、事の重大さよりも、福島家の家来どもの粗末さがおかしくなったのだ。正則が粗豪一点ばりの大将だけに、その家風もがさつなのであろう。

「笑いごとではありませんぞ」

「左様、笑いごとではござらぬ」

左近は、まじめな貌《かお》にもどった。

「中沼どの、夜食なと召してゆきなされ」

「なにを申される。いま申したとおりの形勢じゃ、十三日と申せばあと四日、お手前がたでも素早いお手くばりが必要でござるぞ」

と、覚兵衛はあいさつもそこそこに辞して行った。この男は死んだ関白秀次の家来で、秀次家取りつぶしのあと牢浪《ろうろう》していたのを三成があわれみ、秀吉に推挙してやったのである。それを恩にきて今夜も報《し》らせにきてくれたのであろう。

左近は三成に報告すべく立とうとすると二番家老の舞兵庫《まいひょうご》がやってきて、

「左近、いよいよぞ」

と、うれしそうに笑った。

「なんじゃ」

「合戦があるわい、市中のうわさはマコトじゃ。この十三日の寅ノ刻ぞ」

と、覚兵衛とおなじことをいった。きけば、浅野幸長の屋敷に奉公にあがっている舞兵庫の縁者のむすめが、自分の女童《めわらべ》を走らせて報らせてくれたのだという。

「ああそうか、それなら十三日の寅はいよいよまちがいない」

と、左近はさりげなくいった。

そこへやはり同役の蒲生《がもう》蔵人郷舎《くらんどさといえ》が入ってきた。これで石田家の三人の侍大将（家老）がそろったことになる。いずれも世にひびいた名士で、三成が世に怖《おそ》れられるのはこの三人衆がいるからだといわれていた。左近同様、石田家のはえぬきではなく、いずれも二、三の主家を変え、戦国の風雲をきりぬけてきた男どもであった。三成はその分限《ぶげん》にしては過大なほどに優遇し、左近同様一万五千石をあたえている。

「主計頭《かずえのかみ》が攻めてくるというなら、わしが槍《やり》さばきをみせてくれよう」

と、舞兵庫はかろやかに笑い、すぐ真顔になり、「とはいえ邸内に二百人しか人数はおらぬぞ」

「なんの、こちらも諸侯と連繋《れんけい》するわさ」

と、蒲生蔵人は言い、上杉景勝、毛利輝元、佐竹義宣《よしのぶ》、増田長盛、長束正家、と指を折ってかぞえはじめた。

三人は、三成の前に出た。

三成はききおわると、左近の顔つきを読み、「どうやら左近だけは意見がちがうようだな」といった。

「左様」

しかし左近は口はひらかず、扇子をぱちぱち開閉させて苦笑している。左近の案では、三成に大坂を落ちのびよというのだ。

なにしろ清正らは連合軍で来るのである。三成も檄《げき》をとばして連合軍を組めば、大坂城下はその夜から戦場になり、幼主をいただいている豊臣政権はこの砲煙弾雨のなかでくずれ去ってしまうだろう。それより、三成が相手に肩すかしをくれて逃げてしまうほうがいい。

「ここはお逃げあそばすしかござらんな」

「ほう、おれに逃げよというのか」

「殿はまだ足腰もお若い。さぞお逃げっぷりもよろしかろうと存ずる。豊臣家のお為をおもわれるなら、ここは器用にお逃げあそばすが利口でござりましょう。それとも馬鹿の相手になって豊臣家をおつぶしなさりたいというのならべつでござるが」

相手は家康ではないのだ。家康が相手なら突進して首をはねるのもよいが、加藤や細川を相手にいくさをしたところで、「貧乏くじをひくのは秀頼様だけでござる」と、左近はいうのである。

「わかった」

三成が不快そうにうなずいたのは、それしかあるまいと思ったのだ。しかし清正らの攻撃予定日まではまだ四日ある。

「考えてみる」

「いや、お逃げあそばすなら、思い立ったいますぐがよろしかろう。日が発《た》てば、江州佐和山までの街道は敵の人数でかためられてしまいまするぞ」

「いや、考える」

三成としては当然なことだった。大坂を去って佐和山の居城に帰れば、五奉行の位置は棒にふってしまうことになる。三成が奉行職を去れば、家康はもはや阻《はば》む者がないのをよいことに、豊臣家の行政を一手におさめてしまうにちがいない。

清正や正則は、ここ十日ばかり大坂に滞留している。しかし伏見の屋敷がかれらのいわば本邸であった。そこで、閏《うるう》三月十日、伏見屋敷に急使を走らせ、伏見屋敷の人数を、宇治、枚方《ひらかた》方面にまで張り出させた。

三成の脱走にそなえるためである。この人数はいずれも具足を着、長柄《ながえ》を立て、鉄砲に火縄《ひなわ》を点じていたから、伏見かいわいは、いまにもいくさがおこるか、というさわぎになった。

その報が、この日の夕刻、三成の耳に入った。すぐ左近をよび、

「どうやら、逃げもならぬぞ」

と、苦笑した。左近のほうにも、詳報が入っている。枚方だけでなく、大坂城の東北郊の守口《もりぐち》にも細川忠興の人数が出没しているという。

もっとも、動きは敵だけではない。三成加担の諸将もしきりと使いをよこして、情報をしらせてくれている。

「いや、殿お一人ぐらいを大坂からお落しあそばす工夫なら、左近にござるが」

「うん」

三成は、すなおにうなずいた。妙に平然としている。左近はひざをすすめ、

「どうなさるので」

と詰めよると、三成は笑顔をひらいた。

「いずれ逃げる。手だけはうっておいてもらいたい。いま一両日、大坂にいる」

(なるほど、なにか決意なされたな)

と左近は見、この場は三成の思案にまかせたほうがいいとおもい、ひきさがった。

じつのところ三成は、清正らの、花見の酔漢にも似た狂躁《きょうそう》ぶりに、もはや憎しみよりも愛想のつきるおもいがしていた。かれらと一緒にさわげば、たれがみても豊臣の天下はくずれ去る。あの七人は、それを承知でさわいでいるのか、それともそれすらわからぬあほうなのか。

(狂人や酔漢には、避けるほうがいい)

と、ただひとり正気のつもりのこの男は、左近の脱出案を容《い》れるつもりでいた。

しかし、ただで逃げてたまるか、とおもうのだ。おなじ逃げるくらいなら、佐和山への遁走《とんそう》じたいが将来の大作戦の布石にしたい。

(要は家康をたおすにある。あのあほうどもが相手ではない)

そう決意し、昨夜やってきた上杉家の使者にある意中と構想をあかし、「ついては直江山城守と腹をうちわって話したい」といっておいた。

その直江山城守兼続《かねつぐ》が、今夜、微行してやってくるのである。

(兼続は、この案をきけば、やっと決意したか、と手をとってよろこぶだろう)

と、三成は日の暮れるのを待ちかねるおもいでいた。

直江山城守兼続は、会津百二十万石上杉景勝の家老である。家老とはいえ、石高は大名の三成よりも多く、米沢に城をもち三十万石を領していた。

上杉家の先代謙信に少年のころからつかえ、謙信の軍法をついだばかりでなく、異常に正義をこのむ点、その気象、性癖まで相続した、といわれている男である。

当代の奇男子といっていい。

上杉家がまだ越後春日山《かすがやま》城を居城としていたころのはなしである。

家中に、三宝寺勝蔵という者がいる。短気者で、あるとき、つまらぬいきがかりで自分の小者を手打ちにした。

小者の遺族が怒り、その三人が家老である兼続の屋敷にかけこみ、

「死んだ者を生きかえらせていただきたい」

と、とほうもない強訴《ごうそ》におよんだ。

兼続が事情をきくと、なるほど三宝寺勝蔵のほうがよくない。しかし死んでしまった者はどうにもならぬので、

「気の毒だが、これにて堪忍《かんにん》せい」

と、白銀二十枚をあたえて帰したが、かれらは翌日もやってきて、「死んだ者を返せ、返せ」とわめいてやまない。そのつど兼続は出て行ってかれらにあい、「死んだ者はおれでもどうにもならぬ」

とことをわけてさとすのだが、かれらはきき入れず、毎日、わめきながらやってく

る。ついにある日、兼続はたまりかねて、

「いま冥府《めいふ》の閻魔王《えんまおう》に手紙をかく。呼びかえせるものなら帰ってくるだろう」と言い、奥へひっこんだ。やがて出てきて、手紙を三人の強訴者にわたした。

いまだ御意《ぎょい》を得ず候《そうら》えども、一筆啓上《けいじょう》せしめ候。三宝寺勝蔵家来何某、不慮の儀にて相果《あいは》て候。親類どもなげき候て、呼び返しくれ呼び返しくれと申し候ゆえ、すなわち三人の者迎えにつかわし候。かの死人御返し下さるべく候

恐々謹言《きょうきょうきんげん》

直江山城守　兼続

慶長二年二月七日

閻魔王

「そのほうども、この手紙をもって行き、むこうで掛けあえ」と言い、家来に命じて三人の首を落させた。

秀吉は、陪臣《ばいしん》ながらも兼続を愛し、「天下の政治ができるのは、直江兼続と小早川隆景《たかかげ》だろう」といったことがある。

太閤の健在なころ、兼続は主人景勝にしたがって伏見城にのぼり、殿中の家老の控え間にいた。そういうとき廊下などで他の大名が兼続とすれちがうと、陪臣の兼続におもわず会釈《えしやく》してしまい、あとで、

（なんじゃ、あれは直江山城だったのか）

とくやしがることが多かった。

あるとき、伏見城の詰め間で大名があつまっていたとき、奥州の老雄伊達政宗が、懐中から新鋳の大判を一枚とりだし、

「おのおの、ご覧になったことはあるまい」

と、回覧させた。みな手にとってはめずらしがったが、末座にいる兼続の番になったとき、この男のみはそれを手にせず、白扇をひらいてその大判をすくいあげ、ポンポンと扇上でひるがえしてはながめている。

政宗は、兼続は陪臣である身を卑下して手にとらないのであろうとおもい、

「山城、手にとるもくるしゅうないぞ」

と声をかけるや、すぐ兼続の声がはねかえって、

「ご冗談も事によりけりでござる。それがしは不肖《ふしよう》ではあるが、わが先公謙信以来、上杉家の指揮をまかせられておる身、その采配《さいはい》をとる手で、このようなくだらぬもの

を触れるわけにはなりませぬな」

というなり、ポンとはねあげ、政宗のひざもとへほうり投げた。

銭をきたなしとする思想は、この当時の武士にはまだなかったものだが、兼続は謙信の影響で早くから漢籍に親しんでいたため、こんな奇行に出たらしい。

その兼続が、日暮を待って三成のもとにくるという。

密約

余談をすこし書きたい。

直江山城守兼続についてである。

江戸時代、徳川氏の権力が確立するや、京の阿弥陀《あみだ》ケ峰《みね》にある秀吉の廟所《びょうしょ》をこわさしめ、あとは盗賊、浮浪人の巣になり、やがて朽ちほろんだ。それと同時に朝廷が秀吉にあたえた「豊国《とよくに》大明神」という神号もとり消され、秀吉は神でなくなった。

秀吉にかわって家康が神になった。死後、「東照大権現《とうしょうだいごんげん》」という神号がおくられ、その廟所が日光でいとなまれ、殿舎は豪華壮麗をほこった。いまなおそれをほこりつづけている。秀吉が「神」として復活するのは、その死後三百年たってからである。関ケ原の敗者、島津氏、毛利氏などによって徳川氏がたおされ、維新政府が誕生した。その維新政権の手で豊国大明神の神号が復活し、廟所も阿弥陀ケ峰のふもとで再建され、豊国神社になった。権力とは、こうも奇妙なものである。

徳川氏は、その治世二世紀あまりを通じて石田三成を奸人《かんじん》としつづけた。そうすることによって豊臣家の権力をうばった徳川氏の立場を正当化しようとした。幕府の御用学者、諸藩の学者も、三成に対し奸人以外の評価をくわえることをおそれ、それをしなかった。ただひとり、水戸黄門でしられている徳川光圀《みつくに》のみが、その言行録「桃源遺事」のなかで、

「石田治部少輔三成はにくからざるものである。人おのおのその主人の為にはかるというのは当然なことで、徳川の敵であるといってもにくむべきではない。君臣ともに心得べきことである」

と語っているのが、唯一《ゆいいつ》の例外といっていい。たった一人の人物を、その権力が二百数十年にわたって憎みつづけ、根気よく悪神の祭壇にかかげつづけた、という例は、日本ではめずらしい。

ただ、三成とともにその朋友《ほうゆう》知己家臣としてこの一挙に加わり、副主人公格として三成の企画、行動をたすけた三人の人物については、徳川幕府の禁忌《きんき》はおよんでいない。三人とは、大谷刑部少輔吉継、島左近勝猛《かったけ》、それに直江山城守兼続である。この三人男は、いわば快男子の典型として江戸時代の武士たちに愛され、その逸話がさまざまの随筆に書かれつづけた。三成が「悪神」で触れられぬために、それにかわって三成の三人の副主人公がとりあげられ、ついにはむしろ過褒《かほう》なくらいにもてはやされた、というのが実情であろう。

その直江兼続についてである。

秀吉がまだ天下征服の途上にあったころ、北陸の柴田勝家を湖北の賤《しず》ケ岳《たけ》にやぶり、長駆して越前北ノ庄《きたしょう》城をおとし、さらに越中に入って佐々成政《ささなりまさ》を撃ってこれを降伏させたが、つぎは越後である。

越後は、すでに上杉謙信が病没して景勝の代になっているとはいえ、戦国時代最強の軍団とされた上杉家を、秀吉といえどもやすやすとやぶれるはずがない。

そこで秀吉は外交をもって不戦のまま、上杉氏を自分の大名にする方針をとった。

秀吉は、あらかじめ手紙でまえぶれすることなく、自分の軍団は越中にとどめ、自分だけはひそかに越後上杉領の越水《おちみず》というところまでやってきた。軽装である。供は三十八人しかひきいておらず、その供のなかにまだ歳若《としわか》だったころの三成もくわわっていた。

越水には、上杉家の城持大名のひとりで須田修理《しゅり》という者が城館をかまえている。秀吉は城下に入ると、須田修理のもとに使者をやった。

「上方から秀吉の使者某が一行三十数人できているから、旅館を世話してもらいたい」

という口上である。秀吉自身がきているということは、用心のこともあっていわない。

須田修理は、この突然の使節団におどろきとりあえず城下の寺院をその旅館にあて、みずから土地の支配者としてあいさつに出むいた。

ところが修理が旅館に入るや、使節一行のなかでいちばん背のひくい男が袖《そで》をひき、

「じつはわしは秀吉だ」

といったから、肝のつぶれるほどにおどろいた。大将みずからが微行で準敵地にやってくるなど、乱世では例のないことであった。

「いや、わしが秀吉であることはまぎれもない。じつはそのほうの主人上杉景勝殿にじきじき会って話したいことがあるゆえ、このように微行してやってきた。そのほう、

足労じゃが、わしを案内して春日山城《かすがやま》（上杉氏の本城）へつれて行ってくれぬか」

といった。

須田修理はいよいよおどろき、自分の家来に言いふくめて景勝のもとに走らせた。

修理の使者は景勝に拝謁《はいえつ》し、その事情をのべたあと、

「主人修理の申しまするは、秀吉の身柄《みがら》はすでにわが掌中《しょうちゅう》にあり、もし殺せとおおせられればさっそく取り籠《こ》めて殺しまするが、いかがはからいましょうや」

と問わせた。

景勝は事の意外におどろき、家老の直江山城守兼続をよび、意見をのべさせた。

「お会いなさるがよろしゅうござる」

と、兼続は即座にいった。

さらにいう。「秀吉はすでに、畿内《きない》、北陸を中心に五百万石を領し、十余万の大軍をひきい、すでに隣国越中まで平定した身でありながら、ひとり平装にてこの越後にきたこと、その胆力、ほどが知れませぬ」

なるほど、常識をこえた放れわざにはちがいない。が、じつをいえば、これが秀吉がわりあいつかってきた外交上の演出なのである。ついさきごろも越前を征服して前田利家領の府中まできたとき、ひとりで利家（そのころ利家の向背はまだ分明でなかった）

の居城の門をたたき、

「又左《またざ》（利家）はいるか、筑前がきたぞ」

と笑いながらシキイをまたいだ。これには利家もどぎもをぬかれ、かつ、秀吉の自分に対する信頼のあつさに感激し、ついに主従のちぎりをむすんだ。赤心を推《お》して他人の腹中に置く、という古代中国人がいった人心収攬術《じんしんしゅうらんじゅつ》を秀吉が読み知っていたはずがないが、かれの得意とするところだった。家康が秀吉に屈すべくはじめて上方にのぼったときもそうである。秀吉は夜陰、前ぶれもなく無防備で家康の旅館にたずねてきた。そのとき家康の左右は、「いまが好機でござる。殺しておしまいなされ」とすすめたが、こう度胸よくたずねてきた相手を殺せるものではない。むしろ家康ほどに冷静な男でも、秀吉の自分に対する信頼のあつさにほのかながらも感激し、秀吉の諸侯になり落ちてしまう自分をこのときこそあきらめる覚悟がついたといっていい。

直江兼続にとっては、先君上杉謙信がいわば偶像である。謙信は異常なほどの好戦家だったが、戦国武将にしてはめずらしく俠気《きょうき》のある人物で、義を好み信にあつかった。そのさっそうとした謙信像がいつも直江兼続の脳裏にあり、このために兼続が人を判断するときも、相手が正義であるかどうかでその善悪をきめる。儒教的教育をうけた江戸時代人ならともかく、戦国人としては兼続のような型の男はめずらしいといっていい。

こういう兼続にとって、この場の秀吉が気に入らぬはずがない。

秀吉は秀吉で、そういう兼続の性格や上杉家の家風をよくしらべぬいたうえで、

「こういう出方をすれば相手は自分を殺さぬばかりか逆に感動せしめる」ということを十分に計算していた。かれが、後世「人蕩《ひとたら》しの名人」といわれたゆえんであろう。

「とにかく秀吉は、わが上杉家の信義の家風を信じたうえで、わずかな供をひきつれ、鞭《むち》いっぽんをもってやってきたのでござりまする。これを殺せばわが信義は地におち、天下の物笑いになりましょう。殿もまたわずかな供をつれて越水へ参られまするように。お会いなされてご意見があわねば、あらためて堂々の野陣を組み、決戦すればよろしゅうござる」

「そのとおりだ」

と、景勝はいった。景勝もまた父謙信を模範とし、つねに侠雄たらんとしている男である。

景勝は、糸魚川《いといがわ》に軍団を置き、みずからは兼続ら十二騎を従えて越水の秀吉の旅館

をたずねた。

時に、春である。

「やあ、弾正少弼《だんじょうしょうひつ》（景勝）か。越後の花はいかにとこの筑前、はるばると浮かれ出てまいった」

と、秀吉は玄関までとび出していった。

「申しおくれました。身共《みども》が、景勝でござる」

と、この若い越後の主はきまじめにこたえた。

ここで秀吉と景勝は、家来どもをしりぞけ四時間にわたって密談し、ふたりの盟約が成立した。この密談の席に、秀吉がわは三成、景勝がわは直江兼続のみが陪席《ばいせき》した。

三成と直江兼続の交友はこのときから出発している。たがいに二十六歳であった。偶然同年であったということも、かれらの交情をふかくさせた。

それに、容貌《ようぼう》も似ている。直江兼続は猛将の典型のように他国ではいわれているが、三成が実際に会ってみると、色白で小柄《こがら》で、眉《まゆ》の清げな美童のおもかげをのこしていた。

三成とは、はなしも合った。どちらも当時の武士にはみられぬ読書家で、それも文学などはあまり好まない。儒教のいう治国平天下《ちこくへいてんか》の道に興味をもっている点、期せずしておなじであった。

もうひとつ共通しているところがある。ふたりともそれぞれ、謙信、秀吉という英雄のそばに身近につかえ、それを惚《ほ》れぬくほどに敬慕している点であった。直江兼続は謙信について語り、三成は秀吉について語った。自然、話題のつきるところがなかった。

最初に会ったこの天正十三年の春、ふたりは若くもあったから夜ふけまで語り、ついに夜の白むのに気づいておどろき、三成は、「三日もこのようにして貴殿と語りあいたい」というと兼続もうなずき、「それがしも二十六歳になってはじめて友を得たがごとき心地がいたす」といった。

秀吉の死の八カ月前、上杉氏は越後から会津に転封になった。旧封は五十五万石であったのが、百二十万余石になった。

会津は、蒲生《がもう》氏の旧封である。この国がえのとき三成は秀吉の代官として会津にゆき、その複雑な事務をみごとにさばいている。

この会津出張中に三成は、ある夜、兼続と若松城内で雑談した。

「太閤殿下はひところよりお弱りなされた」

と、三成はいった。「おん世嗣《よつぎ》の中将さま（秀頼）は幼うておわす。もし殿下に万一のことがあれば天下を窺《うかが》う者がかならず乱をおこそう」

「家康じゃな」

と、兼続はいった。この男も、三成に輪をかけたほどに家康ぎらいである。「もし老賊が」と兼続がひどい言葉をつかった。「豊臣の天下をねらうがごときことがあれば、治部少殿はだまっていまいな」

「言うにやおよぶ」

「それでこそ男だ。およばずながらこの兼続、中納言様（景勝）をおたすけ申し、上杉百二十万石をあげてその義挙を応援つかまつる。かならず大事出来《しゅったい》のときはこの直江山城守をおわすれあそばすなよ」といった。

そんな仲である。その景勝も兼続も、秀吉の死後ずっと大坂屋敷にいる。

兼続が黒い微服を着、家来二人をつれて石田屋敷の玄関に立ったとき、にわかに雨がふりはじめ、前庭の樹々《きぎ》が風に鳴った。

「あっ、山城守殿で」

と、石田家の取次ぎの士がおもわず平伏したほど、この兼続という痩《や》せた色白の男にはふしぎな威厳があった。

石田家の士が兼続のために柄長《えなが》の傘《かさ》をさしかけつつ、庭のほうへ案内した。萱門《かやもん》を入ると、そこからが茶庭になる。小径《こみち》のわきには足もとを照らすために点々と小燈籠《こどうろう》がおかれ、それに灯《ひ》が入っている。

小径のなかば、ふつう亭主石といわれるそばに三成がみずから傘をさし、手燭《てしょく》をもって立っていた。

「やあ、あいにくの雨で」

と、三成がその姿勢をくずさずに笑った。

「いや、治部少輔どのはごぞんじなかったかな、それがしを招《よ》べばかならず雨になる。山城は雨男じゃと申されていることを」

やがて茶室のなかで主客となった。

雨の音が、繁《しげ》くなっている。

直江兼続は三成の点前《てまえ》で二服喫《きっ》し、茶わんをおくと、

「ご決心なされたか」

と、三成の胸中のすべてを見ぬいているような語調で、しかし目だけは炉の灰をじっと見つめたまま、いった。

「した」

と、三成も背をむけたままみじかく答え、いままでの経過をくわしく物語った。

「清正らがさわぐか」

と、兼続はあわれむようにいった。「あの者たちはわしとはちがい、故太閤殿下子飼いの大名であるが、惜しいかな、わが身の姿がわが目で見えぬ。断崖《だんがい》の上で、狂おしげに踊りをおどっている」

「清正や正則には見えぬかもしれぬが、細川忠興や黒田長政などはどうであろう。かれらは清正や正則をそそのかせて踊りをおどらせ、ついには豊臣家を危地におとし入れて政権が家康にゆくことを謀《はか》っているのではないか」

「なんの」

直江兼続は笑った。

「黒田、細川にたとえその下心があってもそれだけの智恵があるものか。細川は知らず、わしは黒田長政という人形をおどらせている者があるとみる」

「徳川家の本多佐渡（正信）か」

「それよ」

と、兼続は菓子を割った。「佐渡という老人には伏見のころ殿中で二度ばかり顔をあわせたことがあるが、その印象は陰々滅々、まるで地上にまぎれ入《い》った亡者《もうじゃ》のような男であるな。その陰鬼が、黒田長政という、気が荒いばかりで世の苦労も知らぬ若大名に取り憑《つ》いて治部少輔への悪口《あっこう》をふきこみ、意のままにおどらせておる。清正、正則らはその黒田におどらされているにすぎぬ。しかし、あの七人、十三日寅ノ刻に当家を夜襲するということ、こんどこそはいよいよ事実じゃな。かならずかれらはやる」

「そのようだ」

三成は、炉ばたにもどっている。直江兼続はうなずき、

「この場は遁《に》げられることじゃな、お城のある江州佐和山へ」

「符合《ふごう》した」

「ほう、治部少輔どのもそうお考えであったか。ならば、話がしやすい。そのあとの策もこれまた同意見であろうか」

「まず城州どのから申されよ」

と、三成は兼続に好意にみちた笑顔でいった。そこへ酒肴《しゅこう》が運ばれてきた。

兼続は五、六杯かさねたあと、「されば申そう」といったのは、こうである。

上杉家は会津に封《ほう》ぜられて日も浅く、国内の整頓がまださだまらぬ。それを理由に、兼続は上杉景勝を奉じて大坂を去り、帰国するのである。そのときに上杉家となかの

よい常陸《ひたち》水戸五十四万五千余石の国主佐竹義宣《よしのぶ》もさそって帰る。会津へ帰国すると、国中に多数の新城をきずき、ひろく四方の豪傑をまねき、軍備を十分にととのえて家康に対し兵をあげるのである。

会津は、家康の本拠の江戸にちかい。自分の領国を東方からおびやかされては、伏見で鼻毛をかぞえているわけにもいかないであろう。いそぎ秀頼の軍令状をもらい、諸侯をひきいて上杉討伐のために東下《とうげ》するであろう。そのとき三成は佐和山城から大坂に駈けもどり、豊臣恩顧の諸侯をあつめ、日本の東西から家康を挟《はさ》み撃ちにうてば家康は窮してついにほろぶにちがいない。

「符合した」

と、三成はさけぶようにいった。気味がわるいほどに兼続の構想と三成の胸中とは一致している。

「治部少輔どの」

と、直江兼続はゆっくりと微笑をのぼらせ、やがて破顔した。

「この合戦の構想の大きさ、日本はじまって以来であろう。男子の快事、これにすぎるものはない」

と言い、兼続はさらにこう言いたかった。これほどの構想を思いつける者は、故太闇、故謙信公はいざ知らず、いまの世では治部少輔と自分以外にない。符合するのはあたりまえではないか、と。——

が、そうはいわず、この無口な男はだまって杯をとりあげ、冷えた酒を飲みほした。

脱走

閏三月十三日、家康は早寝をした。

伽《とぎ》は、お勝という者である。

夜半、廊下をさらさらと渡ってくる気配がしたので、お勝はながいまつ毛をあげ、小動物のようなするどさで、耳をすました。老人の側室というものは、世話のよく行きとどく、五官の聡《さと》い者でなければつとまらない。お勝はこの点、家康に気に入られている。

通称、阿万《おまん》ノ方《かた》、といわれていた。家康の第十一子鶴千代を生んでいる。鶴千代はのちに頼房とあらため、いわゆる御三家のひとつ水戸徳川家の祖となった。その母お勝が家康に寵愛《ちようあい》されていたためといっていい。

お勝には、後年、逸話がある。大坂冬ノ陣が終了したとき、秀頼方の将木村重成《しげなり》が講和の使節として茶臼山《ちやうすやま》の家康の陣中にゆき、家康から誓紙をうけとった。その血判の血痕《けつこん》がいかにも薄かったので、重成は眉《まゆ》をひそめ、「御血判すこし薄くござ候《そうろう》」（見聞記）と言い、家康にかえした。家康は苦笑し、「なるほど年老いて血も少なくなったのであろう」と言い、横にいるお勝に指をあずけ、

「わが指を刺せ」と命じた。お勝は家康の手をとり、その指を刺すふりをよそおいつつ実は自分の指をプツリと刺し、血判を押した。やがてこの誓紙は空文に帰し、夏ノ陣がおこり、秀頼は窮死せしめられている。

お勝は、床のなかできき耳を立てつつ廊下の足音をかぞえていたが、やがてその足音のぬしが、咳《せき》をひとつした。お勝は笑顔をひらき、

「あれは、佐渡守どのでございますな」

と、家康の耳もとでささやいた。

「あいかわらず、そなたはさとい」

家康も、忍びわらった。家康の腹の上にお勝の掌《て》がある。お勝の掌は、ゆっくりと家康の腸の方向にむかって腹をなでさすっている。便秘をふせぐための按腹《あんぷく》である。

足音は、次室に入った。

やがてふすまごしに、

「弥八郎（本多佐渡守正信）めにござりまする」

と、老人の声がきこえた。

「お臥《ふ》せりでござりまするか」

「臥せている」

と、家康はお勝のほそい首すじに息を吐きかけるようにして言った。

「それにて申せ」

「石田治部少輔めが、けさ、大坂から逐電《ちくてん》つかまつりました」

家康はびくりと体をうごかし、やがて、珍事じゃな、とつぶやいた。

「は？　なんと申されました」

「珍事じゃな」

と、お勝の声がひびいた。

「と申されましてござりまする」

あいかわらず、お勝の掌が家康の腹のうえでゆるゆるとうごいている。三成の逐電よりも家康の便秘のほうが、お勝にとって重大事だったのであろう。

「例の」

と、正信老人はいった。

「加藤清正らにあたえた薬、どうやら効きすぎましたな。かれら三成ぎらいの七人衆、利家の死後大きに狂躁《さわ》いでおりましたが、ついにこの十三日に備前島の治部少が屋敷に攻め寄せる、というところまできまっていたのでございます。治部少め、その風聞をきき、おどろいて逃げだしたようなしまつで」

「弥八郎、やるのう」

と、家康は天井を見ながらいった。

「まるで名医じゃ」

「上様の便秘まではなおせませぬが」

と、正信は、僧院そだちらしく、まずいながらも諧謔《かいぎゃく》をいった。

が、家康はそういうことばのたわむれをこのまない。きまじめに、

「便秘は、他の方法でなおす」

といった。それをきくとお勝の掌ににわかに力がこもり、腹がたわむほどになでさすりはじめた。

「治部少輔めが大坂から脱走した、とあればもはや奉行の位置はうしなったも同然でござりまするな。大坂の様子は、ぐんと上様に有利なようにまわりましょうな」

「風むきが、変わるであろうな」

「左様。いままで、よく吠《ほ》える番犬（三成）に遠慮をしていた大名たちが、にわかに上様のもとに慇懃《いんぎん》を通じてくるものとおもわれまする」

「よいぐあいじゃ」

と家康がいったのは、腹のほうである。気持がいいのであろう。

「よいぐあいでござりまする」

と、ふすまのむこうで、老人のうれしそうな声がした。

「しかし三成めは、よくぞ逃げおおせたな。清正らは、槍の穂をそろえてその尻《しり》をなぜ追わなんだ」

「思わぬ護衛がいたのでございます」

と、正信は顔をあげた。顔の前のふすまに狩野永徳《かのうえいとく》のぼたんが描かれている。永徳は死んだ秀吉が愛した画家で、豪放な画風をもって知られる。ちかごろ家康が臨時の居館にして入ったこの伏見向島城は、伏見本城に対する別荘として秀吉がその死の数年前にたてたものであった。

「思わぬ護衛とは？」

「佐竹義宣でござりまする」

三成の有力な友人である。三成よりも十歳上で、水戸に城をかまえ、五十四万五千八百石を領している。佐竹氏は平安末以来常陸にすむ名族だが、義宣は単に名門の子ではなく、かれ一代のあいだに付近の小豪族を切りしたがえてずいぶんと身代をふとらせていた。

義宣は大大名だけに、伏見屋敷に多数の人数を常備している。そのかれが、三成救出のために伏見から人数をさしくだし、三成の大坂脱出をたすけたという。

「右京大夫《うきょうだゆう》(義宣)というのは、元来、欲のふかい男だ。若年のころ、土着の豪族三十三人を城中にまねき、酒宴をひらき、それをことごとく殺してそれらの領地をうばったという前歴をもっている。その欲の深さを三成めに利用され、おどらされ、おおかた、味方すれば大領をあたえる、などという黙契ができたのであろう。でなければそこまで他人に親切な男ではない」

「ごもっとも」

と、正信は、永徳の牡丹《ぼたん》に拝礼した。

「しかし治部少めもなかなかやりまするな。伏見の佐竹義宣を動かして脱走する、などは、ちょっと思いつかぬ手でござりまする」

「おおかた、島左近の策であろう。左近はときどき、行商、牢人《ろうにん》の姿にばけてこの伏見の城下にあらわれていたという。佐竹との連絡は以前からついていた、と見ねばなるまい。——ところで」

と、家康は、まだきいていないかんじんの一点を思いだした。

「三成はいまどこにいる」

「わかりませぬ。おそらくは近江の佐和山城にかえったのではないかと思われます」

「弥八郎」

家康は、考えながらいった。

「そちはぬかっておるな。近江路の関所々々から三成が通過した、というしらせはまだ来ておらぬぞ。それに、なるほど三成は大坂を脱出したことはまちがいなかろうがその後、三成の姿をみた、という報告をまだきかぬ。されば、三成が居城佐和山城にもどった、という証拠はない」

「されば伏見に屋敷をもつ清正ら七大名も、三成のゆくえを懸命にもとめております。むろん、その道中でかれの姿を発見すれば容赦なく槍玉にあげるつもり、と清正などは申しております る」

「とにかく、さがせ」

と、家康はいった。正信は一礼し、廊下へ出、咳《せき》ばらいを一つ残して、立ち去った。

「妙じゃな」

と、そのあとも家康は、腹をさすられながら考えている。事実、奇妙である。十九万余石の大名がひとり、忽然《こつねん》と消えたのである。

（佐竹義宣の人数が、伏見から大坂へくだり三成の屋敷へ入った。そして大坂を出て伏見へもどった。三成はおそらく佐竹の平侍《ひらざむらい》の姿にばけ、その人数にまぎれつつ伏見に入ったのであろう。されば三成は――この伏見にいる）

と、家康は思いいたり、がく然とした。自分の膝《ひざ》もとにいる、というわけではないか。

「しかし、お勝」

と、家康は自分の考えをまとめる相手として、横の女をえらんだ。

「三成がたとえ伏見に潜伏しているとしてもあの面を曝《さら》してそとには出られまい。辻々《つじつじ》には清正らの人数がちゃんと見張っておるわ。大坂から伏見まではなんとか来ることができたが、伏見から佐和山までは帰れまい」

「左様でございますとも」

と、お勝はしずかに腹をなでながらいった。

「治部少輔どのが、変化《へんげ》の術でもおつかいなされぬかぎりは、この伏見は上様のお城下も同然、主計頭（清正）どのらがのがしますまい。もはや袋の中のねずみも同然でございまする」

「治部少めはどこへどう逃げるのか」

と、家康の腹が波立ってきた。笑っているのである。

「逃げ場があるまい」

「これは面白いみものになりまするな」

と、お勝もわかわかしい笑い声をたてた。

石田治部少輔が単身大坂を脱出した、ということを知って、清正ら七人の大名は大坂の人数をひきはらい、伏見にむらがりあつまった。

「佐竹屋敷にいる」

ということは、ほぼ確実である。七人の大名は伏見の加藤屋敷にあつまり、ここが三成追跡の軍議所のようなかっこうになった。

「佐竹屋敷にかけあい、もし右京大夫がこばむときには容赦なく襲い、力ずくで奪いとろう」

ということになり、さっそく清正の家来が使者に立って、城西の佐竹屋敷に走った。

「おれが先陣をつとめるぞ」

と、福島正則がいった。正則の屋敷は偶然佐竹屋敷と道路一つをへだてて隣接している。福島屋敷から火箭《かせん》を射こみ、塀《へい》をうちくずして攻めこもうというのだ。おそらくすさまじい市街戦になるであろう。

「市中で合戦沙汰《かっせんざた》になることゆえ、内府にはあらかじめ言上しておかねばならぬな。まさか、止め男にまわられるということはないとおもうが」

と、若い黒田長政がいった。若いが、この仲間では長政がもっとも政治折衝に長《た》けており、同時に家康の謀臣本多正信ともっとも接触がふかい。というより、長政は正信老人の指でうごく人形のようになっている。

「では内府への言上は、甲州(長政)にまかせておこう」ということになった。

長政は、向島の徳川屋敷をおとずれ、本多正信に会った。

老人は長政の顔をみるなり、

「甲州どの、連中の火加減はどうじゃな」

と、小さな声でいった。

「上乗でござる。清正や正則などは、三成をとらえてその肉を啖《くら》わねば承知ができぬ、とまで申しております」

「お元気なことだ、若殿輩《わかとのばら》は」

と、老人は声を立てずに笑った。黒田長政はひざをすすめ、

「さて、佐渡守どの。この一件はすでに上様のお耳に入っておりましょうな」

「いや、存ぜぬ」

と、老人はいった。この数日、拝謁していない、だから家康がこの一件を知っているかどうかはわからぬ、とうそをついた。正信は、家康の事件観や意見が、軽々《けいけい》に世間にひろまることをおそれている。「家康が七将をけしかけている」というふうにとられてもこまるし、それに家康はつねに神殿にしずまる神のように、その意見や感情が世間の者の耳目から窺《うかが》いがたい、というぐあいにしておくほうが家康の重味をつける意味で利口だった。

「申しあげていただけませぬか」

「左様、折りを見て申しあげておく」

「折りをみて？」

黒田長政は、老人ののんきに驚いた。

「左様なばあいではござらぬぞ。今夜にでも合戦がはじまるかもしれませぬぞ」

「合戦におどろかれる上様ではござらぬ」

と、老人は話をすりかえた。事実、家康は秀吉、利家なきあとの現役最古参の武将であり、その野戦の巧妙さはほとんど神話化されるまでにいたっている。

長政が加藤屋敷にもどると、すでに夜になっていた。佐竹義宣への掛けあいの使者がすぐ帰ってきて、

——拒絶された。

という。「治部少輔どのが御当家にいるかいないか」ということについても、「お答えする筋あいはござらぬ」という返事だったという。

「それで軍勢をさしむけることに決めたか」

と長政がいうと、加藤嘉明が、「相手が、石田治部少輔が当家にいる、と明言せぬ以上屋敷をかこめまい。それゆえ、いままた問い詰めの使者を出している」

やがてその使者も帰ってきた。依然として佐竹側の返事は「答える筋合はない」という一点張りだという。

「こうなれば根くらべだ」

と、黒田長政はいった。そこで七人がそれぞれ出戦準備をととのえたまま人数を屋敷うちに待機させ、佐竹屋敷に対しては見張りを十分にしておく、ということでその

夜はわかれた。

その夜、福島正則から出した見張りで山田兵助、妙助というふたりの伊賀者が、不敵にも佐竹屋敷の塀をのりこえて、邸内に忍び入った。

このふたりは、邸内を忍び走りに駈けまわり、ついに東隅の茶室で三成らしい人物が茶を喫しているのを見た。

「あの面相、ちがいない」

と兵助、妙助のふたりはうなずきあい、兵助はひがしの塀へ、妙助は西の塀へもどり、そこをとびこえて脱出しようとした。兵助は脱出した。が、妙助は塀ぎわで斬《き》られた。

斬ったのは、島左近である。

「死骸《しがい》はとなりの福島屋敷へほうりこんでおけ」と左近は家来に命じた。

左近の家来たちは、妙助の死体をかついで路上に出、隣り屋敷の門前にすてた。

福島家の人数がとび出してきて死体をしらべてみると、左肩からみぞおちにかけてただ一刀で仕とめられている。

福島家では死体をおさめ、この件についてはそれっきり沈黙した。しかし兵助の報告がある。この報告内容だけは福島家から他の六人の大名にむかって伝令が走った。

「いるらしい」

というところまではとにかくわかり、七人の屋敷はいよいよ出戦準備を厳重にして朝をむかえた。

朝、向島の徳川屋敷では、意外な客の訪問があって、本多正信はうろたえた。問題のひとである佐竹右京大夫義宣が前ぶれもなくやってきたのである。すぐ客殿に通し、正信が応接に出ると、義宣は巨体をゆすって、

「ああ、佐渡どのか。内府に話したい」

と横柄《おうへい》にいった。

正信は、おもわず平伏してしまった。この佐竹義宣というひとは、筋目歴然とした清和源氏の名家でそのさきは新羅《しんら》三郎義光より出ており、すでに甲州の武田家がほろんでしまった以上、現存する大名のなかでは薩摩の島津家とともにもっともふるい家《いえ》柄《がら》になっている。

余談ながら、家康はもともと名家好きで、足利《あしかが》、畠山《はたけやま》、吉良《きら》など源氏の諸名家に保護をくわえており、滅亡した甲斐《かい》源氏の宗家武田氏に対しては、その遺臣団を大量にかかえこむことによってその性癖を満足させた。むろん、単に趣味だけではない。徳

川家は根拠あいまいながら源氏であることを公称している。その公称は、たんに見栄ではない。源氏でなければ征夷《せいい》大将軍になれなかった。秀吉でさえ、かれに氏素姓がないために（はじめ平氏を公称したが）かれの希望した征夷大将軍はついに宣下《せんげ》されず、そのため公卿《くぎょう》になり、関白の位についたのである。

家康はすでに豊臣氏をおさえて征夷大将軍になることを望んでいる。このため、源氏の名家といわれる大名にはとくに社交が鄭重慇懃《ていちょういんぎん》で、この佐竹氏に対しても、疎略《そりゃく》な気持はもっていない。

その家康の癖が、つい正信老人に伝染《うつ》って、この不覚なほどに卑屈な態度になったのかもしれない。

「主人は風邪にてふせっております。御用むきをお洩《も》らしねがいとうござります」

「治部少輔が、わが屋敷にいる」

と、佐竹義宣は、ずけりといった。本多正信は自分の動揺する表情をみられまいとして顔を伏せ、伏せたまま、

「それで？」

と、小さな声でいった。

「どなたがそそのかすのか存ぜぬが、主計頭らがさわいでこまる」

と、義宣は、そばかすのある大きな顔をはじめてほころばせた。

「それで？」

と、正信老人は俯眼《ふしめ》できいた。

「それで、これは治部少輔がわしに御当家への伝言をたのむというので、わしはやってきた」

「治部少輔どのの伝言と申しまするると？」

「御当家へ厄介《やっかい》になりたいというのよ」

「えっ」

老人は顔をひるがえして、義宣を見つめてしまった。三成が佐竹屋敷を出て、ところもあろうにこの徳川屋敷に来る、とは。

「ま、まことでござるか」

「本当だろう。あまり冗談をいわぬ治部少輔が大まじめでそういうのだから。この件、内府におはかりねがいたい」

変幻

三成は、窮した。京坂の地で身を置く場所がなくなった。が、この男は型やぶりの筋書で自分を演出した。後世の冒険小説の主人公のようにすはだかで、敵の本拠にあらわれたのである。古来、大名でこれほど奇抜な変り身を演じた男はまずいないであろう。

この男が伏見向島の徳川屋敷の玄関に入ったときはすでに日が暮れていた。南山城特有のけむるような雨気が、音もなく闇《やみ》を濡《ぬ》らしている。

家康の謀臣本多正信老人が、複雑な感慨を押しかくしつつ、三成を玄関に出むかえた。

「佐州であるか」

と、三成は正信老人をその官名でよんだ。佐渡守正信、徳川家にあっては相模甘縄《さがみあまなわ》で二万二千石を食《は》む大名である。

が、三成は奴婢《ぬひ》を見るような権高さで、式台にうずくまっている正信老人をじっと見おろした。

「予は治部少輔三成じゃ。はじめてそこもとを見る。達者か」

「これはごあいさつ、いたみ入る。お手前ははじめてでござろうが、拙者のほうはよく存じあげている。上様に従って殿中へのぼるときなど、しばしばお姿をお見かけしておりまするが、お気づきでなかったかな」

「佐州、ことばに気をつけられよ」

と、三成は、鋭《と》ぎすました刃物のような視線を老人の顔に突きさした。

「その上様とはどなたのことぞ」

「当家のおんあるじ、徳川内大臣源《みなもとの》家康公のことでござるが、それがどうつかまつりましたかな」

「ことばの乱階《らんかい》は、世のみだれのもとに相成るゆえ、申しきかせておく。上様とは、織田信長公いらい天下様のことを申すのだ。太閤ご存生《ぞんじよう》中は上様とは太閤殿下のみ。殿下亡《な》きこんにちでは、大坂城ご本丸にいます幼君秀頼公こそが上様である。そこもとは三河の田舎びとゆえ、知らずに使うているのであろう」

「関東では家康公のことを上様と申す」

「おもしろいことをきくものだ。されば関東ではきつねのことをたぬきと言い、たぬきのことを人というのか」

「なにを申される」

と、本多正信の顔が、赤黒くなった。三成はすかさず、

「失言した」

と言い、すぐ苦笑して、

「癖が出る。わしは加藤主計頭ら七人の馬鹿大名に追われて天地《あめつち》に身を入れるところがなくなり、ついついご当家をたよって遁《に》げこんで参った。平身低頭して頼み入るべきところを、無用のいやみを申したようだ」

「左様、無用のいやみでござるな。左様なことを申されるゆえ、ひとの恨みも買われるのでござろう」

「恨みとは主計頭らのことか」

と、三成は扇子をパチリと閉じ、「あれらが猛《たけ》り狂うたのはわしのこのへいくわいい癖(横柄な性格)だけが因ではあるまい。おおかたあの馬鹿どもを走らせているのは、黒幕にいる術者であろう。その術者が、佐渡守殿、まさかそこもとではあるまいな」

「なにを申される」

と、正信は正直なところもてあました。徳川家としては、とびこんできた三成を、

今夜のうちに殺すべきか、清正らにひきわたすべきか、それとも生かすべきか、密議しようとしている。その料理台にのせられた魚が、毒々しく悪口雑言を吐きつづけているのである。

「まず、お休みねがう部屋までお手前を案内つかまつろう」

と、老人はお坊主をさしまねき、三成の先導をさせた。三成はゆっくりと歩をはこんでゆく。廊下のどこをどうまがればなにがあるか、その勝手は心得ている。かつては秀吉が別荘として建て、ここで地震にも遭った屋敷なのである。

三成が案内された部屋は、鴻《こう》ノ間《ま》といい、昼ならば石組のみごとな中庭を見はらせるはずであった。

「湯漬《ゆづけ》が、所望できるか」

と、三成はお坊主にいった。お坊主は無言で頭をさげ、ひきさがった。本多正信に処置をきくつもりであろう。

お坊主が去ったあと、燭台《しょくだい》の灯が急にかがやきを増したようであった。部屋のまわりに、秀吉ごのみの金泥《きんでい》、金箔《きんぱく》のふすま絵が、重くるしく三成をつつんでいる。

(すこし、蒸すようだ)

と、三成は立ちあがり、庭に面した障子をからりとあけて、廊下へ出た。ツト右手で、人影があわただしく消えたようである。

「たれかな」

と、三成はわざと笑いをふくんでいった。

「逃げかくれせずともよい。わしはただ雨夜の庭を見ようとしている。太閤殿下ご存命のころは、この庭の池端にある織部《おりべ》好みの石燈籠《いしどうろう》につねに灯が入っていた。徳川殿は、諸事つつましきお人ゆえ、油の消費《ついえ》を案じ、このような夜でも灯をお入れなさらぬらしい。たれぞ、わしがために、あの燈籠の灯を馳走《ちそう》してくれぬか」

闇は、静まっている。が、廊下のまがりかど、庭の縁の下、石組のかげ、などに正信が配置した武士たちが息をひそめて三成を監視していることはけはいでわかった。

三成はその者たちへ話しかけている。

三成がおどろいたことに、そういう者にも風流心があるらしい。

やがて真暗な庭に、ポツリと一点、灯がともった。

「重畳」

と三成は礼を言い、部屋に入った。

家康は奥の一室にいる。かたわらには、側室お勝が紅梅をちりばめた搔取《かいどり》姿ですわっている。ほかに、本多正信それに井伊直政。

一座はそれだけである。みな、声がひくい。というより、たがいに顔色を読みあって、ほとんどだまったきりであった。

「三成は、おとなしくしているか」

と、家康はいった。

「お庭の織部燈籠に灯を入れさせたようでござります」

正信老人は不快げに言い、「上様、さてどのようにご成敗なされまする」と上目《うわめ》で、声を押しころしていった。家康はうなずき、しかし老人の問いを無視し、お勝のほうをふりむき、

「そなたは、どうおもう」

といった。お勝は一礼し、

「お殺しあそばせば？」

と、男たちよりも思いきったことをいった。なるほどそういわれてみれば、このさいそう決断すべきことかもしれない。前田利家なきあとは豊臣家で家康にたてをつく

者は石田治部少輔だけになっている。それが素手でとびこんできたのをさいわい、当屋敷で打ち殺してしまえばあとの仕事は楽になるであろう。

「よう申されました」

と、正信老人はお勝をほめた。智恵者の老人にほめられて、お勝は唇《くちびる》をほころばせ、正信にむかってかるく目礼した。

「すると、ご老は、治部少輔をここで殺すほうがよい、というご意見でござるか」

と、若い井伊直政が正信にいった。正信は苦笑して、そうではない、とかぶりをふった。

「いまのはお勝さまをほめただけで、わしには別の考えがある」

「どのような」

「逆のことをいおう。治部少輔をここで殺すとどうなるか、ということだ。あの男が死ねばなるほど上様はお楽におなりあそばす。しかしそれだけだな」

「それだけとは？」

「豊臣家五大老の筆頭、秀頼公の御代官としての御位置《おんいち》がご安泰におなりあそばす。しかしそれだけのことだ、とわしは申すのよ」

正信のいうとおりであった。それだけでは家康は、単に豊臣政権における最高官僚として威福を全うする、ということだけでその生涯《しょうがい》をおえてしまう。

「天下は、御家にころがりこんで来ぬ」

と正信は言った。

家康はうなずき、小さく、そのとおりだ、と正信に同意した。

「さいわい」と正信はつづけた。「清正、正則、忠興、長政、幸長、嘉明、輝政らは、御家の猟犬になってくれている。かれらがさわげばさわぐほど豊臣家のひびは大きくなり、やがて片や加藤清正、片や石田三成というふうに真二つに割れ、争乱がおころう。乱がおこればすかさず御家は清正らの棟梁《とうりょう》となり、三成をほろぼし、一挙に天下に武を布《し》き、政権をとる」

「そのことはわかっている」

と、井伊直政はいった。この秘密方針は徳川家の謀臣であるかぎり十分に心得、心得ていればこそその方針に従って清正らへの工作もしてきた。いまさら正信から講義されることはない。

「さればよ」

と、正信はいった。

「火事はまだ小さい。この豊臣家の火事をいよいよ大きくするために、あの横柄男《へいくわいおとこ》を泳がせておかねばならぬ」

「危険なことだな」

と、井伊直政はいった。泳がせたあげく、三成が清正らの党を相手にせず、その首《しゅ》魁《かい》である家康をねらい、家康打倒の義兵をあげてしまえば老人はどうする気か、と井伊直政はきいた。

「のぞんでもないことだ。むしろそうなることを望んでいる。いや積極的にそうなるように三成を追いこんでゆく」

「わかっている。しかし拙者の心配はそれではない。三成を泳がせて旗をあげさせる、ということはよいが、その旗のもとに意外に多数の大名があつまってしまえばどうなるのだ」

「その危険はある」

と、家康がはじめて口をひらいた。

「しかし万千代（直政）、そこがばくちだ。ばくちを打たずに天下を奪いえた者があるか」

はっ、と直政も正信老人も同時にあたまをさげた。家康の肚《はら》がきまったのである。要するに徳川家としては、当夜石田三成を保護し、あす、もしくは明後日、三成が希望するように江州佐和山のかれの居城まで無事おくりとどける、ということであった。

「虎《とら》を野にはなつようなものでございまするな」と、お勝はそのあと、寝室《ねや》でいった。

「そのとおりだ」

と、家康はさからわず、老人特有のやさしさで、この孫ほどに年のちがう側室兼婦人秘書役の膝《ひざ》に、汗ばんだぶのあつい掌をおいた。

「ではなぜ、わざわざ護衛をつけて佐和山へ送りとどけようとなさるのでございます」

「虎を野に放ちたいからよ」

「わざわざ？」

お勝は、小首をかしげた。自分の智恵が、あの弥八郎老人の薄ぎたない歯から出る弁舌にむざむざと負けたことを、寝室にひきとったあともくやしがっている。

それをみて、家康は声をたてずに笑った。お勝、おこるな、と膝をゆすぶった。

「そちの意見はあれはあれでただしい。しかしここは勝負をせねばならぬ。虎は野に放たねばならぬ。野に放てば、清正ら猟犬のむれはその虎をめがけて勇敢に走ってゆくだろう。わしはその猟犬をたくみにつかう。虎を仕止めたときには、猟犬どもの主人はわしになっている。もとの飼いぬしの遺児である秀頼は、犬どもから置きざりにされる」

「そのようにうまくゆくものでございましょうか」

「ゆくようにつくしてゆく。ばくちは勝つためにうつ。勝つためには、智恵のかぎりをつくしていかさまを積みかさねてゆく。考えることだ。あらゆる細工をほどこし、最後に賽《さい》をなげるときにはわが思う目がかならず出る、というところまで行ってから、はじめてなげる。それが、わしのばくちだ」

「それでは、ばくちにならぬではありませぬか」とお勝は、老人の智恵ぶかさに反撥《はんぱつ》を感じたようにいった。

「いや、それが真のばくちだ。まことのばくちうちというものは、運などはたよっておらぬ。わが智恵にたよっている。お勝、考えてみよ、このばくちは、百や千の小銭を賭《か》けているのではない。わしの生涯、わしの地位、領国、そしてわし自身を賭けている、負ければなにもかも無くなる。あだやおろそかにはこの勝負を考えておらぬ」

「それで、ばくちのお相手に治部少輔どのをお選びなされたのでござりまするな」

「そう、ばくちは一人ではできぬ。相手が要る。わしは治部少輔をえらんだ。あの男はもともと豊臣家の一奉行にすぎぬ男で、わしの相手になれるような男ではない。しかし、豊臣家ではあの男しかいない。さればわしはあの男を刺戟《しげき》して立ちあがらせるべくずいぶんと苦心をかさねてきた。どうやらあの男も立ちあがる覚悟がついたようだ」

「関東二百五十五万石の上様と、佐和山で二十万石足らずの治部少輔どのと、ばくちの資金にずいぶんとひらきがござりまするな」

と、お勝は、なにやら相手の三成があわれになってきた。

「お勝、同情は禁物ぞ」

と、家康はお勝の膝の肉を、ゆっくりとつねった。

「なるほどあの男は、わしとばくちをするだけの身代がない。そこでわしと対等のばくちが打てるように、資金をあつめさせるべく佐和山へ放つのだ。佐和山へ帰れば、あの男は八方に密使を走らせて旦那衆《だんなしゅう》をかきあつめるだろう。そのために野に放った。お勝、わかるか」

と、家康は体をゆるりと崩し、ゆるゆると倒れて行ってお勝の膝に自分のあたまをあてた。お勝は母親のように、家康の顔を自分の両掌《りょうて》でかこった。

「ご苦労なさいますこと」

「そう、苦労する」

と、家康はわれながらこの苦労がおかしかった。ばくちをするために、相手を懸命にそだてているのである。

三成は、心得ている。

このひろい天下で、自分をもっとも大事にするのは徳川家康であることを知りぬいていた。家康はかならず自分に宿を貸し、保護を加え、清正らを叱《しか》りつけ、叱りつけるだけでなく護衛兵を出し、自分を無事佐和山に送りとどけるであろうことを見ぬいて、この屋敷に身を投じた。

（家康の手のうちはわかっている）

と、三成はおもった。

ただ、家康が三成が読んでいるほどに利口でなかったばあいには、今夜、三成を殺すことになろう。

されば夜陰、刺客が襲いかかってくるにちがいない。そのときの用意に、三成は大刀を抱きこんで臥《ね》た。斬り死するためではない。かなわぬまでも奥へ突進し、家康の体にせめてひと太刀でも斬りつけたかった。

（おれは妙な男だな）

と、三成は闇《やみ》のなかで目をつぶりながらおもった。平凡に世を渡れば歴《れっき》とした十九万余石の大名として安気《あんき》に世を送れるはずである。城もある。家来もいる。領国もある。なにを好んで今夜、流浪の兵法者《ひょうほうしゃ》のように剣一本を抱きかかえ、ただひとりで、天下でもっとも危険な男の屋敷で寝ているのであろう。

廊下で、人の窺《うかが》う気配がした。家康の家来たちが今夜、この鴻ノ間を十重《とえ》二十重《はたえ》にとりまいて寝ずの見張りをするのであろう。

三成は寝床を這《は》いだして、まくらもとの燭台《しょくだい》の灯を、ふっと吹き消した。びくり、とそとの気配が、それを感じたようである。三成は闇の中で苦笑し、

「大丈夫だ」

と、声をかけてやった。

「いまから寝《しん》につく。まさか、この治部少輔ともあろう者が、深夜、廊下を忍びわたって家康の寝所をうかがうなどはせぬ」

(家康といえば)

と、三成はおもった。ついに家康は、三成という招かざる客に会おうとしなかったことを、あらためておもったのである。

三成は眠った。

おなじ屋根の下で、家康もねむった。やがて朝になった。陽《ひ》が、南山城の野と町の闇をはらいはじめたころ、この屋敷の玄関に加藤清正の使者がやってきた。

本多正信が応接した。

「治部少輔をお渡しねがいたい」

という強談《ごうだん》である。

謀才・謀智・謀略・謀議

もはや段階は、家康と三成の智謀戦になっている。

家康は、この前夜、向島の徳川屋敷にころがりこんだ三成という素材について、打つ手をあれこれと考えぬいた。

(天下がとれるかどうかは、いまの打つ手の一手々々にかかっている)

と、家康も、この事件を大きく評価し、夜ふけまでかかって思案をまとめた。

構想ができた。

（清正らがおこるであろうな）

と、家康はひとりでおかしかった。

案のじょう、清正がかれの党派の代表格で向島の家康の屋敷をたずねてきた。玄関に入るなり、

「治部少めをかくもうておられるであろう、出してもらいたい」

と、大声でいった。

屋敷が割れかえるような声である。声の大きい者は善人が多いという。清正は、その意味では典型的な善人だった。世の事が、智謀、策略でおこなわれるという感覚がまるでない。

玄関に出た本多正信老人が、これまた極端に声のひくい男で、六尺ゆたかの清正の腰まわりに取りつくような物腰で、

「まあまあ、左様にあらあらしいお声をお出しなさるな」

と、懸命になだめた。

「お手前ではわからぬ。内府殿に直談《じきだん》申したいゆえ、お取りつぎねがいたい」

「さればただいま言上つかまつるゆえ、まずまずこれにて茶なと召せ」

と、清正を控えの間にすわらせ、廊下を飛ぶように駈《か》けて、家康の居間に入った。

「上様、上様はおわさずや。例の大男が駈けこんでまいりましたぞ」

「清正か」

家康は、煎茶《せんちゃ》を喫していた。

「左様でござりまする。まるで当家と三成とがぐるであるかのように、真赤になってどなっておりまするわ」

「正直な男だ」

「裏穴から燻《いぶ》せば表穴へとび出し、表穴から燻せば裏穴へとびだすだけの、まことにもって正直一途《いちず》の男でござりまする。その正直者への御策《おんさく》、立ちましたるや」

「立った」

「それはなにより。さて、清正は拝謁《はいえつ》をねがい出ておりまするが、いかがつかまつりましょう」

正信老人は、拝謁、という言葉を使った。すでに家康を天下様に擬《なぞら》え、清正を家来となぞらえた用語である。家康はさすがに顔をしかめ、

「弥八郎、拝謁とは、言葉がすぎるぞ」

「いや、戯《ざ》れて申しあげておりまする。さてさていかがはからいましょう」

「小書院に通しておけ」

と、家康は茶わんをコトリと置いた。

やがて家康は、廊下に出た。左手に石組のにぎやかな庭がある。その石の群れを昨夜から降りつづいている雨が音もなくぬらしていた。

「もう、あがるだろうな」

と、家康は、目を、軒端《のきば》のむこうにあげた。空がすでにあかるくなっている。

小書院に出た。

下座に、清正がすわっていた。家康の着座をまちかねたようにして膝を乗りだし、正信老人にいったのとおなじことをいった。

家康はうなずき、

「もっともだ」

と、紅《あか》くつやめいた頰《ほお》に、いかにも長者の寛度をあらわすような微笑を、ゆっくりとのぼらせた。

「お手前どものお腹立ち、この家康にもよくわかります。もし家康が、いますこし年がわかく、さらにお手前どもの立場ならば、なんじょう他人《ひと》に遅れるべき、槍《やり》をとって三成の屋敷に駈けこみ、串刺《くしざ》しにいたしたことでござろう」

「さすが、内府殿」

と、清正は、目に涙をにじませた。

「武士の心根《こころね》をようご存じでござりまする。されば御当家に遁入《とんにゅう》つかまつったという
あの小男を、われら七人にお渡しねがえましょうな」

「それについて、この家康にも存念《ぞんねん》がある。それを申し聞かせたいゆえ、他の六人の殿輩《とのばら》もここへお呼びいたしましょう。ただいま使いをそれぞれの屋敷へ走らせますゆえ、少々お待ちあるように」

家康は、それっきり奥へひっこんだ。清正は、その場に待たされた。

他の六人がこの小書院で顔をそろえるまでに、二時間ばかりかかっている。顔ぶれは、福島正則、池田輝政、浅野幸長、加藤嘉明、黒田長政、細川忠興。——この七人のうち、半数が徳川政権のもとで家をつぶされている。

家康が来るまでのあいだ、清正は、さきほどの家康の言葉をつたえた。

「内府がわれらでも、槍をとって三成を突き殺している、と申された」

と、清正はいった。一同、家康のそういう気概、客気に感動した。

「われらと同じ人であられる」

と、福島正則が、膝を打った。同質の気質《かたぎ》を家康がもっていることに、単純な正則

は仲間意識を感じたのであろう。

「内府こそはわれらの棟梁《とうりょう》じゃ」

と、黒田長政がうなずいた。この男だけは本多正信に言いふくめられて、他の六人の荒大名の心を家康につなぎとめるようにつねに細心の心くばりをしている。

そこへ家康が入ってきて、肥満した体をずしりと上座にすえた。

「おのおの、ご足労至極に存ずる」

と丁寧に頭をさげた。

一同、あわてて拝礼し、顔をあげたときはなお家康の頭はひくく垂れていた。福島正則などはそれに気づき、大いそぎでもう一度ぺこり頭をさげた。内府は丁寧、という評判どおりの礼の厚さである。みな、感動した。

顔をあげた家康は、いつもより上機嫌《じょうきげん》で、口辺に微笑がたえない。

「ところで、御一同おそろいでいかがなされましたかな」

と、上体を乗り出してきたのには、一同おどろいた。当の清正はなお驚き、先刻の家康のことばを口うつしに言って、

「内府殿がおよびなされたのでござる」

というと、家康は、あっははは、そうかそうか、と体をゆすって笑い、

「齢《とし》でござるな。雨があがったのを幸い、弓を引いておりました。ひと汗かくと、すっかり忘れたようでござる。さてもう一度、教えてくだされ」

と、大度なところを示した。

こんどは、黒田長政が一同を代弁した。三成をわたせ、というのである。

「それにつき、先刻内府殿はしかじかに申された、とたったいま主計頭からききました。まことでござりましょうな」

「まことでござる。拙者が甲州殿(長政)なら槍をとって石田治部少輔三成の腹わたをえぐっておる」

「まことにどうも」

と、乱暴好きの福島正則は、感きわまって奇声をあげた。

「されば、お渡しねがえますな」

「それはならぬ」

えっ、と一同、顔をあげた。

「ご一同もご存じのとおり、家康の念頭、大坂におわす秀頼様のお為、よろしかれと願う心以外に雑念はない。さきほど主計頭殿から強談《ごうだん》をもちかけられたときも、いかが返答すべきかをずいぶん考えた。おのおのに、治部少輔を渡したほうがお為によいか、渡さぬほうがお為によいか、渾身《こんしん》でもって考えた。おのおのはそのことをお考えなされたか。考えたすえに、治部少輔を追いまわしておられるのか」

「……いや」

と、福島正則は絶句した。一同口をつぐみ、たがいに顔を見あわせた。べつに考えたすえに、どかどか走りまわっているわけではない。

「申しあげまする」

と、清正は、眉《まゆ》をひそめていった。

「左様に手きびしく申されては、返答の申しようがござらぬ。なるほど、内府のご忠義はわれわれ痛み入るばかりでござる。しかし、箸《はし》のころんだこと、犬が鳴いたことでも、これは秀頼様のお為に如何《いかん》、悪《あ》しきや、よろしきや、などと考えていては、なにもできませぬ」

「なに」

と、家康は微笑を消し、血相を変え、

「主計頭、ご思慮がみじかい」

とどなった。

「お手前は太閤殿下のお手飼いで成人し、長じては侍何騎かをあずけられ、やがて累《るい》進《しん》して肥後半国の大身代にまで引き立てられたお人じゃ。大恩がある。しかもお手前もその御恩を感じておられる。それだけでわかるかと思うたに、なかなかにおわかりならぬとは何ごとでござる」

「し、しかし」

と、清正は家康の語気のはげしさに、血の気をうしなってしまった。

「いや、わが申すことを聞かれよ。治部少輔いかに奸悪《かんあく》なりといえども、かの者は大領をもつ大名じゃ。有力な諸侯とも親交がある。治部少輔を追えば、治部少輔は窮地に立つ。窮したあまり、諸侯をよびあつめて乱をおこすかもしれぬ。そのときは豊臣家瓦解《がかい》のときでござるぞ」

家康は声が、ふるえている。さらに、

「考えてみられよ。いま御家は累卵《るいらん》のあやうきにある。われわれ、故殿下から御遺託をうけた者は、日常、毛を吹くほどのときでも、これは秀頼様のお為によろしいかわるいか、そのことを自問し、熟慮してから吹く。それほどの心がまえが必要でござる」

忠烈、といっていい。家康がいかに豊臣家に忠烈であるかは、清正らはつねづね黒田長政にきかされてよく知っていた。だからこそ、この人を一途に立ててゆく方向が、豊臣家のお為になると思いつづけている。しかし清正にも言い分がある。家康の秀頼思いはわかるにしても、あまりに神経質すぎはしまいか。

「申しあげまする」

と、清正はいった。

「治部少めに乱をおこさせるゆとりなど、われわれは与えはしませぬ。あの者の身柄《みがら》をお渡しくだされば、即座に刺し殺すのみでござる。あとの害などはござらぬ」

「いや、治部少輔には、佐和山に一万の家来がいる。かれがもし刺されたと知るや、家老の島左近などが治部少輔の子を奉じて佐和山に兵をあげるかもしれぬ。されば乱になる。乱になることを待ち、風雲に乗じて立ちあがるべく、虎視《こし》眈々《たんたん》と情勢を見ている不心得者がおらぬともかぎらぬ」

家康自身のことである。が、家康は、目に涙をうかべてそれをいった。

「治部少輔が、おのおの申されるごとく奸物《かんぶつ》ならば、それがしも豊臣家の大老職に任じている者でござる。時節到来を待ち、大老の職分上、それがしが討ちます。そのときは、おのおのの御手も拝借しましょう。よろしいか」

と、家康はそこで言葉を切り、一同の顔を見わたした。自分の言葉の効果をさぐるためである。一同、ある種の昂揚《こうよう》を感じさせるおももちで家康を見つめている。

（これでよし）

と、家康はおもった。三成を討つときはこの七人の猛将は、自分を信じ、無邪気についてくるであろう。

「しかし、いまはなりませぬぞ。なにごとも秀頼様のおためでござる。乱をおこす種をお蒔《ま》きなされてはならぬ。もしそれでもなお治部少輔を討つ、と申されるならば、この家康がお相手になる。七人衆、国もとで兵を整え、そろって打ちかかって来られよ。いかがでござる」

「いや、それは思いもよらぬことでござりまする」

と、むこうのはしにいた加藤嘉明が、勢《う》いの失せた、小さな声で答えた。この、ちに徳川家から会津四十余万石というとほうもない大領をもらい、やがてはとりつぶしの目に遭う男は、このときとくに三成憎しで走りまわっていたわけではない。加藤清正や福島正則とは幼なじみで、三人ともどもに秀吉の長浜城主時代に小姓として仕え、それ以来、三人仲間《なかま》として世を渡ってきた。清正や正則はこの嘉明を孫六、とよび、嘉明はかれらを、虎之助、市松、といまでも古い通称でよんでいる。この三成事件のばあい、仲間の首領株の清正が三成にふんがいしていたため、正則や嘉明もいわば徒党意識で雷同《らいどう》したにすぎない。

とにかく、清正ら七将は、家康の一喝《いっかつ》にあって力なく徳川屋敷を去った。

この一件は、家康の身に、はかりしれぬ収穫をもたらした。世間は、家康に対する認識をあらたにした。かれが意外にも秀頼思いという点では天下に比類がないということ、つぎに、この老人は、自分に敵意をもつ三成をさえかばうほどの大度量であること、さらには、荒大名として知られる七将でさえこの老人の一喝にあえば猫《ねこ》のようにおとなしくなるということ――この三つはたちまち風聞としてひろまり、世間での家康の像を、いちだんと大きくした。

三成は、敗北した。

とは、この男は気づいていない。家康が清正らを追っぱらったと知ったとき、

「わしの予想《めがね》どおりじゃ。毒竜の毒をもって毒蛇《どくじゃ》どもの毒を制したことになる」

と内心おもい、自分の智力に満足した。

その翌日、三成は、本多正信老の家来五十人に護衛されつつ、伏見城内の自分の屋敷にひきあげた。

島左近にむかい、

「これがおれの智恵よ」

と、うれしそうに笑った。こういうとき、三成の顔はひどく無邪気になる。

「結構でござった」

と、口うるさい左近も、いっしょによろこんでやるしか、手はない。

三成は帰邸してすぐ、ひさしぶりに伏見屋敷の茶室にすわった。が、釜《かま》の湯が沸《わ》かぬまにふたりの使者が、かれを訪問した。

ふたりとも、三成とは親交が薄い。

一人は、中村一氏《かずうじ》である。官は式部少輔で城は駿河《するが》府中城、禄《ろく》は十七万五千石で、若いころから秀吉につかえて戦功がありいまは秀吉の遺命により、豊臣家の「中老」といういわば顧問官になっている。

いまひとりは、家康の譜代の将で、酒井忠世《ただよ》であった。武州河越《かわごえ》で五千石である。ただしのちに十二万五千石となり、家康の死後、土井利勝とともに徳川体制を確立することに功があった。

二人は、家康が派遣した。「豊臣家大老徳川家康」の資格により、公式の使者として三成を訪問したわけである。

三成も、相手が礼装をつけて容儀をただしているため、自分もやむなく肩衣《かたぎぬ》をつけ、書院には公式の上使をうける支度をさせ、その上で対面した。

中村一氏は、まだ五十代というのに、なにか病いを蔵しているのか皮膚が黒ずんで生気がなく、ひどく老人くさく見えた。

「江戸内大臣からたのまれ、その使者として参った。これなるは」

と、酒井忠世にむかって扇子をあげ、

「ごぞんじかもしれぬが、徳川殿のご家人《けにん》で、さる人ありといわれた酒井雅楽頭《うたのかみ》どのでござる」

「左様か」

と、三成は横柄にいった。家康の家来というのは、この男からみればすべて悪人にみえる。視線を、酒井のほうにはむけない。

「して、なんの口上を持って参られた」

「早々に佐和山にご隠退あるべし、そのほうがお為によからん、というのが、内府の貴殿に対するご忠告でござる」

三成は、だまった。

佐和山に戻《もど》るのは戻る。そのつもりで伏見へやってきたのである。しかし「ご隠退」とは何事であるか。奉行の職をやめよ、ということではないか。

「内府の申されるは」

と、中村一氏は、咳《しわぶき》をしながら言う。

「天下の騒動、ことごとく貴殿の存在よりおこっている。これ以上はどのような乱がおこるか予測もできぬ。されば、秀頼公のお為よろしからず」

これが、殺し文句であった。乱がおこっては秀頼のためによくないから中央政界から身を退《ひ》け、と家康はいうのである。

「なにごとも秀頼公のお為でござる」

と、のちに駿府十七万余石をあげて家康方に通じたこの老顧問官は説いた。

三成は、家康からすでに恩を売られてしまっている。いつもなら横柄に、

「それはなり申さぬわ」

と、けんもほろろに言うところだが、このときはただおとなしくうなずき、

「仰《おお》せ、かたじけない」

と一礼した。それが返事であった。隠退するともしないとも言わない。忠告に感謝している、と言ったのみである。

二人は家康のもとに戻り、三成の言葉をそのままに伝えた。

「諾《うん》、と申さなんだか」

と、家康はにがい顔をした。あれほど恩を売りつけたのに三成という男はなんと可愛げのない男であろうとおもった。

が、捨ててはおけない。

すぐさま筆をとり、手紙を書き、それを文箱《ふばこ》におさめ、使者を立てて三成のもとに走らせた。

三成は、その手紙をひらいた。

家康はいう。

「われらの申すところ、貴殿のお為よろしかるべし」

ただそれだけの簡潔な文面である。

三成は、すでに家康の忠告とは別に、同じことを考えていたが、使者には、「追って返事をする」とこたえ、素手《すで》でかえした。

三成は、決意した。

中央政界からの隠退と佐和山入りを、である。その旨《むね》、書面をもって家康に返答したのは、この日から二日後であった。三成にとって予定の作戦であり、家康にとっても、一手ずつ思うがままになってゆく会心の棋譜《きふ》でもあった。

瀬田の別れ

閏《うるう》三月というのに、この夜、宵《よい》の口から夏の夜のように、蒸しあつかった。

「石田治部少輔様が、佐和山へ退隠あそばすそうな」

といううわさは、伏見城下にひろがり、朝から門前に出入りの商人があいさつに詰めかけていたが、それも宵の闇《やみ》が濃くなるとともにしずかになった。

初芽は、部屋にいた。

彼女は、三成がわずかな供をつれて大坂から掻《か》き消えたあと、数日、他の家来衆とともに大坂屋敷にのこっていた。

そのとき、家老の舞兵庫が大坂屋敷の始末をし、勘定方に台所関係の小払いにいたるまでの諸式の掛けを清算させ、さらに、地傭《じやと》いの小者などに金をあたえて解雇した。

さて、初芽のことであった。

石田家には、佐和山の本城はべつとして、伏見屋敷にも大坂屋敷にも、奥（大名の私的生活の場所）のことを取りしきる老女はおらず、舞兵庫が、男ながらもそれに似た職掌をあたえられていた。

「初芽どのは、どうなされます」

と、兵庫はいった。

問われて、初芽はおどろいた。

「どうなさる、とは、どういうことでございましょう」

「お実家《さと》へもどられますか、ということでござる」

「実家など、いまはございませぬ。それとも舞様は、殿様からなにかわたくしのことについてお指図をうけていらっしゃるのでございますか」

「いや」

と、舞兵庫は言葉をにごした。じつは三成から指図をうけている。

三成の思うところは、大坂をひきあげるとなれば、いずれ佐和山で籠城《ろうじょう》になるか、出《い》でて家康と決戦するか、どちらにせよ、もはや安穏な将来をもつことはできない。初芽のようにまださきのながい者に、万一の悲運はみせたくはない、ということであった。そのことを三成は自分の口からじかに切り出せず、大坂を去ってから舞兵庫にいわせるようにしたのである。

その三成の期待をうらぎって、舞兵庫も気弱く言葉をにごした。

が、初芽は、兵庫の表情から、そのことを敏感に察し、

（まるで一季半季の奉公人のように）

と、気持を暗くした。

「初芽が、参ってはなりませぬか」

「ならぬということはありませぬ」

「されば、初芽は、殿様の参られるところはどこでありましょうともお供をしてゆきとうございます」

といって、三成のあとを追い、大坂屋敷を出、ひとりでこの伏見屋敷へやってきたのである。その間、当の三成は佐竹屋敷にいたり徳川屋敷にいたりして、初芽はそのすがたを見ていない。ここ二、三日、三成は徳川屋敷からもどっている、ということは初芽にも屋敷の人の動きで察しられたが、三成はよほどいそがしいのか、夜も奥の寝所でやすまなかった。

（どういうお気持におわすのであろう）

と初芽は心を傷《いた》めたが、かといって、三成が自分を愛しなくなったとはおもえなかった。

こうおもっていたやさき、この夜、三成の児小姓《こごしょう》がきて、

「殿様がおよびでございまする」

と告げた。

初芽は小女《こおんな》に手伝わせて化粧《けわい》をなおし、三成のいる御座所へ渡った。

三成は、ひとり居た。

膝前に、膳《ぜん》がひとつ置かれており、膳の上に味噌《みそ》が一皿《ひとさら》、銀の酒器がひとつ、そっけなく載っている。あまり酒の好まぬ男だが、今夜はどういうわけか、酔いを求めているようであった。

「初芽か」

と声をかけ、やがて次室で平伏した初芽を手まねきでよびよせ、これへ、と自分のそばにすわらせた。

「いや、酌《しゃく》はよい」

と、酒を飲みつけぬこの男は、むしろ手酌《てじゃく》のほうがいいらしい。三成は自分で酒器をもちあげ、朱塗りの小さな杯に、酒をみたした。その様子、そぶり、顔つきが、十九万余石の大名というより、どこか、まだ独り者の平侍といったにおいがある。

「あす、佐和山へ発《た》つ」

と、三成はいった。

「大坂の兵庫から、手紙がとどいている。どこまでも供をする、と申したらしいな」

「殿様」

初芽は、平素に似ず、声音《こわね》がするどくなった。

三成はおどろき、

「なんだ」

と、目を見はった。

「殿様が、そのあたりのお人たちにお嫌《きら》われあそばしていることが、初芽にはよくわかりました」と、ひと息にいう。

「ふむ？」

三成は、眼をあげた。

「どういうわけだ」

「ひとの心など、なんともお思いあそばさぬことでございます。初芽はお恨みに存じあげておりまする」

「なんのことか、わからぬ」

そこまでいわれても三成は気もつかない。事実、三成には、かれが舞兵庫に言いふくめたことが、どれほど初芽の心を傷つけるものであるかは、この人物には、天性《うまれつき》、わからぬようにできているらしかった。

初芽は、その事をいった。

三成は、ほう、と目を見はり、やがて唇をひらき、「そのほうは、勘ちがいしておる」といった。

「わしは考えぬいたあげく、舞兵庫にそのことを言いふくめた。そなたの身の上、将《ゆく》来《すえ》をのみ考えてのことだ」

（そうであろう）

と、初芽は三成という男がもっているそういう心の機能はうたがわない。きっと三成は理に理を詰めて初芽の身の上を考えてくれたことであろう。

「初芽よ」

と、三成はいった。

「俗にいえば、そなたはわしのおんなだ。心のかぎりで、そなたをこよなき者と思いつづけてきている。できれば、どこまでもともないたい。そういう懦夫《だふ》のような心が、わしにはある。そういう自分をおさえて、そなたの身の立つことをのみ考え、舞兵庫にまかせた」

「そのことは、舞様からもうかがいました。うれしく存じあげておりまする」

「ならば、恨むことはないではないか」

「殿様のなされようでございます」

「なされよう？」

「なぜそのことをご自分のお口から聞かせてくださりませぬ。いや、それより前に、なぜそれほどのお憫情《あわれみ》をおかけくだされておりますならば、いっそ、わしとともに地獄へでもともに行こう、と申してくださりませぬ」

「初芽」

「いいえ、お聴きくださりますように。まるで地傭いの奉公人に暇《いとま》を出すように、ずいぶんと勝手にせい、という致されよう、いかに深いお情愛《こころ》から出たものとはいえ、ひとの心を逆《さか》なでにするような致されかたでござります。世間に」

「世間に？」

「いいえ、申しませぬ」

「申せ、怒らぬぞ」

と、三成はいった。

初芽の眼に、涙があふれている。お手討になってもかまいませぬ、御立腹《ごりゆうふく》くださりませ、初芽は申しまする、といった。

初芽は言いはじめた。世間に流布《るふ》されている三成像の悪さ、不人気、清正ら秀吉子飼いの諸将がいだいている極端な憎悪《ぞうお》、などはもとをただせばなんでもない。三成の心は別として、物の言いざま、仕打ちが、およそ人の人情にあわない、むしろ人情にさからうような形で出ている。

初芽は、三成の不人気の理由が、自分が受けた三成の好意あふれる仕打ちによってよくわかった、といった。

「それは考えすぎだ」

と、三成は怒らずにいった。

「初芽の心を害したことはよくわかった。しかし、清正らがわしを憎んでいるのは、べつなことだ」

「あの者たちは」と三成はいう。太閤の小姓あがりで豊臣家の子飼いである。北政所《きたのまんどころ》にあまえたり太閤に頭ごなしに叱《しか》られたりして育ち、いきなり大名になった。そのころには豊臣家が天下の政権として組織し、組織として動きつつあるのに、かれらはそれに気づかず、むかし長浜城の台所で遊んでいたような調子で通るものと思ってきた。それをわしは事毎《ことごと》に通さなかった。それが事毎にかれらの機嫌を損じた。

「それだけのことだ」

と、三成はいった。事実、三成は豊臣組織の運営担当者として、かれらの戦場での非違《ひい》や統制批判をきびしく取りしまった。取り締まることが、三成の正義であった。その正義が、いま裏目となって出てきている。

（こんどのこととおなじだ）

と、初芽はおもった。初芽への思いやりというこの場合の正義が、結局は発動されると三成の場合、ひとの情を無視したようなかたちになってあらわれる。

「まあいい」

と、三成は、杯をさしだした。初芽も飲めというのである。

「注《つ》いでやる」

三成は、ひょいと酒器をとりあげた。そういうなにげない所作が、この男の率直さというよりも、どうみても大名のものではなかった。大人になりきっていないのではないか、とおもわれる小僧っぽさがある。

その夜、初芽は寝所に侍《じ》した。

臥床《ふしど》のなかでは、男と女にすぎない。初芽は三成の胸に顔をうずめながら、

「こども！」

と、この従四位下、佐和山城主という男に、叫びつけてやりたい衝動に駆られた。

「なんだ」

と、三成も、初芽の背をなでてやりながら、その異変に気づいた。胸に顔をうずめながら、その白い腹のあたりが、くっくっと笑っているのである。

(まだこどもだな)

と、三成はおかしかった。先刻、あれほど泣いていたくせに、もう訳もなく笑いはずんでいるではないか。

「初芽、男と女がこうしているときは、あまり笑わぬほうがよいぞ」

「おとことおんな?」

と、初芽はその言葉が、ひどく新鮮にきこえ、おもわず殿様——とおとがいをあげた。声をはずませ、殿様とこうしているときだけただの、仇《あだ》し男《お》、仇《あだ》し女《め》とおもってよいか、という意味のことをきいた。

三成は笑いだした。

「わしはもとからそう思っている」

「うれしい」

といいながら、三成の股の肉づいたあたりへそろそろと手をのばした。三成は初芽が妙にしずかになったのをいぶかしみ、

「どうした」

といったとたん、寝床のなかの初芽の指が三成の股をぎゅっとひねった。

三成は、小さく叫んだ。初芽はその叫びの下で、ころがるように笑いだした。

「ああ、うれしい。おかげさまにて胸のつかえがさがったようでございます」

「やくたいもない」

と、三成は大人めかしく苦笑した。こどもなのだ、とおもった。大坂屋敷の一件の仇《かたき》を、初芽はこんなことで討ったつもりらしい。

翌朝、未明に、石田三成の屋敷まわりの辻々《つじつじ》が軍勢であふれた。

石田家のものではない。

堀尾吉晴、結城《ゆうき》秀康のふたりの大名のものである。

家康の好意による配慮であった。

三成が伏見を脱出するにあたり、あるいは清正らが襲撃するかもしれぬというので、家康は豊臣家の老将のひとりである堀尾をえらび、護衛を命じた。

さらに、結城秀康にもそれを命じた。

秀康は、家康の次男である。はじめ秀吉の養子になり、諱《いみな》も、秀吉の秀と家康の康をとって秀康と名乗り、ついで下総《しもうさ》の名家結城家を相続してその姓を称し、いまは下総結城の城主として十万一千石を食《は》んでいる。

かぞえて二十六歳。

三成は、この結城秀康の篤実《とくじつ》な性格がすきで、かねがね、

「家康のたねとはおもわれぬ」

といっていた。

かれら二将が、それぞれ護衛隊をひきいて三成を膳所《ぜぜ》まで送る、という連絡は、むろん三成は受けている。膳所からむこうの道中については、佐和山城から石田家の人数二千が出むかえにきていて、それが引きつぐはずであった。

堀尾と結城が、石田屋敷に入った。三成はそれを玄関にむかえ、

「御両所のご好意、謝するにことばもござらぬ」

といい、丁寧に会釈《えしやく》した。結城中納言秀康は、人懐《なつ》っこく微笑し、

「いや、そう申されるとかえって痛み入ります。私はときどき瀬田《せた》まで遠乗りにゆくのです」

といってから、きょうの遠乗りは治部少輔殿とご一緒だからたのしい、と言いそえ

た。

三成は、軽装で馬に乗った。

道を、六地蔵から山科《やましな》街道にとった。

秀康は、三成と馬をならべ、屈託なく話しかけていたが、ふと、

「このごろ、太閤殿下の夢をみます。先日などは引きつづいて三夜も」

といった。

「どのような御夢です」

「左様、殿下は物語などしようとしてお近づきあそばすようでありますが、いつもお口をひらこうとなされてから急に哀《かな》しげなお顔をあそばされ、ついぞ、ものは申されませぬ」

「………」

と、三成は秀康の顔をみた。秀康という若者を、秀吉がひどく可愛がっていたことを、三成は知っている。秀康も大の秀吉好きで、どちらかといえば次男にうまれながら十分に遇してくれぬ実父の家康よりも、秀吉のほうを慕っているような気配があった。

「故殿下は、中納言様（秀康）をお可愛がりあそばされておりましたからな」

と、三成は言い、さらに注意ぶかく秀康の顔をみながら、

「しかし、その哀しげなお顔、というのは、どういうことでありましょう」

「さあ、わたくしにもよくわかりませぬ」

秀康は無邪気に答えた。

三成はうなずき、

「殿下ほど、この世にご執念をのこしつつ世を去られたかたはありますまい」

「ご執念とは？」

「秀頼様のおんこと」

といってから三成は、さりげなく、

「殿下はおそらく、秀頼様のお身の上について、なにか、中納言様に頼み入りたいおん事がおわすのでありましょう」

といった。すると、この家康の次男はひどく率直な表情で、

「治部少輔もそう思われるか。わたくしもそのように思われてなりませぬ」

と言い、そのあと、まゆのあたりを暗くした。この若い貴族にも、いま父家康を中心とする政情になにがしかの不安を感じているのであろう。

瀬田までくると、大橋のむこうに軽武装をした石田家の人数の待機しているのがみ

えたので、三成は、

「どうやらお別れのようですな」

と謝し、馬から降りた。

秀康もおりた。

三成は、この若者とこのまま別れてしまうにしのびず、なにか、謝意をこめた品を贈りたいとおもったが、道中のこととてそれにふさわしいものが思いあたらない。

ふと、自分の佩刀《はいとう》が、諸侯のあいだでも垂涎《すいぜん》のまとのものであることを思いだし、それを執り、

「それがしいまは退隠する身でありますれば、形見とも思うて受けとってくだされ」

と、秀康にすすめた。

秀康は、最初はおどろき、ついでよろこんだ。世にかくれもない名物で、五郎正宗二尺二寸二分の逸品である。

「かたじけのうござる」

と、秀康は幾度も謝し、やがて橋のたもとまで進み、渡ってゆく三成を見送った。

余談だが、この刀は三成没後、「石田正宗」と称されて伝世し、秀康の後裔《こうえい》である作州津山松平家につたわり、こんにちも同家に保存されているはずである。

威望

三成は、佐和山へ去った。

同時に、豊臣政権における執政官（奉行）の位置もうしない、天下の政道に対してなんの発言権もなくなった。

もはや、利家も亡《な》く、三成も消え、家康の謀略をじゃまだてする何者もいない。

「上様には祝着《しゅうちゃく》しごくに存じまする」

と、三成失脚の夜、本多正信老人がわざわざそのことを申しあげるためにいそいそと奥へ渡り、家康に拝謁《はいえつ》し、溶けるような笑顔をつくったのもむりはない。

「弥八郎も苦労が多かったな」

「なんの」

と、正信は伏せている顔を横にふった。ふりながら、顔が笑っていた。秀吉の死いらい八カ月、策謀に策謀をかさねた辛苦が、ようやく実りはじめたのである。

「弥八郎、今夜は寝酒なと飲め」

「なかなか。しごとはこれからでござりまする。つぎは、上様はなにをお望みでござりましょうや」

「伏見城がほしい」

家康はひくい声でいった。

大坂城を天下第一城とすれば、これは天下第二城ともいうべき大城塞《じょうさい》である。二つの城を、淀川十里が結んでいる。上流に伏見城があり、下流に大坂城がある。もし下流の大坂城にいる秀頼をかつぐ者があっても、家康が上流の伏見城を持つかぎり、これに拠《よ》り、天下の諸侯を糾合して決戦することができるだろう。

しかし、伏見城は豊臣の家である。

「どうだ、うまくだましとれるか」

「無論」

正信老人はうなずいた。すでに利家・三成がいなくなった以上、故障を申したてる者はないであろう。

正信はいよいよ笑《え》み崩れながら、

「この弥八郎めに三日の御猶予《ごゆうよ》をたまわりまするように」

「ほう、三日でとれるか」

「いかにも」

正信老人は請けあって、退出した。

その翌朝、まだ陽《ひ》ののぼらぬうちに正信は淀船に乗り、大坂へくだった。供は数人で、微行の姿である。徳川家の謀臣が大坂に入ったと知られれば、人の口がなにかとうるさい。

まっすぐに黒田長政の邸《やしき》をたずねた。長政は意外な客におどろき、とりあえず茶室に招じ入れ、

「なにか、珍事でも出来《しゅったい》しましたか」

と、声を小さくしてたずねた。

「いや、天下のために折り入ってお力を拝借したいことがござる」

「なんなりとも。もはや長政の一身は徳川殿に捧《ささ》げたと同然でござるゆえ、水火も辞しませぬぞ」

と勢いよくいったが、顔には不安の色が濃い。もっともこの男は顔が並はずれて大きく、そのうえ眉《まゆ》がぼってりとふとくその眉が八の字にさがり、このため寝ても醒《さ》めても困《こう》じはてたような顔になっている。「思案顔の甲州殿」と、秀吉の生存当時、殿中の茶坊主などにかげ口をたたかれていた。

「いま一服所望《しょもう》いたしたいが」

と、人扱いに老練な正信は話をなかなかにきりださず、舌を鳴らして茶菓子を賞味したり、むだばなしを二つ三つしたりして若い長政のじれるのを待っていた。長政としてはどういう難題をもちだされるか、気が気ではない。

正信は茶を二服喫《きつ》しおわってからやっと唇をひらいた。それもごくさりげない口ぶりで、

「伏見も向島では諸事不自由でござる。上様に伏見城に移っていただければ、京大坂の鎮撫《ちんぶ》のためにたいそう好都合であるが、甲州はどう思われるか」

「ああ、そのようなことで」

長政は、ほっとした。これはこれで難題だが奔走してできぬことではあるまい。

「工作してみましょう」

「そうねがいたい。ところで、世間は口がうるさいゆえ、この案は徳川家から出た、ということにせず、御当家の御老父(如水)あたりから出た、ということにして頂ければなおありがたいが。なにしろ如水殿は、故太閤御随身の大名のなかでも長老株じゃ。世間もなっとくしましょう」

正信は人目をおそれて日暮まで黒田屋敷にいた。夜になって天満《てんま》から船に乗り、淀

川をさかのぼるつもりでいる。

長政はさっそく、豊臣家中老の堀尾吉晴のもとにゆき、この一件をうちあけ、大老、中老、奉行を説得してくれるようにたのんだ。堀尾はすでに家康昵懇《じっこん》の大名になっている。すぐ動きだし、まず同僚の中老生駒《いこま》、中村を説いてかれらの賛同を得ると、つぎに四人の奉行を説いた。

奉行のうち、増田長盛、長束正家のふたりだけが極力反対したが、結局、中老一同の賛成があるためついには同意せざるをえなかった。さらに堀尾吉晴は、それを「総意」として、大老の宇喜多秀家、毛利輝元に説いた。「総意」がある以上、両人もやむをえない。ついに賛同した。

「三成がおればこういうことはなかったであろう」

と、奉行の増田長盛は長嘆した。

堀尾吉晴はそれらの賛同意見をまとめ、他の中老の生駒、中村とともに伏見へのぼり、向島の徳川屋敷にゆき、この案の最後の仕あげである家康の説得にとりかかった。

「おねがいの儀がござる」

という口上である。

「伏見の御城を、あのまま空き城にしておくことは天下のお為にならぬという議があり、されば徳川内大臣にお入りいただけばいかがであろうと大老以下奉行にいたるまで申しておりまする。その使者としてまかり越しましたが、お請けくださりまするや否《いな》や」

と、堀尾吉晴は鄭重《ていちょう》に懇願した。

「左様か」

と家康はうなずいたが返答はせず、気のすすまぬ色をうかべてだまっていた。そこを堀尾吉晴はかさねて懇願し、三度目にやっと家康は、

「諸卿《しょけい》の総意ならばやむをえまい」

とつぶやき、やっと承知した。

承知するや、家康はその翌未明には向島屋敷をひきはらい、駕籠《かご》に乗って伏見城の大手門に入り、ながい石段をのぼりつめ、本丸で待っていた御城番前田玄以《げんい》から城内の鍵《かぎ》いっさいをうけとり、その日のうちに入城をおわってしまっている。

三成の佐和山退隠からかぞえて、わずか三日目のことであった。

家康の伏見城入りは、京の公卿、大坂の大名、京・堺《さかい》の町人にはかりしれぬ政治的衝撃をあたえた。つい去年の秋まで秀吉がそこにいた城にすわってしまった以上、事実上の天下のぬし、といった印象を家康にもつようになり、とくに事理にくらい伏見

の町人などはすでに政権が家康に移ったかと思い、

「天下様」

という敬称で家康をよぶようになった。

そういう空気が濃い。

その空気をいよいよ濃くするために、家康とその謀臣たちはつぎの手を打たねばならなかった。

裁判である。

家康の威信を天下に示すにはこれほど効果的なものはなかった。伏見城に入るとすぐ、例の清正の不平問題をとりあげた。

朝鮮ノ陣の恩賞不公平問題である。不公平の直接の原因は、秀吉のもとから陣中に派遣された四人の目付《めつけ》と、その目付たちを総裁している三成の不正報告にあるとし、かねて清正らが家康に訴えていた。この訴訟一件についてはかつて三成がにぎりつぶした。家康はそのときには三成のなすがままにして黙過した。ところがいま伏見城に入るや、家康は清正らにそれをあらためて訴えさせ、伏見城に四人の目付をよびだし、形式的に原告・被告の言いぶんをきいた上で、判決をくだした。

目付筆頭の福原右馬助長堯《ながたか》は、十二万石のうち六万石を没収。目付次席で、かつて秀吉の親衛隊士のひとりであり、「金切裂指物使番《きんのきっさきさしものつかいばん》」といういわば連絡将校の役目をもっていた熊谷直盛は、太田一吉《かずよし》、および垣見一直とともに、逼塞《ひっそく》を命ぜられた。いずれも、三成党である。

判決は、四月十二日、伏見城で申しわたされた。

家康が、筆頭大老の名において豊臣家の大名旗本を処罰したことは、かれの勢威をいよいよ高からしめることになった。

ついで、家康は、別な手を打った。大坂と伏見を政治の空白地帯にすることであった。この両都に集まっている大名を、それぞれの領国に帰すことである。これは一種の善政といっていい。

秀吉の死のために、朝鮮からひきあげてきた諸将たちはほとんど領国に帰っていない。

「その帰国をゆるす」

というかたちで、家康は伏見城に、浅野長政、増田長盛、長束正家の三人の奉行をよんで、それを行政化するよう命じた。

諸侯は、国もとの事務がとどこおっているおりでもあったから、一様によろこんだ。家康は、大老、中老、奉行という政務職にある大名にも、帰国をすすめ、願い出させ、それをゆるした。

七月、八月にかけて、諸侯たちは大坂・伏見をあとにし、帰国の途についた。家康だけが帰らなかった。

八月のなかばになると、大坂・伏見にいる大名は、家康とあと数人ぐらいのものになった。

そのころである。

ある日、正信老人が家康の居室に参上し、

「そろそろでござりまするな」

といった。

大坂城に入ることであった。天下に号令するには、伏見城よりも大坂城のほうが家康の常駐場所としてよりふさわしいことははっきりしている。

が、それには重要な障碍《しょうがい》がある。家康の法的立場であった。

家康は秀吉の遺命により伏見に常駐することがさだめられている。その遺法をやぶって勝手に大坂に移ることはどうか、ということであった。しかし移らねば家康の勢威は決定的なものにならぬであろう。

その大坂移駐の下条件をつくる一手段として、諸侯をことごとく帰国させた。かれらが留守のあいだに大坂に移らねばならぬ。

家康も正信もそう考えている。まずその第一工作は、諸侯の帰国で完了した。

そのつぎの手である。

正信は、精密な計画をたてた。

「むずかしいところでござりまするな」

と、正信は案を蔵しながら、家康の反応をたのしむようにして首をひねった。

家康は、そういう正信の顔つきの裏にあるものを敏感に察して、

「思い浮かんだようだな、弥八郎」

と笑いながらいった。

「かようならば、いかがでありましょう」

正信は、案を出した。

九月九日は、重陽《ちょうよう》の節句である。この日に秀頼に賀意を表するという名目を触れだして大坂へくだればよい、ということであった。

「なるほど、重陽の節句というものがあったな」

家康はつぶやいた。秀吉の存命当時、この日は諸侯が総登城して賀意を表したものであった。

「さればこの日、上様が大坂城に入られてもおかしくはござりますまい」

「そうさな」

家康は、煮えきらぬ顔をした。じつは家康は秀吉の死後、意識的に秀頼を無視し、秀頼に謁したことがない。前田利家との和解のために大坂へくだったときでさえ、秀頼のもとには伺候《しこう》しなかった。

秀頼付の老臣片桐且元《かたぎりかつもと》らは家康のそういう態度を不快とし、しばしば本多正信まで勧告してきているが、そのつど無視してきた。

それをいまさら必要ができたからといって、思いたったように伺候することに、さすがの家康も多少の後ろめたさを覚えたのである。

「妙なものだな」

家康は苦笑した。

「お気の弱い」

「いや、気がよわいわけでもない。ただそう思っただけのことだ。――それで」

家康はいった。

「そのまま大坂城に居すわるわけか」

「左様」

正信は、こっくりとうなずいた。

「そのままお腰をおすえあそばす」

「しかし」

家康はくびをひねった。

「人数はどうなる」

重陽の節句で参賀するとなれば、儀礼的な供まわりだけをつれて登城することになる。軍勢をつれねば、大坂城に入るだけの政治的効果がないではないか。

「弥八郎、それではつまらぬぞ」

「いやいや、ぬかりはござりませぬ。それからさきが、弥八郎めの智恵でござりまする」

と、正信は秘謀をあかした。

まず、大坂城へ伺候する触れを出す。むろん実際に家康は大坂へくだる。

その前後に、大坂城の殿中で流言をとばさせるのである。流言をささやく役は、藤堂高虎がうってつけであろう。

「どういう流言か」

と、家康はきいた。

「おそれながら秀頼公側近において上様を暗殺し奉ろうとする陰謀がある、ということを殿中に流させるのでござりまする」

「されば?」

「上様が大坂におつきあそばすや、そういう流言がながれておりまする。さればその万一の用心のためという名目にて、伏見からいそぎ人数をよびよせ、その人数を引き具して上様は登城あそばす」

「計らえ」

と、家康は簡潔に命じた。

計画は実行に移された。

家康が、

——重陽を賀せんがため。

という触れだしで伏見を発《た》ち、わずかな供まわりをつれて大坂に入ったのは、九月七日のことである。

宿所は、三成の備前島の旧邸であった。家康は夕刻に着き、夜八時すぎに遅い夜食をとり、箸《はし》を置いたころ、奉行の増田長盛と長束正家のふたりがそろってやってきた。この両人は、帰国の許可を得ていながら、なにぶん担当が長盛は庶務、正家は経理があるためになかなか片づかず、大坂に残留していたもので、その点は家康も了承していた。

「おそろいで、何事でござるか」

と、家康は、かつて三成が使っていた奥の一室に招じ入れ、用件をきいた。

果然、暗殺計画のことである。

このふたりの奉行は、どちらかといえば三成とは昵懇で家康をこころよくおもっていなかったのだが、かといって殿中で流布される家康暗殺事件を耳にした以上、職務がら事のおこることは好まない。両人相談した上、

——これは内府のお耳に入れておくほうがよかろう。

ということで、夜中、参上した。ふたりの語るところでは、暗殺計画はなかば公然とささやかれ、殿中の御坊主や女中のはしばしまでうわさしているという。

「それは、大層なことでござるな」

家康は、ぶのあつい微笑をたたえ、ちょっと驚いたふりをした。

「して、どのような？」

「それが」

ふたりは、言い淀んだ。人の名を出しては中傷になるか、と怖《おそ》れているらしい。

「確かめたわけではござらぬ。また事の性質上、確かめるわけにも参りませぬ。それゆえ噂《うわさ》にすぎませず、はたして噂の当人が然るか否やは別として……」

と、くどくどと前置きをのべ、さて語りはじめた名前のなかに意外な者もまじっている。

浅野長政
大野治長《はるなが》
土方雄久《ひじかたかつひさ》

の三人であった。

土方雄久は河内守、伊勢の菰野《こもの》で二万二千石を食《は》んでいる。大野治長は一万石の身上《しんしょう》で、秀頼の側近者である。浅野長政は、甲府で二十二万石を食み、奉行のひとりである。というより、奉行のなかでは最初から家康党で、家康のために犬馬の労をとってきた。

（おかしいな）

と、家康がおもったのは、この浅野長政の名が入っていることである。本多正信や藤堂高虎がまさか、浅野長政の名を流すわけがないであろう。おそらく、殿中にさまざまな噂が流れるうちに、こういう名前もまぎれこんでしまったのにちがいない。正信と高虎とが流した「原型」が、だいぶふくらんでもとの家康の耳にもどってきたのである。

（世間とは、おもしろい）

家康は、表面、ふたりの奉行の密告を大まじめに受けながら、内心、世間というもののおもしろさに興じていた。面白さといえば、このふたりの密告者も、つい先日までは三成党に属し、かつては三成にさそわれ家康の暗殺計画を謀議した前歴さえもつおとこではないか。

大芝居

（いやもう、世間というものが、こんなに面白い場所だったとはおもわなんだわ）

と、その夜、密告者たちが帰ってから、本多正信は自室にもどり、そのおもしろさに堪えられなくなり、腰をたたいて踊るような手ぶりをした。

煎茶《せんちゃ》を持って入ってきた宗仁という若いお坊主が、老人の狂態にうつむいて笑いをこらえている。

「宗仁、おかしいか」

老人は、おどけてのぞきこんだ。

「いえいえ、め、めっそうもない」

宗仁は女のような肌《はだ》をもっていた。うなじが、白い。

「あははは、かくすな、忍び笑うておった。ところで、そなたはまだ若いの。いくつじゃ」

「二十一でござりまする」

「ああ若い。しかし誇るではない。わしにもそのような齢《よわい》はあったぞ。そのころにはその頃《ころ》なりに人の世の面白さがわかったような気持でおったが、しかししょせん若いころの面白さは、体でためすおもしろさであったな」

「はい」

宗仁にも、その意味はわかる。女、酒、夜ふかし、戦場の武辺沙汰《ざた》、いずれも若い肉体で感ずるおもしろさであろう。

「しかしながら」

と、老人は、——齢《とし》をとれば肉体が衰えからだを使っての楽しみが薄らいでくる、といった。

「左様でござりましょうな」

「ところが別な楽しみがせりあがってくる」

「ははあ、左様でございますか」

「これが至上至大《しじょうしだい》の大愉悦じゃということがわしはようやくわかってきた。宗仁らの年ごろではそれがわかるまい」

「いったい、それは何でござりまする」

「いやいや」

正信はおどけて自分の口をおさえ、宗仁などの小冠者《こかじゃ》には言うまいぞ言うまいぞ、といった。

権謀術数のたのしみである。

若いころには、「世間」が、頭上にあって見あげなければならないが、年老いて地位もあがり、またたかをくぐって人を見るようになると「世間」というものが自分の目で見おろす位置にさがってくる。

とくに正信のばあいはそうである。天下第一の権勢家である家康の謀臣となり、家康の権威をかりてさまざまな権謀の筋を書くと、なにぶん動く役者が家康だけに、世間がおもしろいように正信の芝居の筋に乗ってくるのである。

いまも、そうであった。

大坂城内で家康暗殺計画がある、と正信が藤堂高虎らをつかって大坂の殿中に流すと、なんとその流言がいきいきと世間を奔《はし》りまわって、三成方《がた》であったはずの増田長盛、長束正家といった豊臣家の執政官が、いまさら忠義顔をして、

「かようしかじかな暗殺計画がくわだてられております。内府には、くれぐれも御用心あそばしますように」

と、暮夜ひそかに密告してきたのだ。もとをただせば流言の蔭《かげ》の作者は自分なのだから、本多正信としては、こんなおもしろいはなしはない。

(これはこれは、世間はかほどに面白い場所だったのか)

と、おもわず手踊りをしてしまったのも当然であろう。

二人の奉行が洩《も》らした暗殺計画の容疑者は、秀頼側近の大野治長、土方雄久、浅野長政の三人であった。このうち浅野長政は家康党で、老人が流したはずのない名前なのだが、噂がまわりまわるうちにまぎれこんでしまったのであろう。

（これまた面白い）

と、浅野長政にはわるいながら、噂というもののふしぎな機能を老人はおもしろがらずにはいられない。

ところで。——

二人の奉行職にある密告者が、立ちぎわにどちらかといえば、言おうか言うまいか、という思い悩んだようなそぶりで、

「いま一人、意外な仁が、この陰謀に加わっているという噂でござる。いや加わっているどころか、その仁が実は大黒幕で、この連中はただ、その仁の下知《げち》に従っているだけのことだ、というのでござるが」

といったのである。

「たれでござる」

と、正信はたずねた。

「その仁の名をおあかしねがいたい」

「いや、不確かなることにて」

「それはわかっております。その点はよくよく心得ておりますゆえ、当方の心覚えまでにお明かしねがいたい」

「そこまで申されるならば」

と、この勇気のない密告者たちは、

「前田中納言殿」

という驚くべき容疑者の名を口から吐いてそそくさとこの屋敷を辞し去った。

事実ならば、事態は重大といっていい。

中納言前田利長は、さきごろ病死した父の前田利家のあとをつぎ、加賀・越中八十一万石を相続した男である。

としは数えて三十八歳で、亡父のような客気に富む性格ではないが、思慮ぶかく、むしろ物事をあれこれと思案しすぎるほどに慎重なたちの男である。

時勢を見る目も、亡父のようではない。亡父は、前田家をもって豊臣家の柱石《ちゅうせき》たらんとする悲壮な覚悟をもっていたが、前田利長はむしろ自家保全のためには、大勢《たいせい》のおもむくまま家康に従ったほうがいいとおもっている男であった。

ただ、前田家に多少「不穏な部分」があるとすれば、利長の実弟の利政だった。利政は父の若いころに似て一種、壮気をおびた人物で、

「家康は豊臣家を窺《うかが》っている。かれが乱をおこすとき、わが家は豊臣家に孤忠をつくさねばならぬ」

と、つねづね兄の利長に言い、利長からたしなめられている人物だった。この弟利政は単なる部屋住みではなく、前田家の高《たか》のうち二十一万五千石を分知され、能登《のと》の七尾城の城主になっている。前田家における発言力は大きいと言わねばならない。

が、とにかく、あたらしい当主の利長は徹頭徹尾事なかれ主義で、かつて父が病床にあったころ、家康と不和になって天下の注目をあびていたとき、父を説いて病中ながらわざわざ伏見の家康に会いにゆかせ、前田・徳川両家の和解を成立させた人物である。色わけすれば、

消極的家康党

というべき人物だった。その人物が、家康暗殺をくわだてることがありうるだろうか。

噂では、前田利長は、国もとの金沢城へかえるにあたって、最近、自邸に、大野治長、土方雄久、浅野長政の三人をよびよせ、

「近く、家康が大坂城にのぼる。まさか殿中まで兵を連れるわけにはいくまい。詰め間・廊下などでかれが単身になったとき、短剣を鞘走《さやばし》らせてかれを刺せ」

と言いふくめたというのである。

むろん、利長にかぎってありうべきことではない。

それが事実でないことは、たれよりも家康と正信が知っていた。このふたりが、ひそやかに蒔《ま》いた噂の種が、このようにほんの数日で、まるで奇術のようなあざやかさで亭々《ていてい》とそびえる疑団の巨樹になって育ちあがっただけのことであった。

（何にしても、こわいほどにうまくゆく）

と、本多正信は思いつつ、宗仁の煎《い》れてくれた茶を喫し、喫しおわると、寝床に入るべく立ちあがった。

ふと宗仁に、

「この部屋は、島左近が使っておった部屋であるそうな」

といった。

この慶長四年九月七日の家康大坂入りの宿舎は、ほんのこのあいだまで石田三成の大坂屋敷だった備前島のそれなのである。家康は大坂屋敷をもたないために、たまたま三成の佐和山退隠によって空き屋敷になっていたこの建物を臨時の宿陣とした。

家康は三成の居室で寝ている。

正信は、三成の謀将島左近の部屋で一夜を明かすというのは、どういう因縁によるものであろう。

「島左近と申されまする仁は、なかなかの人物でありまするそうな」

茶坊主の宗仁が、世間の評判どおりのことをいうと、正信は気に入らなかったらしく、

「なんの、ただの合戦屋《かっせんや》よ」

と吐きすてた。

なるほど合戦をやらせれば、上杉家の直江山城守兼続、石田家の島左近勝猛《かったけ》といった連中はなかなかの駈《か》けひきはするだろう。しかし「世間」を相手の神算鬼謀ということになれば、

（すなわち、おれさ）

という自負心が、この老人にある。この策謀の結果が、数日後の家康登城のときにもののみごとに花を咲かせることであろう。

「宗仁も、早う御用を仕舞え。もう遅い」

正信は、笑《え》みじわを深くきざんで、めずらしく茶坊主風情《ふぜい》をねぎらった。

翌日、未明からこの家康の臨時宿所は、合戦のような忙《いそが》しさだった。

家来の伊奈《いな》図書頭《ずしよのかみ》が、大いそぎで伏見へかえった。伏見から、完全武装の徳川兵三

千八百を大坂へ導き入れるためである。

その理由は、

――家康暗殺の噂があるため。

という堂々たるもので、この特別警備隊を大坂に入れることについては、豊臣家の官僚たちにすでに通報してある。理由が理由だけに、たれも、

「秀頼様御膝下に軍勢を入れるなどは不穏でござるぞ」

などという反対はできない。

その武装隊三千八百が、伏見から砂煙りをまきあげて大坂のこの備前島屋敷に入ったのは、九日の午前二時であった。

九日は、家康登城の当日である。伏見から強行軍できた軍勢は、具足のひもも解かず屋敷の広間でごろ寝をし、夜明けを待った。

家康登城は、辰《たつ》ノ刻《こく》(午前八時)という予定であった。

その半刻《いちじかん》前には、軍勢は、屋敷の門前の路上にびっしりと押しならび、家康が出てくるのを待った。

やがて家康が出てきた。

家康は、駕籠《かご》に乗った。その駕籠わきを、井伊直政、榊原《さかきばら》康政ら十二将が、肩衣《かたぎぬ》を

つけて、かためた。後の芝居ことばでいう大一座という姿であった。ただ本多正信老人だけは、屋敷の留守居をした。座付作者は、つねに舞台には出ず、幕があけば楽屋にいる、というようなものであったろう。

殿中にあがるや、家康は支度所で長袴《ながばかま》にはきかえ、千畳敷の大書院に入り、しずしずとすすんで、着座した。

左右に、秀頼付の諸役人、淀殿付の女官が居ならんでいる。

やがて、満六歳の従二位権中納言《ごんちゅうなごん》の秀頼がその乳母宮内卿《くないきょう》ノ局《つぼね》に手をひかれて出御し、やがて着座した。

ついで、淀殿が入ってきて、秀頼の横に着座し、顔をあげて家康を見た。

家康は、平伏している。

やがて顔をなかばあげ、視線で畳目をかぞえつつ、秀頼のすこやかな日常を慶賀し、言いおわると平伏した。

それだけである。

普通ならばここで多少の物語でもあるはずだが、秀頼はおさない。それに淀殿とこの家康のあいだには、たがいに共通の話題をさがすほどの親しみが、過去にない。

ほどなく秀頼が立ち、淀殿が立ち、家康が平伏するうちに上段ノ間から人の影がことごとく消え去った。

家康はその場に残っている。

顔をあげ、上体を正して息を吸いこみ、十分に腹中に吸いおさめてから、関八州の主としての威厳と落ちつきを見せつつ、居ならぶ秀頼の側近どもの顔をゆっくりと見まわした。

(そのほうども、噂を聞いたか)

という、一種、恫喝《どうかつ》の色をふくんだ眼で、なおも一人々々の顔をながめてゆく。

(わしを刺殺せんとする者あるやに聞く。もしまことなら、その分には差しおかぬぞ)

という言葉を、そのぶのあつい表情と、ことさらに細めた両眼が物語っている。

家康に眼をそそがれた者は、ことごとく首を垂れ、視線を落した。

家康は、しずしずと退出し、廊下に出るとそこに控えていた十二将を呼び、廊下の一隅《いちぐう》に屏風《びょうぶ》を立て、その蔭で長袴をぬぎ、平装の袴にはきかえた。殿中で用意された支度部屋をつかうことは、そこにどんなカラクリが秘められているかわからない。そういう部屋を避け、ことさらに廊下を用いた。

(そこまでおれは用心している)

というところを見せたかったのは、正信が流した噂を、殿中の者たちに、——さては、あれはマコトだったのか。ということを思わせたかったのである。あの噂は、今日だけで使用目的がおわるものではない。

このあと、家康と正信は、驚天動地の計画を考えている。その計画を進める上で、あの噂はいよいよその効能を発揮してゆくはずであった。

廊下で着更えがおわったあと、家康はさらに奇妙な行動をとった。

この千畳敷の大書院は、大坂城第一の大台所に連結している。

家康は、台所には用はない。

しかし、かれは、廊下をその方向に歩き、ゆるゆると大台所に入って行った。明りは、天窓と、南北の障子から射《さ》しこみ、百畳敷ほどの板敷が、あめのようにみがきあげられている。

その大台所の中央のあたりに、大坂城の名物とされた「大行燈《おおあんどん》」がおかれている。二間四方あるという途方もない大きさのもので、南蛮からきた宣教師などもこの異様な照明具に目をみはったものであった。

家康は、その大行燈のそばに立ち、それを見あげつつ、そばの榊原康政に、

「関東者の目に馴《な》れぬものぞ。供の者にも見せてやれ」

といった。

それが家康の目的であった。

榊原康政は一礼し、土間にとびおり、出入口をカラリと明け放ち、そとへとび出して行って台所門をあけ、その門外に待っていた例の三千八百の武装兵のうち五百人を選び、それをひきいて台所にもどり、

「上様のお声がかりじゃ。国へのみやげばなしにあの大行燈をゆるりと見物せよ」

と命じた。

たちまち台所は、これらの武者たちで混雑したが、混雑が一段落したころ、ふと一同が見まわすと、家康の姿はなかった。

むろん家康はこの混雑を利用し、それにまぎれて台所口から殿中を去り、台所門の門外に待たせてあった兵をひきいて京橋口の城門に出、そこから橋を渡って備前島の石田屋敷にもどったのである。

大坂城へ

その謀略は進行している。

家康は、翌日も大坂の備前島屋敷に滞留した。この屋敷のなかから北面すると、川一筋へだてて大坂城がそびえている。

(あの城に、わしは入らねばならぬ)

家康は、小用をこらえて地踏鞴《じだんだ》をふむような、それほどの切迫した気持でそのことを欲した。

「欲しい、大坂城が」

と、九日の夜も何度か本多正信老人にいった。なぜ欲しいのか。

正信老人は十分にわかっている。

なるほど太閤は死ぬときに、家康は伏見に、利家は大坂に、とその居住区を指定した。秀吉にすれば律義者の利家にこそ秀頼のそばにいてほしかったが、危険な家康に対しては、秀頼から十余里北方の伏見に居住してもらわねばこまるのであった。なぜならば、家康が幼君秀頼のそばにいて、その幼君の命令と称して諸大名を掌握してしまうことをおそれたのである。

しかし、家康の願望は、その逆である。大坂に入って秀頼の後ろ楯《うしだて》にならねば、諸大名に対する自由な命令がくだせない。

「上様には」

と、九日の夜、本多正信老人は、なだめるようにいった。

「いつにないお焦《あせ》りようでござりまするな」

「あせらずにおられるか。今日、登城し、殿中で秀頼様とその御袋殿《おふくろどの》に謁した。なんと弥八郎」

「はい」

「馳走《ちそう》をこの目で見たのだ。見れば人情で唾《つば》がわく。あの広大もない城に、舌もまわらぬ幼童と寡婦《かふ》だけが住んでいる。わしがその城に入ってあの幼童の摂政《せっしょう》として豊臣家を自在にする、ついついそのような欲求がおきるのもむりないことではあるまいか」

「まことに左様で。さればこそこの弥八郎めが一世一代の智恵をしぼって筋書を書き、その筋書を着々と進めておるのではありませぬか」

だからこそ、前田利長以下四人を容疑者に仕立て家康暗殺の計画があるという途方もない陰謀をまきちらしたのではないか。

「弥八郎めも働いておりまするでな」

「わかっておる」

「なにしろ」

と、正信は二本の指を出した。

「二つの壁をぶちやぶるのがなかなかの骨でござりまする」

二つの壁とは、一つは「家康は伏見に」という太閤遺命である。これは現政権の憲法にひとしい。

他の一つは、大坂城に入った場合、家康はどこに居住するか、ということであった。本丸には秀頼と淀殿がいる。住むとすれば、それにつぐ巨郭《きよかく》である西ノ丸（二ノ丸）が適当であるが、これには、近ごろ京都の阿弥陀《あみだ》ケ峰山麓《みねさんろく》から移ってきた秀吉の正妻北政所《きたのまんどころ》が住んでいる。本多正信の苦慮は、この北政所をどう穏便《おんびん》に立ちのかせるか、ということであった。

「北政所は、わしに好意をもっている」

「左様、上様とはおそれながら浮名を立てられたお仲でござりまするからな」

と、正信はからかった。浮名はむろん事実あってのことではない。秀吉没後、北政所が阿弥陀ケ峰のふもとで喪《も》に服していたとき、家康が足繁くかよってその哀しみを慰めたがために立ったうわさである。

「あの浮名は滑稽《こっけい》であったな」

家康は、そのころを思いだして笑った。家康は、自分で褌《まわし》が締められぬほどに肥満しきっている。浮名の相手の北政所もおなじ肥満体で、

「お互い、かばかりに肥《ふと》っていて閨《ねや》でどうすればよいのだ。浮名を言いふらした者にその方法をききたいものよ」

と、家康はきわどいことをいって笑いとばしたものだ。

「さて弥八郎、どんな手を打っている」

「あす、その吉左右《きっそう》の返事があるはずでございますが、例のうらく殿を通じて」

「おお、有楽《うらく》殿か。それはよいところに目をつけた」

織田有楽斎《うらくさい》は、俗名を長益《ながます》といった。織田信長の末弟で、ことし五十九歳になる。信長が死んで秀吉の世になったとき大名の格でお伽衆《とぎしゅう》となり、近侍していた。

当代きっての茶人で、利休《りきゅう》門下の七哲の一人にかぞえられ、大名間の交際《つきあい》がひろい。その社交を通じてみがきあげた鋭敏な時勢眼から、次の世の政権は家康にゆくと見ぬ

き、家康の屋敷にはしきりと出入りしている。

茶人だから、どの屋敷へもゆくし、たとえたれを訪ねても、政治的に怪しまれる立場の男ではない。それに有楽斎は、北政所の信任があつく、北政所自身、つねづね、

――あなたは、旧主筋にあたられる方ですから、家臣とは思っておりませぬ。亡《な》き上様も御生前、有楽は右府様（信長）のお血を分けた人ゆえいわば客分じゃ、と申されておりました。もっとお気軽にふるまわれますように。

と織田有楽斎にいっている。

「こんな話には、茶人は絶好でござりまするな。なにしろ」

と、本多正信はいった。

「北政所にお話する場所が、大広間ではなく二人っきりの茶室でござりまするからな」

「いや、有楽ならばよい報《し》らせをもってくるであろう。あす、来るとな」

「はい、明朝に」

その翌朝、織田有楽斎は、従四位下《じゅしいのげ》侍従という身分でありながら、利休好みの頭巾《ずきん》

をかぶり、茶人姿で供一人を連れてぶらりと家康の宿館へやってきた。

　門前に立つなり、番卒が制止しようとすると、

「存ぜぬか、有楽じゃよ」

と、門を入る。背がすらりとしている。織田家は血筋独特の気品があって、番卒はそれ以上制止しかねた。

　何者か、と思い、徳川家の役人が玄関までとびだしてくると、有楽斎は、式台へあがりもせず、

「のどがかわいている。茶を所望したい」

と、眼を細めていった。——はてどなた様でございましょう、と、役人は小首をかしげ、当惑した。当惑したが不審の者は容赦せぬという手きびしい態度が見える。

「さてさて、三河者とは田舎者であるな。うらくじゃよ、と何度名乗ればわかる。江戸内大臣は御在邸か。御在邸ならば茶を一服所望したいと伝えよ」

　と、この茶人風の男が大きく出た。

「はておそれ入りまするが、お名前をうかがわぬかぎりはお取次ぎ申せませぬ」

「三河衆は、名うての頑固《がんこ》者《もの》じゃ。これほど名乗っていてもまだ名乗らぬという。されば帰るゆえ、うらくが帰ったと伝えておけ」

織田有楽は、さすがに腹が立ったらしい。きびすをかえし、さっさと歩きだし、門を出てしまった。

その報告を、奥の間で受けたのは、本多正信である。

「しゃっ、気のきかぬ者よ。有楽と申されれば、亡き織田右大臣信長様の御弟にて豊臣家に仕えて官は侍従、役目は御伽衆、高は味舌《ました》一万五千石の織田有楽殿ときまっているではないか」

と、廊下へとびだした。

このさい、有楽を怒らせては大変である。正信の苦心の謀略も積木を崩すように崩れ去ってしまう。正信は玄関へ出るなり、

「草履、草履」

と叫び、間にあわぬと見るや、「えい、もうよいわい」と足袋はだしでとびおり、門へ走り、門外へ出、二丁も駈《か》けつづけてから、やっと織田有楽斎に追いつき、

「有楽殿、有楽殿」

と、すがりつくようにいった。引きかえして下され、茶ぐらいはござる、ご機嫌《きげん》をなおして引きかえしてくだされ、とあえぎあえぎ言った。

織田有楽は笑いだした。

「御老、合戦《かっせん》でもはじまったような血相であるな」

「いや、恐れ入る」

物売り女《め》が通ってゆく。むこうから、庭師のような男が、弟子数人をつれてやってくる。

町中である。

往来する町人たちは、引きとめられる茶人姿の老人が一万五千石の捨て扶持《ぶち》を食《は》む貴人で、袖《そで》をとらえて息をぜいぜい切らせている足袋はだしの年寄が、陪臣《ばいしん》ながら二万二千石の大名格であるとは露も思わない。

みな、立ちどまって見ている。

「さ、有楽殿、町人どもが見ております。都馴れぬ下僚どもの無礼は重々におわびつかまつりまする。このとおりじゃ」

ぺこぺこと頭をさげた。このあたり、いかに当代第一の権謀家とはいえ、卑《いや》しい鷹《たか》匠《じょう》から成りあがってきたという育ちはあらそえない。

織田有楽斎は、家康の宿館にもどり、案内されて茶室に入った。

驚いたことに、茶室にはすでに亭主役の家康がいて炉の上の茶釜《ちゃがま》に湯がたぎっている。家康はさわぎを知って、有楽を待つために大いそぎで茶の支度をさせたのである。

家康は、有楽斎には必要以上に鄭重《ていちょう》だった。

「なにやら、無礼の儀があったとのこと、田舎者のよしなき性《さが》とて、お笑いすてくださらぬか」

と、ふかぶかと頭をさげたので、有楽のほうが恐縮してしまった。

そこは貴族育ちである。すぐ気をよくしていやいや江戸内大臣がそのように——いやこれは却《かえ》って痛み入ると、小童のように顔を赤くした。

（これが貴族だ）

と、横でお相伴《しょうばん》している本多正信は思わざるをえない。貴族といっても、豊臣家のなかでは一種微妙な立場で住み暮らしてきた有楽斎である。前時代の織田家の連枝《れんし》であり、本来ならば秀吉でさえ兄の家来であった。ただの家来ではなく、秀吉は、いわば織田家の政権を実力で継承してしまった男で、生涯《しょうがい》、織田一門には面映《おもは》ゆい気持をもちつづけてきた。その辺の微妙さが有楽斎にも当然わかっていたし、そのために、他の大名とはちがい気儘《きまま》に茶道楽などをしていわば豊臣政権のなかでぶらぶらと昼寝をして暮らして来られたわけである。自然、性格も気儘《きまま》にできている。

「平素、織田家のお血筋の方々をば主筋同然と見、疎略《そりゃく》にしてはならぬと家来どもにもそう申しきかせておりますのに」

と、家康は恐縮していた。べつだんそう教育しているわけでもなかったが、この際、この男にはこう言えばよろこぶであろうことがわかっていたのである。

果して、有楽斎は、よろこんだ。悦《よろこ》ぶと、薄い皮膚に血がさしのぼるたちだから、家康と正信にはよくわかるのである。

当節、信長の血筋の者で秀吉によって一家をたてて大小名にさせて貰《もら》っている者はこの有楽斎のほかに、

織田常真（信雄《のぶかつ》）……信長の次男
織田老犬斎（信包《のぶかね》）……同　弟
織田民部少輔信重……老犬斎の子
織田雅楽助《うたのすけ》信貞……信長の九男
織田左衛門佐《さえもんのすけ》信高……同　七男
織田左京亮《さきょうのすけ》信好……同　十男
織田中納言秀信……同　嫡孫《ちゃくそん》

などがいる。資質の点では英傑の血をうけながら凡庸な者が多く、このなかで織田有楽斎がかろうじて抜きんでていた。有楽斎は、兄信長のもっていた武将の血はもっていないが、信長のもっていた芸術的感覚をひきつぎ、茶道では当代有数の達識《たつしき》とさ

れている。

家康はとにもかくにも、豊臣家の権力を簒奪《さんだつ》するには前時代の織田家の子孫たちの感情をわるくしたくはなかった。

この社交家の有楽斎の場合は、とくにそうである。有楽斎を籠絡《ろうらく》して、家康の人気をさらにあおりたててもらわねばこまるのである。

「北政所様が、内府にくれぐれもよろしく、という御伝言でござった」

と、有楽斎はいった。

「は、それはかたじけない」

「西ノ丸の御殿でお物語を承っていても、内府への御信任は厚うござるな」

「恐れ入る」

家康は、いんぎんに頭をさげた。厚いはずである。豊臣家の奉行衆が、石田三成をはじめことごとく秀頼・淀殿の周辺で動いているのに、大身では家康のみが、

「ご機嫌いかに」

と、優しくたずねてくれるし、ときどき心の行きとどいた贈り物などを献上してくれるのである。夫に死にわかれて心淋《さび》しくなっている寡婦としては、これほど頼もしい存在はない。さらに家康はけなげにも、

「秀頼様ご成人までは、家康、石にかじりついても生きつづけ御家の御安泰の礎石《いしずえ》になる所存でござりまする」

と、折りにふれて言ってくれる。北政所としては、淀殿のまわりに集まっている三成ら官僚どもよりも、この重厚な人柄《ひとがら》の家康を信用する気になるのは当然であり、ときどき御機嫌奉伺《ほうし》にやってくる加藤清正、福島正則らの子飼いの大名たちにも、

「内府を、信ずることです。事が左右に分れたとき、ためらわずに内府に御加担なさい」

とさとしている。

可憐《かれん》なほどに北政所は家康を信じ、豊臣家の将来《ゆくすえ》のために家康を後援しようとしている。さればこそ家康はこの北政所の無邪気な誠実にこたえ、後年、豊臣一族を討滅しつくしたあとでも、彼女のために高台院を建て、三代将軍家光の代の寛永元年、彼女が七十七で没するまでのあいだ、一万六千石の化粧料をあたえつづけた。

「ところで」

と、織田有楽斎はいった。

「北政所は、大坂の風物がお気に召さぬようで京が恋しいと申されております。さればば今月いっぱいには西ノ御丸をお引きはらいあそばされ、京にお移りなさるそうな」

「ほ」

家康は、茶碗を唇《くちびる》から離し、ゆっくりと膝前《ひざまえ》に置き、意外な表情で、

「それはそれは」

と言い、言いおわると、織田有楽斎へいんぎんな辞儀をした。

有楽斎も、それに答礼した。

むろん、言葉には出さないが有楽斎は「お手前のお望みどおり、北政所へ、西ノ丸お立ち退《の》きこそ豊家《ほうけ》の御為によろしかるべし、と理をつくし情をこめて説得し、それが奏功しましたぞ」と言ったつもりであり、家康は家康で、その有楽の無声の言葉を十分に聴きとり、「かたじけのうござる」という意味を言外にこめて礼を言ったつもりである。

「京は、いずれにお住まい遊ばすかな」

家康はいった。

「存ぜぬ」

有楽斎は、しずかに言う。しかし北政所が京に移っても住むべき屋敷がないわけではなく御所の近くに、秀吉が晩年、秀頼が参内《さんだい》するときの装束《しょうぞく》屋敷として建てた御殿が、なお木口も新しいままに残っているのである。そこへ北政所は住むのであろう。

「いずれ、北政所様のお気に召すような尼御所を御普請申しあげねばなりませぬな」

と家康がいうと、織田有楽斎は、

「内府のいまのお言葉、およろこびなされましょう。お伝え申しあげてよろしゅうござるか」

「よろしゅうござるとも。おついでに、お気に召す土地はいずれなるや、伺うておいてくださらぬか」

家康は、十一日まで大坂にいた。五日、大坂城下に滞留したことになる。

十二日、いったん伏見城に戻《もど》った。戻ったのも、むろん策の一つである。

伏見へ、増田長盛、長束正家、という二人の豊臣家奉行を呼び、豊臣家大老徳川家康というかれらの上司の資格において、

「大坂城に移りたい」

と、言明した。

「理由は、故殿下の御遺命によってわしは秀頼様の輔佐《ほさ》に任じている。しかしながらなにぶん伏見という地に離れていては諸事不便じゃ。お手前ら奉行衆に用があるときも、いちいちこのように来てもらわねばならぬ。さればいっそ西ノ御丸に移りたいと

思うが、この儀、どうじゃな」

ことさらに微笑を消し、両眼に凄気《せいき》をこめつつ、低い、底響きするような声でいったから、二人の奉行はおもわず叩頭《こうとう》し、

「仰せ、ごもっともに存ずる」

といってしまった。

「されば、十月一日に西ノ御丸に引き移るであろう。大坂の諸役人に命じ、その支度をしておくように」

そう高飛車に命じてから家康は話題を転じつぶやくように、

「大坂に移れば、御用が繁多になる」

といった。二人の奉行が問いかえすと、家康は、いやさ、加賀のことよ、と言い、

「前田中納言（利長）が加賀金沢にて謀叛《むほん》の支度をしているという風聞をきくゆえ、やれやれこの先冬にむかうというのに、北伐《ほくばつ》の戦さ支度をせねばならぬか、と思うのじゃ」

と、両奉行がわが耳を疑うような異なことを言い、しかもそれ以上はなにもいわず、だまりこくってしまった。

二人の奉行は聞きかえしもならず、呆然《ぼうぜん》としている。

やがて家康の前を退出し、二人は、この容易ならぬ聞き込みを持って、大坂の政界へ戻って行った。

西ノ丸

慶長四年十月一日、家康は予告どおり大坂城に乗りこんだ。晴れている。

(いやさ、力じゃな。……)

本多正信老人は、行列のなかにまじり、ゆるゆると西ノ丸の濠《ほり》をわたりながら、しみじみとおもった。なぜこうもうまくゆくのか、とわれながら感嘆する思いである。

(策謀々々というが、それには資本《もとで》が要るわさ。それが力であるよ)

力なき者の策謀は小細工という。いかに智謀をめぐらせても所詮《しょせん》はうまくゆかない。それとは逆に大勢力をもつ側がその力を背景に策謀をほどこすばあい、むしろむこうからころりところんでくれる。

(ころり、とよ)

たとえば、西ノ丸に住まっていた北政所である。家康が入城するこの日から数日前に居所をひきはらって京都へ移ってしまった。

理由もあかさない。

城内の者も、なぜ北政所が突如西ノ丸を空《から》にして京へ去ったかについて、理解にくるしんだ。

そこへ今日、家康が入るのである。

(こんなとき、石田治部少輔が奉行の現職にあれば、うるさかったであろうな)

「治部少輔は聞かぬ者にて」

というのが天下にひびいた定評であった。かれは頑《がん》として家康をこばみ、太閤の遺命どおり伏見に居らしめ、ゆめゆめ大坂城などには入らさないであろう。

(その治部少も、いまは職におらぬ。草ぶかい佐和山で浮世の月をながめておる)

犬をもって犬を追わしめた。まったく、謀臣正信としてはうれし泣きに号泣したくなるほどに、諸事、うまく行っている。

(なあ。――)と、みずからに老人は言うのだ。

(おれがえらいんじゃない。背景に関東二百五十五万石の実力があるからだ。その実力があればこそ、豊臣家の諸将は求めずしても媚《こ》びてくる。媚びて来る者に対しては

策謀はほどこしやすい。策謀をかけてくれ、といわんばかりの顔つきで来るのだからな）

両側に太閤自慢の石垣がならんでいる。

頭上には松。

松が、十月の風に鳴いている。

（次は、前田じゃな）

これはどうなるか。石高こそ八十一万余石で徳川家の三分の一程度だが、なんといっても太閤遺命による第二大老の家で、豊臣家諸将のあいだにも縁戚《えんせき》が多い。亡主利家は徳望があったし、当主の利長もおだやかな性格で、石田三成のようにひとにきらわれているという恰好《かっこう》な好条件は皆無である。料理はよほどむずかしいであろう。

が、傷はできている。数人の大名小名を動かして家康を暗殺しようとした、という容疑である。むろん、真赤なうそであることはそのうわさの製造元である家康と正信とがいちばんよく知っているが、とにかく世間は噂《うわさ》で人を判断する。いま金沢に帰っている前田利長は家康を討とうとしている、と世間はばく然と信じはじめているであろう。

家康らは、西ノ丸に入った。

西ノ丸に入るとともに、その日から、豊臣家の諸将がぞくぞくとあいさつにきた。

家康は、謁見《えつけん》の形式をとった。

豊臣家の用人というべき片桐且元《かたぎりかつもと》がきたとき、家康は、

「ここにも天守を建てよ」

と命じて、且元をおどろかせた。すでに天守閣は本丸にある。その下で秀頼が居住している。家康は、秀頼に対抗するために自分の居住区にも天守閣を、と要求したのである。ひとつには本丸郭内の金蔵に収蔵されているおびただしい金銀を、すこしでもつかわせたかったという理由もある。

「四層の天守を」

と、家康はいった。

「いそぎ設計《なわばり》して作事《さくじ》にかかるように」

秀頼の代官、という資格で家康は命じている。わずか一万石という小身者の片桐且元としては受けざるをえない。

家康の入城早々、城内はこの工事で大さわぎになった。

さわぎはそれだけではない。

家康は、豊臣家諸将が機嫌奉伺にやってくるたびに、

「ことしは、北国の根雪《ねゆき》はいつ降る」

と問いかけている。

「この月のなかばには降るであろうか。さすれば年を越して春になるか」

と、家康は言うのだ。聞く者は、それが加賀金沢城にいる前田利長に対する討伐だということがわかっている。

みな、戦慄《せんりつ》した。

しかし家康は寛闊《ゆったり》とした態度で、

「気ぜわしいことだ。わしの性格からいえば諸事穏便《おんびん》に運ぶことがすきなのであるが、このぶんではそうもゆくまい。太閤殿下の御遺命を思えばな。それを思えば豊臣家の治安をみだす者は容赦なく討たねばならぬ」

この家康の独語《ひとりごと》が、大坂の政局に衝撃をあたえた。

「北伐か」

と、さわいだ。

（いよいよ世間はおもしろい）

と正信老人がおもったのは、家康の西ノ丸入りの翌日に御機嫌奉伺にやってきた、「小松宰相《さいしょう》」といわれる人物についてである。

齢《とし》のころは二十六、七で、北国の小松に城をもっている十二万余石の大名である。

丹羽《にわ》長重であった。高名な丹羽長秀を父にもつ男で、これが、

「加賀征伐のときには、それがしを先鋒《せんぽう》大将にしていただきとうござりまする」

と、いちはやく志願してきたのである。徳川家から頼んだわけではない。かつは、丹羽長重が前田利長にうらみがあるわけでもなかった。要するに、すでに「西ノ丸様」とよばれて次の時代の主宰者になろうとしている家康に、いちはやく媚びたのであろう。

もっとも丹羽長重にすれば、

「ぜひとも」

と、それのみを申し出にやってきたわけではない。かれが帰国しようとして準備しているときに、たまたま家康が西ノ丸に入った。されば帰国のあいさつをすべしとおもって西ノ丸へ登城し、家康に拝謁した。ここまではごく常識的な行動である。ところが、よもやまの話をしているうちに、家康がまた例の一件を独語《ひとりごち》たために、つい調

子に乗って、

「そのときはそれがしを先鋒に」

といったのである。かれの小松城は前田氏の金沢城に近い。攻めるとすれば、地理的関係でかれが先鋒になるのは妥当なことであろう。

丹羽長重にすればなにげなしにいったこの一言を、家康はすばやく政治化した。

「よくぞ申された」

と、家康は丹羽長重にとって意外なほどにおもおもしくそれを受けて取った。

「さすがは、先代五郎左衛門（長秀）殿の御子である。ご武辺のめでたきことよ」

と激賞した。いわれて、丹羽長重は、

（それほどのことをおれは言ったか）

と、ぼうぜんとしている。もともとあいさつがわりに口をすべらせたまでのことではないか。

「それに」

と、家康はいった。

「宰相殿の豊家を思う御心根、ほとほと感じ入り申した。泉下《せんか》の太閤殿下もさぞやおよろこびでござろう」

「おそれ入りまする」

長重が恐縮すると、家康は、豊臣家の什器《じゆうき》のなかから吉光の脇差《わきざし》をとり出させ、

「太閤殿下になりかわって」

と、当座のほうびとしてそれを丹羽長重にあたえた。

丹羽長重はその翌日、その領国である北国の小松へ帰って行った。

これとは別に家康は、西ノ丸に入った当日から、「暗殺事件」の容疑者処分の詮議《せんぎ》を進めている。

浅野長政

大野治長

土方雄久

「前田利長にそそのかされた」というこの三人の処分をどうするかについてであった。

むろん詮議といっても公開のものではなく、家康と正信のあいだの、ごく私的な密議である。

「弥八郎、存念を言え」

と、家康はいった。

「はっ」

正信老人はたっぷりとつばを呑《の》み、黄色い歯のあいだから荘重な声を出した。

「修理《しゆり》（大野治長）は下野《しもつけ》に、河州《かしゆう》（土方雄久）は常陸《ひたち》に流すがよろしゅうございましような」

と、求刑した。ふたりの容疑者にとってこの秘密裁判はいいつらの皮であろう。うわさの製造人が、そのうわさによって論告し求刑し判決しようとしているのである。

「なるほど流罪《るざい》か。殺すほどでもあるまいでの」

「左様、殺すほどもございませぬ。ここは上様のお憐《あわれ》みこそ願わしゅうございまする」

「よかろう」

家康は、求刑どおり、判決した。

さて問題は、浅野長政である。

「これは哀れじゃな」

「哀れでござりまするな。はて、どのような手違いにてこの名前がまぎれこみましたやら。噂とは幻妙なものでござりますな」

「幻妙なものよの」

石田三成が、まだ奉行現職にあるとき、浅野長政は五奉行のなかでの唯一《ゆいいつ》の家康党として働き、奉行衆の決定事項をひそかに家康に洩《も》らすなどしてずいぶん極秘の働きをしてくれてきた。それが滑稽《こっけい》にも家康暗殺計画者の一人ということになっている。

「しかし弥八郎。弾正少弼《だんじょうしょうひつ》（浅野長政）には気の毒ながら、かれのみを許すわけにはいくまいぞ」

「左様、かえって世間の疑惑をまねきまするな。右二人と同罪でなければなりませぬ」

「同罪はひどかろう」

「なにか理由をつけて罪一等を減じまするかな。左様、よい理由がござる。上様が、秀頼君に拝謁なされたあの日、浅野弾正少弼長政はたまたま病気引籠《こもり》中でござりましたな。当日殿中に居らなんだ、されば計画には参加しておっても実行する意志はなかった――ということにして、国許蟄居《くにもとちっきょ》はいかがでござりましょう」

「よかろう」

家康は同意した。

これを決定したのは、家康が西ノ丸に入った十月一日であった。その夜のうちに家康は奉行の増田長盛、長束正家のふたりをよびつけ、右次第を申し渡した。

豊臣家の官制では、大老は一方的に決定事項を奉行に申しつけてその行政化を命ずれば事が済むようになっている。

二人の奉行は当夜のうちに、それぞれの罪人の家に右次第を通告した。

翌早朝、家康のもとにあわただしくやってきたのは、浅野長政である。

(文句を言いにきたな)

と、家康はとっさに思ったが、一途《いちず》に家を保持しようとしている浅野長政はもっといじらしかった。

「おそれ入りましてござりまする」

というのである。むろん、身の潔白なことは十分に申しひらきをし、その上でひたすらにあやまっている。

「かようなあらぬ噂をたてられ、いささかなりとも内府の御心をわずらわしましたことは万死に値い致しまする」

と、長政は涙声で、せきあげるようにいうのである。

「腹を切って」

とまで、いった。

「申しひらきを為《な》そうと思いましたれども、死後、なにをいわれるやら知らず、いっそ、所領を返上し」

とまでいった。これには、家康も、そばできいている本多正信も、

（この男、正気か）

とおどろいた。が、すぐかれらは人間というものを学ぶことができた。人間、ひたすらに保身を志したばあい、こうまでなるのであろう。いまや、長政は、家康という地上最大の権力をもつ男に対して、猫《ねこ》が身を擦《す》り寄せてくるような所作で自分がいかに可愛らしい生きものであるかをみせねばならない。されば無実にもかかわらず、所領を返上したい、といいだしたのである。

浅野家は、領国は甲州で、城は甲府城であり、石高は二十二万余石であった。このうち十六万石は息子の幸長の領で、おやじ殿の長政の領分はそれを差しひいた高である。それを返上し、隠居となり、このさき息子の幸長にひきとられて暮らす、とこの男は言うのである。

「いや、見あげたもの」

家康はいった。

「男の進退はそうありたい。しかし、当方としては役儀柄《やくぎがら》かように処分するものの、他の二人とはちがい、あらぬ疑いをかけられた弾正少弼殿をお気の毒に思っている。

左様に律義なことを申されず、素直に国許《くにもと》に退隠してくだされよ」

「いや、それは」

「領地返上のことか、それはお気持を頂戴《ちょうだい》するだけで受けられませぬ」

と家康はいった。

「弾正少弼殿、かような仕儀になったとは申せ、決してお手前を悪《あ》しゅうは思うておらぬ。国もとでしばし御休息なさるつもりで、大坂を離れなされ」

「あ、ありがとうござりまする。この御恩、浅野家あるかぎり、子々孫々にいたるまで申しきかせ、ゆめゆめ徳川殿におそむきし奉るようなことはござりませぬ」

「弾正少弼殿」

本多正信も横からいった。

「上様もあのようにお慈悲あるお言葉を申し下されております。もう左様に我意を張られまするな」

「ありがたや、佐渡殿（正信）、お手前からもお取りなし下されたればこそ、かような御仁慈がいただけたのでござろう」

と、正信にも拝礼した。

そのあと、浅野長政は居城の甲府にもどろうとしたが、途中ふと、

（領国にかえれば家康は、弾正少弼め国許で挙兵の用意をしている、と疑いはせぬか）

と思い、途中から大坂の正信老人あて一書を送り、

「内府御領内にて籠居《ろうきょ》したい」

と言い、そのまま甲府を通りすぎ、甲州街道を通って家康領分の関東に入り、武蔵《むさし》府中に至り、府中明神の社家《しゃけ》を頼ってそこで一室を借り、みずから人質の形になって暮らした。

これが十月二日。

三日が、早や、在坂の諸大名を招集しての加賀征伐に関する軍事会議であった。世間に息もつかせずに家康と正信はつぎつぎと手を打っている。

在坂の諸将が、西ノ丸に集まった。

家康は高調子で、

「われを殿中に謀殺して秀頼様の御身辺をおさわがせしようとした不届き者三人に対し、当然死罪を申しつくべきところ、太閤殿下の服喪中のことでもありとくに死罪を免じ、それぞれ軽微の処分に処した。ところが不埒《ふらち》なるは加賀中納言（前田利長）である。当然、わがほうへ、詫《わ》びにも参り礼にも参るべきところ、加賀にあって恬然《けろり》と

している。この態度、いよいよわしに逆意《ほんい》があるとみた」

といった。

満堂の大名は、息をつめて聞きいるばかりで、たれひとり反論する者がない。

家康は、みえすいた暴論をいっているのである。三人の処分を発表したのはきのうの十月二日ではないか、それがはるかな加賀金沢にとどくはずがない。ましてそれを前田利長がきいて礼に来れるような余裕のあるはずはない。それを、礼にもあいさつにも来ぬ、といって家康は怒っているのである。

「けしからぬ」

と家康はいった。

「この上は、豊家御安泰のため、秀頼様の御教書《みぎようしよ》を頂き、諸国に軍令をくだして加賀を討伐する以外にない」

こう言ったあと、諸将の反応を見た。たれも反対者はなかった。

すでに丹羽長重の先鋒は決定している。むしろその丹羽に遅れじとばかり、参陣を希望する声で堂内が満ちた。

そのざわめきをききながら本多正信は、

（人は、節操節義で行動せぬ）

ということを、しみじみ思った。さらには利害のみが人の行動を決定するものだ——ということを。

（その原理《もと》さえふみはずさずにこの連中を操ってゆけば、上様が天下をおとりあそばすことは、いささかの狂いもないことだ）

ということを、豊かな確信をもって知った。今後、北伐の声を高めてゆけば、いよいよおもしろい世間実験の結果がえられることになるだろう。

（なんと、世間は面白い場であることか）

正信は秘めやかな、しかし身のうちがぞくぞくするような昂奮《こうふん》を覚えつつ、このなまぐさい人間実験の広間をながめている。

この日、昼になっても諸大名に膳部《ぜんぶ》も出ない。そういう「御振舞《おふるまい》はいっさい出なかった。出されるのは薄茶ばかりであった」と、家康の身辺に従っていた板坂卜斎《ぼくさい》がその「慶長年中卜斎記」という手記に書きとめている。

芳春院

加賀の前田家には、

「芳春院様」

という女人《にょにん》がいる。前田利家の未亡人お松のことである。

彼女が十二歳のときに、当時織田家の下級将校であった利家のもとに嫁《とつ》ぎ、ことしの閏《うるう》三月、五十三歳で夫に死別して髪をおろし、芳春院と号した。

――芳春院様が、事実上の殿さまである。

というのが、前田家の家中だけでなく世間一般の取り沙汰《ざた》であった。なにしろただの女人ではない。夫利家とともに乱世を切りぬけてきて、利家をして一介の武者から大大名にまで仕立てあげた内助のひと、という評判がある。時勢を見る目も、息子の中納言利長よりは、あるいはまさっているかもしれない。

金沢城内にいる。

大坂で死んだ夫の遺骸《いがい》を運んで金沢にもどり、そこで葬儀を営み、そのまま城にとどまっているのである。

――大坂で内府が当家を討つといってさわいでいるらしい。

ということを知ったのは、細川忠興の急飛脚による手紙をみてからであった。ちなみに前田家と細川家とは姻戚《いんせき》の間柄《あいだがら》になっている。芳春院の娘千代姫が、細川家の世子忠隆にとついでいる。こういう関係もあって忠興は、大坂にあってひどく心配している らしい。

この飛脚が到着した日、芳春院は表に使いを走らせ、

「中納言様に拝謁《はいえつ》したい」

と伝えさせた。

利長は利長で、家老一同とこの事件について協議している最中だったから、

「いましばしお待ちくだされますよう、とお伝え申せ」

と、返事した。

実のところ、利長は、大坂で発生したこの事件にはぼう然としていた。

「おれはどうすればいいのだ」

と、何度もいった。家康のいうところでは自分が事もあろうに秀頼様に二心をいだき、天下をくつがえすべく金沢で軍備をととのえている、というのである。しかもこちらの弁明もきかずに、

「討つ」

という。咆《ほ》えているだけでなく、北伐軍の先鋒は、小松の城主丹羽長重ということまできまったというではないか。

「おれはなにも知らんぞ」

と、利長は泣くようにいった。亡父の遺骸の供をして金沢に帰ってきた、それだけのことではないか。

「抗戦か、降伏か、いずれかをえらばねばなりますまい」と家老の一人がいったが、利長にすればそれもばかげている。

「抗戦であれ降伏であれ、当方に戦さをするつもりがあってのことだ。おれはもともと戦さをする気がないのだから、どちらを選ぶこともできぬ」

そこへ母親の芳春院からもう一度催促がきたので、利長は評定《ひょうじょう》を打ち切り、茶室を用意して芳春院を待った。

ほどなく芳春院はいつもの白装《びゃくそう》でやってきて、客の座についた。

「利長殿、なにを評定していやった」

と、いった。利長が愚痴をまぜて説明すると、芳春院はぴしゃりと、

「無用じゃな」

といった。物事には本質がある。それを見きわめてから評定せねば談議がながくなるばかりで、意味はない、というのである。

「まずそなたには、天下を二つに割って家康殿と決戦できるだけの器量がありませ

ぬ」

それが本質の第一。

「さればそなたの器量では、前田家をいかに潰《つぶ》されずに残すか、ということを考えるだけでよろしいのです。それだけが精いっぱいの御器量におわします」

「母上」

利長は、さすがにいやな顔をした。「前田家だけを考えよ」というが、亡父利家の遺訓にこうある。

予の死後、上方に事変がおこり、秀頼様に謀叛《むほん》を企てる者が出てくるだろう。そのときは利政は金沢から八千の人数を連れて大坂へゆき、大坂に常駐している八千と一手になって秀頼様を護《まも》るように。合戦のときには、自国で戦ってはいけない。一歩なりとも他国へ踏み出して戦え。

ぜんぶで十一カ条あり、利長はことごとく諳《そら》んじている。要するにこの遺言の基調は、父にかわって豊臣家の柱石となれ、ということである。しかも暗々裏《あんあんり》に、仮想敵を家康に置いている。もしいま、この遺言の趣旨に添うとすれば、利長は八千の金沢兵をひきいて足もとどろに南下し、大坂にいる実弟利政の八千と合流して乱に処すべきではないか。

「御遺言のことは申されますな」

と、芳春院はいった。知っているどころではない。彼女が、利家の枕頭《ちんとう》にあって筆をなめながらこまごまと写しとったものなのだ。

――お松、これをみなに守らせよ。

といって利家は死んだ。しかし利口な芳春院は、むりだとおもった。利家ならばともかく、息子の利長はとてものことではないが、「豊臣家の柱石としての前田家の当主」というような柄《がら》ではない。前田家そのものの維持が精いっぱいの器量である。自分が生んだ子だけに、彼女はたれよりもそのことは知っている。

「家康殿の真意はおわかりか」

「誤解をなされています」

「それそれ、そのように愚かなことをいう。家康殿は誤解などはしておりませぬ。下《げ》世話《せわ》でいえばこれは無法者の横車《よこぐるま》じゃ。そなたを謀叛人に仕立てて諸侯を駆り催し、この金沢を討つ。勝った勢いに乗って、服従せぬ諸侯を順次討ち、ついにはそのまま天下様になってしまおうという御智略じゃ。そなたはその囮《おとり》に選ばれたにすぎぬ」

これが本質の第二である。

「されば、この場合、挙げ足をとられるような言動は毛ほどもしてはならぬ。すぐさま心利《き》いた家老一人を大坂へ差しのぼらせ、家康殿の前にて八方申しひらきをさせ、相手がなんと絡《から》んで来ようともひたすらに低腰にてあやまるしか道はない」

それを原則として評定をせよ、と芳春院はいった。

「そう。その使者には、横山山城守長知《ながとも》がよかろうな」

と、人選まできめた。


家老横山山城守は、利長の釈明書をふところに入れ、大手門から馬に乗るや、鞭《むち》をあげ、疾風《はやて》のように金沢城下を離れ、北国街道を駈《か》けに駈けた。

馬は、その疾走に堪えられない。そのため宿場々々で馬を換え、他領ではわけを話して馬を購《もと》め、それを駈けさせては乗りつぶし、三日目に大坂に到着した。

まず家康の近臣井伊直政のもとに行き、あす弁明のために登城したい、お取りはからいねがいたい、と頼み、その夜は大坂屋敷で前後不覚になって眠った。

あくる朝、陽《ひ》が昇ってからとび起き、すぐ衣服を着ようとすると、傍《かたわ》らの者が、

「せめて、湯殿に入られては如何《いかが》」

といった。なるほど髪は旅塵《りょじん》をかぶってそそけ立ち、顔はほこりとひげで真黒にな

っている。

「相手は名負《なう》ての狸《たぬき》だ」

と、横山はその忠告をしりぞけた。

「このままがよい。金沢から夜を日についで馳《は》せのぼってきたことがよくわかるだろう」

そのまま登城した。

家康は西ノ丸にいて、諸侯の伺候《しこう》などもすべて秀吉生存のころの礼に似かよわせ、もはや事実上の天下のぬしのようになっている。

横山は、午前中は詰め間に待たされた。

午後になってやっと沙汰《さた》があり、大広間に案内された。

(しまった)

と横山が思ったのは、自分の蓬頭垢面《ほうとうこうめん》である。なにしろ案内されて大広間に進み出てみると、はるかに声も届かぬところに上段ノ間があり、その左右に、井伊直政、榊原康政、本多正信といった徳川諸将がずらりと居流れている。

横山は、はるか下座にすわらされた。

(これはえらいことだ)

と、さすが、胆略をもって知られたこの男もぼう然となった。これでは豊臣家の一将である家康に会うのではなく、天下様に拝謁する仕掛ではないか。一対一の体当りの覚悟できた横山を、家康は御殿風の儀礼でしばりあげようとしている。

(さすが、稀代《きたい》の謀人であるな)

と、思う一方、家康がこれほどえらくなってしまっていることに驚いた。豊臣家の諸侯という点では、自分の主人の利長と同格のはずではないか。

やがて家康が着座した。

横山は臆《おく》せず、まず進み出て家康側近の井伊直政まで主人利長自筆の釈明書を提出した。井伊はかしこまってそれを受けとり、家康の前に進み出、その書状をさしだした。

家康はそれを受けとろうともしない。顔をぷいと横にむけている。

(喋《しゃべ》りにくいな)

と、横山は閉口した。自分のほうをむいてくれない相手にどうも物が言いにくい。

(されば大声で弁じ立ててやろう)

と、戦場鍛えの声を広間いっぱいに鳴りひびかせながら陳述しはじめた。これには家康もおどろき、横山を見た。横山はその視線を強引にとらえ、

「主人、太閤の御恩を忘れ奉り、亡父の遺言にもそむき、このたび幼君に対し奉って二心を挟《さしはさ》むとやらのうわさ、まことにゆゆしき悪名でござる。家老一同驚き入る次第」

と、目を据《す》えて家康を見た。

(それがどうした)

という顔で、家康はいる。

「しかし左様なことはござりませぬ。たとえ、たとえでござるぞ、主人が発狂し、発狂のあまり左様なことを企てたとしても、われら家老の者どもが、左様なことを致させるはずがござりませぬ」

と、陳述をつづけてゆく。声は満堂を圧して、襖《ふすま》障子までが小刻みにひびいているようであった。横山は知っている。こんなばかげた容疑に、理屈をもちだすこともできない。要するに、声を大にして凜々《りんりん》としゃべりつづけておれば、相手は生理的に圧迫されるだろうというのが戦術であった。横山はなおも無内容な陳述を大声でしゃべりつづけていたが、やがて声がかすれた。

「ひいっ」

と、咽喉《のど》声《ごえ》だけが出た。

家康のそばにいる本多正信が、うつむいてクスクス笑ったが、むろん顔は笑っていないからたれにもわからない。

「それだけか」

家康は、物憂《ものう》そうにいった。

「中納言利長の謀叛の一件、たしかな証拠を当方はにぎっている。いかに陳弁しようとも動かしがたい」

「しかし」

「無用のことだ。このたびも、普通《ただ》の使者ならば金沢へ追いかえすところだったが、そのほうが使者であると聞いたのでとくに対面したまでだ。空疎《くうそ》な弁解はもうよろしい。すみやかに帰国したがよかろう」

「これは恐れ入る」

横山は塩辛声《しおからごえ》を出した。

「せめて、それへ差し出しましたる主人の書状を御披見《ひけん》くださりませぬか」

「これか」

家康は、しぶしぶ書状をひらいてそれに視線を落したが、すぐ眼をあげ、

「なぜ誓紙を添えぬ」

と、理にもあわぬことをいった。言う言葉をうしなったのであろう。

「これは内府とも覚えませぬ」

横山は、盛りかえして声をはりあげた。

「誓紙などと申すものは、すでに太閤御他界のおんみぎり、幾枚も幾枚も差出してござる。あれは子々孫々にいたるまで豊臣家に叛《そむ》くまじ、という事でござった。それをいままた同文のものを書いて差出したところで、なんの効がありましょう。すでに主人の誠実は神明も照覧するところ、わざわざ誓紙を書くなどは反故《ほご》を書くようなものでござる」

「それもそうだ」

家康は、にがい顔でうなずいた。そのあとじっと沈黙している。

横山はその沈黙を怖《おそ》れ、さらに声を張りあげようとすると、家康はたまりかねて、

「もうよせ」

といった。すぐ本多正信をそば近くにまねきよせ、ひそひそと相談していたが、やがて顔をあげて横山を見、

「そのほうの申すこと多少の道理がある。たしかに前田中納言にして謀叛の心がないとすれば、その証拠《あかし》に芳春院と家老一、二人を大坂にのぼらせよ」

人質に取る、というのである。

これには横山も驚いたが、いそいで肚《はら》に力を入れ、唾《つば》をのみこんだあげく、

「それは即答できかねまする」

といった。芳春院は主人の生母である。それを人質として差しだすことを、家来の分際《ぶんざい》としていまここでは即答しかねる。しかし家老を人質にすることは請けあいます、というのである。家康もこの理に服し、

「さればいそぎ帰国して中納言と相談致せ。芳春院を大坂へ上《のぼ》すことが、この一件の解決にはくれぐれも肝要であるぞ」

と、釘《くぎ》をさした。

横山は金沢へ帰った。

利長と重臣一同の前で、家康の言い分、その様子、大坂の情勢などをことこまかく報告した。

評定のすえ、結局、家康の要求を容《い》れざるをえないという結論になったが、家老の人質はよいにしても、芳春院の身柄を家康に渡すことはどうであろう。彼女が先代の利家とともに今日の前田家を築いてきた最大の功労者であることは、息子の利長だけ

でなく重臣のたれもが知っている。

結局、利長は単身芳春院に対面をもとめ、その事情をうちあけた。彼女はおどろきもせず、

「家康殿ならそう出なさると思っていた。将来《さきざき》、どうなることかはわからぬが、いまはわたくしが大坂へのぼるしか、前田家を救う道はあるまい」

前田家は自分が創《つく》ったのだ、という自負が彼女にある。自分のできる最後の仕事が人質とすればそれもよかろう、と彼女は思った。

「行きます」

芳春院はむしろ気おいこんでいった。

ほどなく、前田家の人質の行列が大坂へのぼり、とりあえず大坂の加賀屋敷に入り、家康の側近の井伊直政まで来着を報じた。

人質は、芳春院を筆頭に、家老の村井豊後《ぶんご》、山崎安房《あわ》のふたりであった。

家康はそれをきいてよろこび、本多正信と相談してさらに一策をめぐらせた。奉行衆をよびつけたのである。増田長盛、長束正家のふたりが参上すると、

「前田家の人質のことだが」

と、家康はいった。

「あれは、わしの人質である。それをなにやら大坂に置いておくのは、公儀（豊臣政権）の人質のようでまぎらわしい。江戸に送りたいと思う」

といったから、さすがにおとなしい豊臣家の執政官も、それは理に適《あ》いませぬ、と
このときばかりは抗弁した。

家康は、前田利長が豊臣家に二心がある、という理由で北伐を企てた。利長は、

「二心はない」ということで生母と家老を人質に出したのである。当然、人質の性質は豊臣家の所有《もの》である。それを家康はにわかに自分の私物であるといっている。

長盛らはずいぶんと抗弁したが、ついに及ばなかった。

この報が、金沢に聞こえた。

たまたま加賀に帰っていた利長の実弟利政がこれをきいて激昂《げっこう》し、

「世に正義というものがないのか」

と、兄利長をはじめ重臣の前で論じ、断じて母上を江戸にはやらぬ、といった。が、
利長は、それをなだめた。

「すでに、わが家は家康に身を屈してしまっている。一度屈して、二度目に理不尽なりといって討ちかかってもどうにもならぬ」

「さればこの状態では、第三第四の要求があってとめどもなく身を屈してゆかねばな

りませぬぞ」

「やむをえぬ。そうせよと母上も申された」

と、利長はいった。

やがて、芳春院を筆頭とする人質団は、家康の「私物」になって江戸へ送り去られた。爾今《じこん》、芳春院が関東にあるかぎり、天下の乱がおこった場合、前田家は家康につかざるをえなくなるであろう。


（中巻につづく）

「司馬遼太郎記念館」への招待

　司馬遼太郎記念館は自宅と隣接地に建てられた安藤忠雄氏設計の建物で構成されている。広さは、約2300平方メートル。2001年11月に開館した。

　数々の作品が生まれた自宅の書斎、四季の変化を見せる雑木林風の自宅の庭、高さ11メートル、地下1階から地上2階までの三層吹き抜けの壁面に、資料本や自著本など2万余冊が収納されている大書架、……などから一人の作家の精神を感じ取っていただく構成になっている。展示中心の見る記念館というより、感じる記念館ということを意図した。この空間で、わずかでもいい、ゆとりの時間をもっていただき、来館者ご自身が思い思いにしばし考える時間をもっていただきたい、という願いを込めている。　（館長　上村洋行）

利用案内

所 在 地　大阪府東大阪市下小阪3丁目11番18号　〒577-0803
T E L　06-6726-3860 , 06-6726-3859（友の会）
H P　http://www.shibazaidan.or.jp
開館時間　10:00～17:00（入館受付は16:30まで）
休 館 日　毎週月曜日（祝日・振替休日の場合は翌日が休館）
特別資料整理期間（9/1～10）、年末・年始（12/28～1/4）
※その他臨時に休館することがあります。

入館料

	一　般	団　体
大人	500円	400円
高・中学生	300円	240円
小学生	200円	160円

※団体は20名以上
※障害者手帳を持参の方は無料

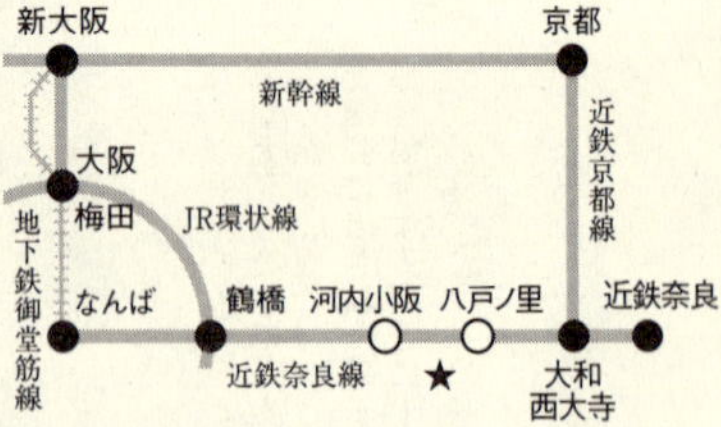

アクセス　近鉄奈良線「河内小阪駅」下車、徒歩12分。「八戸ノ里駅」下車、徒歩8分。
Ⓟ5台　大型バスは近くに無料一時駐車場あり。但し事前にご連絡ください。

記念館友の会　ご案内

友の会は司馬作品を愛し、記念館を支えてくださる会員の皆さんとのコミュニケーションの場です。会員になると、会誌「遼」（年4回発行）をお届けします。また、講演会、交流会、ツアーなど、館の行事に会員価格で参加できるなどの特典があります。
　年会費　一般会員3000円　サポート会員1万円　企業サポート会員5万円
　お申し込み、お問い合わせは友の会事務局まで
　TEL 06-6726-3859　FAX 06-6726-3856

関《せき》ケ原《はら》（上）

新潮文庫　し-9-12

昭和四十九年六月二十日 発行
平成十五年九月二十五日 八十刷改版
平成十八年九月三十日 八十九刷

著者 司《し》馬《ば》遼《りょう》太《た》郎《ろう》

発行者 佐藤隆信
発行所 株式会社 新潮社
郵便番号 一六二―八七一一
東京都新宿区矢来町七一
電話 編集部(〇三)三二六六―五四四〇
読者係(〇三)三二六六―五一一一
http://www.shinchosha.co.jp

価格はカバーに表示してあります。

乱丁・落丁本は、ご面倒ですが小社読者係宛ご送付ください。送料小社負担にてお取替えいたします。

印刷・二光印刷株式会社　製本・憲専堂製本株式会社

ISBN4-10-115212-8 C0193